STADT OHNE GÖTTER

Fritz Hendrick Melle

Stadt ohne Götter

Eine deutsche Geistergeschichte

Zwischen den Stühlen

Fritz Hendrick Melle
STADT OHNE GÖTTER
Eine deutsche Geistergeschichte

Zwischen den Stühlen 5

Bibliografische Information der Deutschen Nationalbibliothek
Die Deutsche Nationalbibliothek verzeichnet diese Publikation in der Deutschen Nationalbibliografie; detaillierte bibliografische Daten sind im Internet über http://dnb.d-nb.de abrufbar.

Titelbild: Peter Schildwächter, Graphics and Lights
Layout & Umschlaggestaltung: global:epropaganda
Lektorat: Kai Beisswenger
Korrektorat: Michael Haitel
Herstellung: Bookwire GmbH, Frankfurt (Main)

Zwischen den Stühlen
im Verlag der *p.*machinery Michael Haitel
Norderweg 31, 25887 Winnert
www.zds.li

ISBN: 978 3 95765 307 9

Fritz Hendrick Melle

Stadt ohne Götter

Eine deutsche Geistergeschichte

»Wenn die Menschen nicht mehr an Götter glauben, sondern an jeden anderen Scheiß, dann sind wir eben jeder andere Scheiß.«

LvL, Luzern 1953

Prolog

Die Fäulnis ist ein wunderbarer Schmied

Alles war Kampf. Die Schwerkraft kämpfte gegen die Fliehkraft. Das Feuer kämpfte gegen das Eis. Das Land nahm dem Meer Raum, die Erosion der Eruption Höhe. Metalle und Mineralien kamen als außerirdische Geschosse auf diese Welt. An den Hängen der Schwefelschlote, in winzigen Höhlen, bildeten sich Membranen um fettes Wasser. Mikroben zogen hinaus in die Welt. Sie bildeten Haufen und Willen; immer wollten sie zum Licht.

Die Schnellen fraßen die Langsamen, die Hungrigen die Satten, die Rohen die Feinen. Sie nannten es »Krieg«. Sie nannten es Gott. Fast immer schlief Gott. Manchmal schlief der Krieg. Manchmal bewegte er sich im Schlaf. Aber er war immer da, war immer ein Teil der Welt.

Manchmal erwachte er, um seine Welt neu zu ordnen. Eine höhere Energieform, ein Tanz auf Messers Schneide, ein Blick hinauf in die Sterne. Sie brannten. Sie brennen immer. Das ist, was Sterne tun.

Unten im Schlamm, im Morast, in den feuchten Wäldern brannten die Mutigsten und Stärksten für Nahrung, Fortpflanzung, Territorium, den richtigen Namen Gottes.

Einen anderen Gott.

Sie starben in ihrem Namen, in seinem Namen, im Namen von irgendwem. Erde warst du, zu Erde wirst du. *Die Fäulnis ist ein wunderbarer Schmied,* wissen die Alchemisten. Sie schmiedet den Schmerz und die Verzweiflung und überführt sie zu etwas Neuem: Nicht mehr das Licht war den so oft Gestorbenen das Ziel, sondern Finsternis. Sie war das Einzige, was immer wieder kam, Heimat und Ruhe war.

Vielleicht passierte es, als einer zum ersten Mal einen Speer warf, der seine Gegner nicht verfehlte. Als Männer sich hinter der Waffe versammelten, die sie »den Schwankenden« nannten, der traf und wiederkehrte. Vielleicht geschah es in der ersten Schlacht, an der Kreuzung zweier Wege von Norden nach Süden, von Osten nach Westen; an der Furt des Flusses im Tollensetal, in der Mitte eines Kontinentes, der noch keinen Namen hatte.

Diese erste Schlacht verdiente den Namen Krieg; tausend junge Männer, gut genährt und entschlossen, stürmen gegeneinander. Schulterblätter und Pfeilspitzen zeugen noch heute davon; vielleicht geschah es das erste Mal in der Schlacht im Teutoburger Wald, vielleicht an den Pontes longi; die Zeiten waren unruhig, Wispern ging durch die feuchten Buchenwälder, fremde Gesänge hallten über die Dammwege, der Sax saß locker und wer am Abend über die Pfade schlich, führte oft Böses im Schilde.

Das Moor schluckte die Leichen, der Wald schluckte die Leichen, das Moos trank das Blut, das Feuer fraß die Gebeine, *denn in der Asche ist das ganze Salz der Herrlichkeit.* Schmerz und Zorn blieben, vererbten sich, wurden wiedergeboren.

Wo immer es Bluthandwerk zu erledigen gab, standen die Brüder des Speeres in der ersten Reihe, fielen in der ersten Reihe. Tot in der Schlacht von Fontenoy, tot in der Schlacht von Andernach; am eigenen Blut erstickt, von einer Lanze durchbohrt, niedergetrampelt von mächtigen Hufen, den Schädel mit der Axt gespalten, vom Hieb eines Schwertes zweigeteilt. Immer floss am Ende das Blut auf die Aue, immer gab es am Ende ein fettes Mahl für die Raben; Maden fraßen Gedärme und Gebeine, nahmen den Zorn in sich auf, die rasende Wut, den unendlichen Schmerz. Sie gaben es an die Erde weiter, sie wurden Erde.

Was daraus wuchs, war winterhart und zäh.

Blut und Boden. Der Tod ist ihre Aufgabe. Sie werden tun, was getan werden muss. Draußen ist einer, der ficht ihren Kampf, der vergießt Blut.

So viel muss es sein, dass es bis zu ihnen spritzt. Dann nehmen sie wieder Gestalt an, dann steigen sie aus der Dunkelheit.

Der Speer muss geworfen werden.

1: Der Heimkehrer

Der ICE 841, aus Frankfurt kommend, fuhr in den Berliner Hauptbahnhof ein und kam quietschend zum Stehen. Die Türen öffneten sich mit scharfem Zischen. Der Duft der Stadt flutete den Zug: ein Gemisch aus Schmieröl, heißem Frittenfett, synthetischen Parfüms, frischen Laugenbrezeln und dem Geruch von Teenagerschweiß.

Der Gast auf Sitz 74, Einzelsitz mit Tisch, sog den Duft tief in sich ein. Er mochte den Geruch; es roch billig und lebendig. Der Gast hatte eine mächtige Nase. Auf seltsame Weise harmonierte sie mit den eher weichen Gesichtszügen und dem sinnlichen Mund. Die Gesichtshaut war glatt, wie frisch rasiert. Vielleicht war es die Haut einer Frau, der ihr Schöpfer ein paar männlich-herbe Gesichtszüge mitgegeben hatte. Femininer Mann, maskuline Frau.

Als der Gast Berlin zum letzten Mal besucht hatte, lag Brandgeruch und der süßliche Duft von Verwesung über der Stadt. Der Gast mochte Brandgeruch; es war der Geruch eines jeden dramatischen letzten Aktes der großen Alchemie, indem die Flammen das Edle vom Unedlen trennen. Auch dem Geruch von Verwesung war einiges abzugewinnen; wo den Göttern geopfert wird, fängt es früher oder später immer an zu stinken.

Der Gast wollte nicht hetzen, war aber darauf erpicht, endlich auszusteigen. Draußen im frühen Abend der Stadt wartete das Glück auf ihn.

Das Neue ist immer Glück, weil es neu ist. Es haftet ihm noch keine Spur von vergeblicher Mühe und Enttäuschung an; es will noch geformt werden.

Er schaute auf seine Hände. Sie waren schlank, gepflegt und manikürt. Kräftig und sorgfältig falteten sie die Kopfhörer zusammen, um sie in dem kleinen Lederetui zu verstauen. Er hatte Bruckner gehört.

Der Gast fand, dass Bruckner wunderbar zum Reisen mit der Bahn passte: das richtige Tempo, die angemessene Dramatik. Fürs Fliegen war das nichts.

Nachdem die anderen Gäste der 1. Klasse bereits ausgestiegen waren, stand der Gast auf und warf sich seinen Reisemantel über. Es war ein knöchellanger, schwarzer Mantel aus dicht gewebtem Stoff mit einer einfachen Knopfleiste und großen Taschen auf beiden Seiten, die unter Schlitzen verborgen waren. Offenbar ein sakrales Kleidungsstück. Es hätte an jedem anderen theatralisch ausgesehen. Der Mann trug den Mantel mit Würde. Er war etwas über eins achtzig, schlank und von unbestimmtem Alter. Er konnte ein Manager sein oder ein diskreter Berater der Macht. Sein schwarzes, von grauen Strähnen durchzogenes Haar, trug er kurz. Er hatte tiefe Falten um die Augen. Ein nach innen gerichtetes Lächeln umspielte seine Lippen – es war Erinnerung und Vorfreude zugleich.

Der Mann hatte während seines letzten Berlinaufenthaltes als Berater für den Zwerg gearbeitet. Als sein Auftraggeber immer beratungsresistenter wurde, von Osten der Geschützdonner nicht mehr zu überhören war und es in den Bunkern nach Scheiße, saurem Schweiß und Hoffnungslosigkeit stank, bestieg der Mann im Tiergarten eine Fieseler Storch und ließ sich in die Schweiz ausfliegen.

Die Stadt hatte er nach der Flucht nur noch aus der Ferne beobachtet. Fliehen ist keine Schande, wusste der Mann, erwischt zu werden – schon. Er war geübt im Verschwinden und Wiederauferstehen. Dass es die Stadt noch gab, dem war Respekt zu zollen. Das war das Phänomen großer Opferplätze: Die Götter wechselten, der Platz blieb.

Wann aus Erinnerung an große Opfer wieder Sehnsucht nach einem neuen Brand, einem neuen Blutbad wird, das wissen nur die Nornen, die blinden Weberinnen der Schicksalsfäden.

Das braune und das blaue Auge des Mannes blitzten vor Unternehmungslust.

Er wusste: Der rechte Zeitpunkt war jetzt.

Ein junger Mann im schwarzen Anzug betrat den Wagen. Er war mittelgroß, bullig und trug einen Knopf im Ohr. Er schaute sich kurz um, trat dann auf den Mann zu.

»Herr von Laufey?«

Der Angesprochene nickte und deutete auf den großen, silbernen Rimowa-Koffer. Herr von Laufey verstaute das Kopfhöreretui in seiner ledernen Reisetasche, warf sich den Gurt über die Schulter und folgte dem Fahrer und seinem Koffer.

Auf dem Bahnsteig wartete der Chauffeur, bis der Mann mit ihm auf gleicher Höhe war. Er wollte ein Gespräch beginnen, eine Beziehung aufbauen. Der Mann kam ihm zuvor. Er wies ihn an, den Koffer ins Hotel zu bringen, während er noch was zu erledigen habe. Dann war Laufey zwischen Wartenden und Ankommenden, zwischen Treppen und Ständen für Laugengebäck, italienisches Eis und Becherkaffee verschwunden.

Während der Chauffeur sich noch suchend umschaute, ließ ein trockenes, metallisches Geräusch die Bahnhofshalle erzittern.

Alle Blicke richteten sich nach oben.

Ein gläsernes Segment hatte sich aus der Dachkonstruktion gelöst und segelte dem Boden entgegen.

Es krachte auf einen Mast der Oberleitung, zersprang in tausend Splitter, die, scharf wie Skalpelle, Metalle durchschlugen, Scheiben zum Bersten brachten und sich in die Fliehenden und Schutzsuchenden bohrten.

Hinter dem Taxi verhallten die Sirenen der Rettungswagen, die Richtung Bahnhof unterwegs waren, während Laufey sich im zerschlissenen Kunstleder des alten Mercedes rekelte.

Wie es in dem Taxi duftete!

Sein Geruchssinn durchquerte eine olfaktorische Landschaft epischen Ausmaßes: von den Gipfeln der Euphorie in die Täler der Depression, von »Obsession« zu »Döner mit alles«. Dazwischen lagen die Flüsse der Gier und die Ebenen der Traurigkeit sowie Trotz, Rotz und Verzweiflung. Nur große Städte haben diese aufregende Melange, dachte der Mann. Er hatte selbst nicht geahnt, wie sehr ihm dieser Duft gefehlt hatte. In der Schweiz roch es immer wie kurz nach dem Mittagessen – noch nach Sahnesoße, schon nach Kaffee und dazwischen wie frisch aufgestoßen.

»Sind 'se sich sicher, dass 'se hier raus wollen?«, fragte der Taxifahrer.

Der Wagen hatte auf Wunsch des Gastes am 17. Juni zwischen Entlastungsstraße und Großer Stern gehalten. Hier gab es absolut nichts, wofür es sich zu halten lohnte.

Ein paar Autos standen am Seitenstreifen, eine Reihe mobile Reklametafeln, die auf ihren nächsten Einsatz warteten. Sie warben für eine Partei. Herr Laufey wusste, dass in wenigen Wochen in Berlin gewählt wurde. Die D.A.D., »Das Andere Deutschland«, rechnete sich beträchtliche Chancen aus, die stärkste Oppositionspartei zu werden.

»Früher war nicht alles schlecht!«, stand auf den Werbetafeln. Das war raffiniert. Der Satz war in jede Richtung dehnbar. Er war ein Code.

In den letzten Monaten hatten Anschläge auf die S-Bahn, Krawalle in der Rigaer Straße und eine neue Dealer-Schwemme für erhebliche Unruhe bei den stoischen Berlinern gesorgt.

Früher hätte man so was weggeschlossen!

Früher hätte man solche Leute auf der Flucht erschossen!

Früher hätte man so was vergast!

Früher hätte man denen Arbeiten beigebracht!

FRÜHER WAR NICHT ALLES SCHLECHT!

Der Mann wusste, was das bedeutete: Die Dinge kamen in Bewegung. Er wunderte sich nur, dass sich die DAD traute, ihre Wahlkampftafeln so ungeschützt stehen zu lassen. Aber dann verstand er – würden sie zerstört, wäre das weitere positive PR für das undemokratische Verhalten der politischen Gegner.

Kluge Leute.

Jenseits des 17. Juni war der Teil des Tierparks dafür berüchtigt, dass Gruppen von Säufern und Obdachlosen hier ihre Lager aufschlugen. Nutten und Stricher hatten sich schon lange andere Plätze gesucht und selbst Fahrradfahrer mieden den Park nach Anbruch der Dunkelheit.

»Dit is hier keene unjefährliche Gejend!«, ergänzte der Taxifahrer. »Ick will 's nur jesacht haben.«

»Alles in Ordnung.«

Herr von Laufey zahlte mit einem Zwanziger und ließ den Rest als Trinkgeld auf der Mittelkonsole des Taxis liegen.

»Einen schönen Abend Ihnen.«

Beim Klang der sonoren Stimme des Gastes wurde dem Taxifahrer weich ums Herz.

»Dit wünsch ick och, wünsch ick.« Stammelte der Kutscher.

Aber da war der Mann mit dem Mantel schon im Schatten verschwunden.

Den Bauch zu einer mächtigen Erhebung vorgestreckt, saß ein alter Mann mit weit über die Rückenlehne gelegten Armen auf seiner Bank. Seine Füße steckten in schwarzen, mit Klebeband zusammengehaltenen Schuhen. Er schaute auf den Jüngeren, der vor ihm stand. Ersterer trug verschiedene Hosen und Jacken übereinander. Die letzte Schicht bildete ein großer, grauer Mantel, der von einem Strick zusammengehalten wurde. Der Mantel war fleckig, zerrissen und es war ihm anzusehen, dass er stank. Auf dem Kopf thronte ein Filzhut, aus dem struppiges, graues Haar hervorschaute. Der größte Teil des Gesichts war unterm Bart verborgen. Was davon zu sehen war, war grindig und von Adern durchzogen.

Die Nase war ein Kolben und das linke Auge lag in so tiefen Falten, dass mehr als ein Leben darin versteckt werden konnte. Das rechte Auge war unter einer Augenklappe verborgen, die in die Augenhöhle eingewachsen zu sein schien.

»Nach all den Jahren ...« Der Penner schaute Herrn von Laufey jetzt direkt an, »tauchst du hier einfach so auf, was?«

Er begann zu lachen. Es war ein warmes, weiches Lachen und sein Auge blitzte dazu, dass sein ganzes Gesicht strahlte.

»Und weißt du was? Ich freue mich! Nimm Platz.«

»Danke. Ich freue mich auch.«

Von Laufey setzte sich mit etwas Abstand neben den Alten, lehnte sich zurück und schlug entspannt ein Bein übers andere.

»Nett hast du es hier.«

Er blinzelte in die Abendsonne.

»So wie du es schon immer am liebsten mochtest – wie ein Wind, der in jede Richtung weht, wie ein Säuseln, das aus jeder Richtung kommt. Und doch warst du mal Sturmgeheul und wütendes Brüllen. Erinnerst du dich?«

Der Penner gluckste und sprach:

»Wir hatten alle mal wilde Zeiten ... am Anfang Weltenerschütterer, am Ende Buddha. Das ist wohl der Lauf ...«

Herr Laufey nickte. Er hielt die Grenzen zwischen Weisheit und Senilität für fließend, aber er war voller Nachsicht.

»Ich habe dir was mitgebracht – ein Gastgeschenk«, sagte Laufey, öffnete seine lederne Umhängetasche, die er zwischen sich und den Alten gestellt hatte, und holte zwei grüne, bauchige Glasflaschen heraus. Synchron mit den Daumen schnippte er die Korken aus den Flaschenhälsen. Eine Flasche reichte er dem Alten.

Der Penner hob die Pulle gegen den leuchtend blauen Abendhimmel, führte sie dann zur Nase und roch vorsichtig daran. Nachdem er den Geruch für gut befunden hatte, prostete er Laufey zu und nahm endlich einen tiefen Zug.

Ein grummelndes »Ahhhhh« entstieg seiner Kehle, als er die Flasche absetzte.

Laufey hatte nur genippt.

Er beobachtete den alten Mann neben sich, wollte sehen, wie das Getränk wirkte.

Eine Weile sprachen die beiden Männer nicht. Sie hielten ihre Flaschen in den Händen und starrten vor sich hin. Ein Rabe krächzte im Schatten, ein Karnickel schrie um sein Leben. Tief im Dickicht wurde ein altes russisches Lied gesungen. Die Stimmen waren rau von Schmerz und Suff. Eine Kaskade von Polizeisirenen schrammte an der Peripherie des Parks vorbei. Die Abendvögel sangen und die Ultraschallrufe der Fledermäuse brachten die Luft zum Schwingen. Überall in der Stille war Lärm, war Kommen und Gehen, Werden und Vergehen. Das Schweigen der Männer war alt und tief, ein Zeichen gewachsener Vertrautheit, voller Erinnerung an andere Zeiten.

»Ich hätte kein anderes Geschenk von dir genommen«, sprach der Alte endlich. »Aber der Met der Erinnerung ..., wer kann da widerstehen?«

Herr Laufey lächelte.

Der Obdachlose nahm einen weiteren, diesmal sehr kleinen Schluck, den er ausgiebig durchkaute, bis er in seiner Kehle verschwand.

»Der Met der Erinnerung ist köstlich – vorn, auf der Zunge.«

Der Alte schaute ruhig auf den gut gekleideten Mann neben ihm. Es war kein freundlicher Blick.

»Aber hinten ist er bitter. Er schmeckt nach Asche. Nach der Asche von Millionen. Ich möchte ihn ausspucken. Aber ich muss es wohl schlucken. Das ist der Met der Erinnerung für mich. Fast hätte ich es vergessen.«

Laufey hob die Hände.

»Ich bitte dich, Herr der Schlacht! Jeder Tod ist ein Opfer für dich, mein Herr.«

»Die Verantwortung für meine Toten übernehme ich«, erwiderte der alte Mann. »Aber der Tod von Millionen, die ich nicht kannte, die meinen Namen nicht kannten, auf die keine Walküren warteten, die aus rauchenden Schloten zum Himmel stiegen; deren Tod liegt mir wie fettiger Rauch in den Lungen.«

Laufey zuckte mit den Schultern.

»Die Walküren wurden auf den blutigen Feldern gebraucht. Für die anderen – wie hat das ein Dichter gesagt? – gab es ein Grab in den Lüften, da liegt man nicht eng!«

»Ich habe ihr Sterben nicht gewürdigt.«

»Ja, auch danach schmeckt der Wein«, gab Laufey zu und lachte dann auf. »Wir haben auf die eine oder andere Weise versagt. Aber hey – wir haben nie behauptet, perfekt zu sein. Wichtig ist allein der rechte Geist.«

»Nenn ihn mir«, forderte der Alte Laufey auf.

»Was?«

»Nenn mir den rechten Geist, dessen du dir so sicher bist.«

»Ah ..., ja, einfach und stark verkürzt: Selbst zu gestalten, statt von der Geschichte der Sieger gestaltet zu werden.«

»Ah, Gestaltungshoheit, die Macht zu deuten, Bedeutung allgemein ...«

Der alte Mann wechselte abrupt das Thema, als wäre ihm die eigene Assoziationskette unangenehm.

»Wo hast du die Jahre gesteckt? Es scheint dir dort gut ergangen zu sein. Siehst frisch aus, gepflegt wie immer.«

»Privatdozent Dr. Laufey, Politikwissenschaften und Neue Geschichte.«

Der jüngere Mann deutete einen Diener an.

»Ich habe Asyl gefunden in einem Land, das sie Schweiz nennen. Die Schweiz ist der atomwaffensichere Speicher der dunklen Vergangenheit; in den tiefen Tunneln in den Bergen, in den Tresoren der privaten Banken, in den privaten Kellern stiller Sammler – da lagert und wabert, was vergangen ist, aber noch nicht tot, was ohne Macht ist, aber von großem Wert, und in den rechten Händen wieder mächtig werden kann. Gut versteckt unter Selbstgerechtigkeit und oberflächlicher Ordnung, liegen Schrecken und Sehnsucht, sauber aufgestapelt in weiß lackierten Regalen.« Laufey machte eine kleine Zäsur. »Das ist ein Land, wo das Gold bergan fließt, wenn es anderswo bergab geht. Dort sind die Täler kalt und die Schatten tief. Die Luft ist klar, die Küche üppig, da lässt es sich gut überwintern.«

»Jetzt bist du hier. Warum?«

»Weil er da ist.«

»Wer ist da?«

Laufeys Stimme hatte den Ton eines geduldigen Lehrers angenommen, der seinem Schüler die Welt erklärt.

»Der rechte Augenblick.«

»Oh, mal wieder.«

Der Alte grinste.

Laufey stieg auf den Spaß nicht ein.

»Spürst du es nicht, wenn du die Ohren aufstellst? Es streicht wieder Sehnsucht übers Land – es wispert durch geheimnisvolle Kanäle, raunt im Blätterwald. Es gärt, es wächst der Zorn. *Früher war nicht alles schlecht.* Gewalt ist wieder eine Option. Es gab zu lange keine Götter. Oben und Unten sind verloren gegangen, Mehrheiten treiben ohne Orientierung durch den Raum, den sie jetzt digital nennen und ein großes Gewese drum machen. Das Rad der Zeit quietscht und ächzt, aber es dreht sich nicht mehr. Schwingt mal hin, schwingt mal her und bleibt doch stehen. Unzufriedenheit breitet sich aus. Eine neue Sehnsucht sucht alte Ziele – Größe, Erhabenheit, das Heulen des Sturms, der die morschen Bäume fällt ... Du weißt, wovon ich rede.«

»Weiß ich nicht.« Wehrte der Penner ab. »Ich sitze hier auf meiner Bank genauso gut, wie ich anderswo saß. Alles kommt und geht an mir vorbei – sogar die Zeit. Der rechte Augenblick war nicht dabei. Und weißt du, warum? Weil es den rechten Augenblick nicht gibt. Jeder Augenblick ist so richtig wie falsch – je nachdem, von welcher Seite du schaust.«

»Kalendersprüche!«, gab Laufey bissig zurück. »Nicht die Zeit geht an dir vorbei! Du vergehst in der Zeit.«

»Ja, so wird es wohl sein«, sagte der Penner und rieb sich den Bauch. »Ich finde nichts mehr schlimm an dem Gedanken. Was mich früher zerrissen hat, ist heute nur noch ein Furz!«

Der Alte hob den Hintern und ließ einen fahren. Er lachte.

Laufey guckte pikiert. Er mochte den Verlauf nicht, den das Gespräch nahm. Der Alte hatte früher schon gern den Narren gespielt, wenn er in seinen grauen Mantel gehüllt an die Türen der Sterblichen klopfte, mit ihnen Brot und Met teilte und verstehen wollte, was doch viel einfacher zu beherrschen war. Es war immer nur ein Spiel gewesen, unter dem der Ernst lauerte, wie das Messer in der Scheide. Den Alten zu reizen und ihn doch nicht explodieren zu lassen, das war die Kunst, die Laufey gelernt hatte. Also schluckte er seinen Missmut runter und legte dem Alten eine Hand auf die Schulter.

»Was ich mich all die Jahre gefragt habe – wenn du gestattest: Warum hast du damals den Speer nicht geworfen?«

»Was?«

»Als alles auf der Kippe stand, damals '43 – warum hast du Gungnir, den Schwankenden, nicht geworfen?«

Der Alte schaute Richtung Westen, auf den zerklüfteten Horizont der Bäume und schüttelte dann den Kopf.

»Der Speer ist heilig. Der Krieg war es nicht. Außerdem weiß ich nicht, wo er ist.«

Loki lachte auf.

»Du lügst.«

Der Alte schüttelte den Kopf. »Lügen ist dein Geschäft. Meins ist die Wahrheit.«

»Verstehe. Du hattest dich bereits gegen uns entschieden.«

»Uns? Welches ›uns‹ meinst du? Meins war es nie.«

»Hast du nie daran gedacht, wie es gewesen wäre, wenn wir gewonnen hätten?«

»Hab' ich«, bestätigte der Alte. »Und bin jedes Mal froh, dass sie es nicht haben.«

Der Satz war wie ein Schlusspunkt.

Laufey schüttelte leicht den Kopf.

»Wo ist Gungnir?«

»Ich weiß es nicht.«

»Wann hast du ihn zum letzten Mal gesehen?«

Der Alte sann kurz nach.

»Auf dem Lechfeld. Es ging gegen die Ungarn.«

»Lange her. Selbst für unsere Verhältnisse.«

Laufey lachte höhnisch.

Der Alte schüttelte den Kopf.

»Ich weiß es nicht und will es nicht mehr wissen. Am Anfang und am Ende bringst du gefährliche Geschenke, mein liebster Feind – damals den Speer, jetzt den Erinnerungssaft.«

»Der Speer hat dich zum Herrn der Welt gemacht!«

»Hat er das? Oder hat er mich zu ihrem Schrecken gemacht? Schon allein sein Glaube an ihn, hat Völker in den Abgrund gerissen.«

»Keine Herrschaft ohne Schrecken. Keine Schönheit ohne Gefahr. Sie rufen wieder deinen Namen.«

Der Alte lachte.

»Irgendwer ruft immer einen Namen.«

»Doch«, bestätigte Laufey. »Nicht genau deinen Namen, aber doch deinen Geist. Sie haben sogar Tafeln für dich gemalt, mit denen sie durch die Stadt fahren – *Früher war nicht alles schlecht*. Verstehst du? Wenn das Früher wieder eine Alternative ist, weil die Zukunft auch nicht mehr ist, was sie mal war, dann sind die ersten Opfer nicht weit. Wirst du sie annehmen? Wirst du deinen Hintern von dieser Bank erheben?«

»Diese Bank hier ...«, der Alte klopfte auf die Holzlatten, auf denen sie saßen, »ist eine gute Bank. Sie ist jetzt mein Reich. Stehe ich auf, setzt sich jemand anderes drauf. Hinter den Büschen und Hecken verborgen, lauern jede Menge runzelige Ärsche, die meinen Platz allzu gern einnehmen würden ..., die Welt geht mir am Arsch vorbei, aber mein Hinterteil ist mir heilig.«

Ein Fuchs bellte.

»Hat der Überbringer eines Gastgeschenkes nicht einen Wunsch frei?«, frage Laufey. »Und wenn es mein Wunsch wäre, ein Stück mit dir hinaus in die Welt zu gehen und dich hören zu lassen, was die Welt wieder bereit ist von dir zu wollen, mein Herr? Kannst du diesen Wunsch ausschlagen?«

Der Alte schaute Laufey lange und ruhig an. Dann hob er die grüne Flasche, die er noch in der Hand hielt, hob sie auf Augenhöhe und drehte sie ganz langsam um.

Die dicke, goldene Flüssigkeit rann in einem dünnen Strahl zu Boden. Nebel stieg auf, wo der Met den Boden traf. Eine kleine Pfütze bildete sich, die wie Gold schimmerte.

Der Alte beugte sich darüber und sah sein eigenes Gesicht, sah Sturmgeheule, sah sich auf einem Pferd mit acht Beinen, sah sich mit dem Speer in der Hand, sah das Gold wie Feuer brennen ... ein Wisch mit seinem großen, geflickten Schuh und es blieb nur ein feuchter Fleck im Dreck übrig.

»Bitternis und Asche!«, sagte der Alte zu Laufey gewandt. »Es muss ein arger Schelm sein, der so was als Geschenk bringt. Und was immer der Schelm vorhat – er sollte es lieber lassen.«

Herr von Laufey saß einen Moment regungslos, während die Nacht langsam dunkler wurde. Dann stand er auf.

»Tut mir leid«, sagte er. »Ich hätte mir gewünscht, bei dir auf offene Ohren zu stoßen. Ich habe es für dich getan – aus Respekt und aus Sentimentalität. So oder so, du wirst ein Teil davon werden – und wenn nicht du, dann nur dein Blut!«

»Du willst mein Blut?«

Der Alte schaute Laufey argwöhnisch an. Etwas Drohendes, Grollendes lag mit einem Mal in seiner Stimme.

Laufey schüttelte den Kopf.

»Das kann ich nicht. Dafür hat meine Kraft nie gereicht.«

Er kramte in seiner Ledertasche und zog eine grüne Plastikflasche hervor.

»Aber das hier kann es.«

Er schraubte die Flasche auf und begann den Alten damit einzusprühen.

»Lass das, du arger Schelm!«

Der Alte knurrte, mehr belustigt als sauer, und wischte sich die Flüssigkeit aus dem Gesicht und dem Bart.

»Das stinkt wie Fusel ... was soll das?«

»Das ist der Schmerz! Das ist dein Weg zur Wahrheit, die du doch immer suchst«, erklärte Laufey und lachte dabei, als wäre es reiner Schabernack. Und während er mit der einen Hand weiter den Brennspiritus über den Alten sprühte, zündete er mit der anderen Hand ein Feuerzeug und warf es auf den sitzenden Mann.

Für einen Augenblick starrten beide gespannt auf das kleine Flämmchen, das auf dem Bauch des Alten züngelte.

»Was soll das?«, wollte der Alte noch fragen, aber da hatte die Flamme mit einem »Wuuusch« schon Witterung aufgenommen und die Frage in einem Schreien und im Heulen des Feuers aufgehen lassen. Der Brennspiritus, der getränkte Bart, der alkoholgeschwängerte Atem, die zerschlissenen, trockenen Kleider des Alten – alles zusammen verschmolz in einem Feuerball; die zuckenden Hände und Arme, die versuchten die Flammen auszuschlagen, trieben die Glut nur noch tiefer in Fasern und Fleisch; unmenschliche Töne entstiegen dem Feuerball, hell und singend, brüllend und unendlich tief.

Herr von Laufey war einen Schritt zurückgetreten. Er begutachtete sein Werk, das er in den hohen Himmel von Berlin gemalt hatte: ein wild zuckendes, sich windendes Feuer.

Der Alte hatte es immer auf die harte Tour gemacht, wusste er; hart zu seinen Gegnern, gnadenlos zu sich selbst.

»Auch daran wirst du nicht sterben, mein Freund, du müder Gott.«

Laufey steckte die grüne Flasche zurück in seine Tasche, die er als Schutz vor der Hitze gegen den Bauch gepresst hatte.

»Aber der Schmerz wird dich zwingen, dich nur mit dir zu beschäftigen. Es gibt keinen anderen Weg für dich, ihm zu entkommen! Nach innen! Du hast es mich einst gelehrt!«

Herr von Laufey ging den gleichen Weg zurück zur Straße, den er gekommen war. Der brennende und vor Schmerzen schreiende Gott hinter ihm erhellte den Weg und ließ Laufeys Schatten vor ihm ins Gigantische wachsen. Kurz bevor der Weg eine Kurve machte, drehte Herr von Laufey sich noch einmal um.

»Ich sehe euch!«

Er rief das in Richtung der Flammen und der dahinter liegenden Dunkelheit.

»Ich sehe euch alle. Und ihr dürft es allen weitersagen: Wenn der Alte nicht den Speer wirft, wird es sein Blut tun! Es hat schon begonnen!«

Dann ging er Richtung Potsdamer Platz.

Er hatte im Ritz-Carlton reserviert.

Er hatte Lust auf ein Steak.

2: Zur Kaffeekirsche

Scheiße, verfickte, die.

Mussten diese verschissenen Faschisten, ihre widerliche Propaganda-Tafel gerade vor seinem Schaufenster aufstellen?

Das war eine Provokation; es war eine allgemeine Provokation hier in Gegend, in der jede Menge Menschen mit Migrationshintergrund wohnten und junges, buntes Volk dazu. Es war eine persönliche Provokation für Tom, Barista aus Leidenschaft und Inhaber der »Kaffeekirsche« – er bot Schutz vor rassistischen und sexistischen Übergriffen, verkaufte fair gehandelten Kaffee und war Teil des antifaschistischen Netzwerkes. Das alles stand bunt und gut lesbar auf Aufklebern an der Glastür, zu der drei Stufen hinaufführten.

Die Kaffeekirsche war eine klassische italienische Espressobar. Ein großer heller Raum, der von einem Tresen aus Holz und Stahl längs in zwei Hälften geteilt wurde. Rechts auf dem Tresen stand das Herzstück – eine halb automatische Fortuna2000 aus der legendären FTA-Werkstatt in Mailand. War damals, als Tom die Bar eröffnete, das Beste, was der Markt an Espressomaschinen zu bieten hatte. Sie wurde einmal im Jahr gewartet und regelmäßig gesäubert und entfettet. Links auf dem Tresen, direkt an der Wand, stand die Vitrine mit Croissants und Kuchen.

Tom war davon überzeugt, dass es eine genauso große Kunst war, guten Kaffee zu machen, wie guten Wein. Die Araber hatten für beides das gleiche Wort: Qahwa.

Tom kaufte seinen Kaffee bei »Kreuzbohne«, einem kleinen Kaffeeröster in Kreuzberg, der von Amer betrieben wurde. Seine Arabica-Robuste-Mischung schmeckte kräftig, gefällig und leicht nach Schokolade. Tom nannte sie seine »Neunzigerjahre-Mischung«. Sie machte glücklich.

Jetzt nicht.

Jetzt starrte Tom auf die riesige, leuchtend blaue Tafel vor seinem Fenster, auf der mit großen roten Lettern stand:

FRÜHER WAR NICHT ALLES SCHLECHT!

Der Absender der Nachricht, die rechtspopulistische D.A.D., war im toten Winkel verborgen.

Das machte die Nachricht für Tom noch gemeiner, subtil-persönlicher und im Ganzen unerträglich.

Seit ein paar Monaten gab es ein Früher für Tom und alles, was jetzt war, war unerträglich. Seine Tochter war ausgezogen, zum Studium nach Lissabon gegangen. Tom fühlte sich alt, leer im Herz, leer im Kopf: Alles scheiße.

»D.A.D. hat dir aber schön vors Fenster geschissen«, sagte der Kerl grinsend, der plötzlich hinter Tom stand.

Tom hatte ihn nicht hereinkommen gehört. Er war gerade dabei, ganz in seinen Schmerz einzutauchen, kurz davor gewesen, ihn herausholen, gegen das Licht zu halten und seine Schönheit zu bewundern.

Schöner Schmerz.

Großartiger Schmerz.

Es gab einen Fachbegriff dafür: *empty nest syndrome*. Verlassene Elternteile – zu jung zu sterben, zu alt, noch mal was Neues anzufangen.

Ganze Nächte hatte er in den letzten Wochen damit verbracht, sich dem Syndrom hinzugeben; geriet zwischendurch immer wieder in Versuchung, Delphine anzurufen. Entschied sich dann, ihr via WhatsApp Nachrichten zu schreiben. Löschte auch diese wieder.

Er wollte nicht der Kontrollvater sein.

Das Kind sollte sich frei fühlen.

Einer zahlt immer für die Freiheit der Anderen.

»Herr Ritter von Thal«, fragte der Kerl, »bist du das?«

Der junge Mann trug einen schwarzen Hoodie, die dicke Botentasche über der Schulter, Sonnenbrille auf der Nase und die Kapuze überm Kopf. Er war dünn, sehnig, auf dem linken Handrücken war ein achtzackiger Stern tätowiert; prekäres Einkommen, das Herz eines Sportlers.

Das war es, was Tom sah. Und er sah das Paket.

Es sah fies aus.

Tom hasste Pakete. Jeden Scheiß ließen die Leute sich schicken. Und die Hälfte dieses Scheißes landete bei ihm in der Kaffeekirsche. Weil immer auf war, weil er immer da war, weil er einmal zu viel Ja gesagt hatte. Weil es auch Service für die Kunden war. Niemand, der sein Paket bei ihm abholte, kam ohne einen Kaffee davon.

Tom kannte seine Leute.

Er beschied dem Boten, dass es hier keinen Ritter von Thal gab.

»Er wird kommen.«

Das Paket war von keinem der üblichen Versender. Es sah alt aus, als wäre es schon lange unterwegs. Es war in braunem Packpapier eingeschlagen und mit festem Zwirn verschnürt.

Herr Ritter von Thal c/o Kaffeekirsche, stand mit Hand auf das Papier geschrieben. Die Schrift war sauber, ein wenig zittrig vielleicht und von altmodischem Schwung.

Für Tom sah es aus wie der typische Irrläufer: ein Paket, das nie ankommt.

»Hat nicht mal einen Absender«, maulte er.

»Braucht es nicht«, sagte der Bote. »Ich bin der Bote. Meine Pakete kommen immer an.«

Pakete der Traurigkeit, spürte Tom. Tom legte es hinter den Tresen, wo schon die anderen Pakete von Amazon und Zalando lagen.

Er quittierte den Erhalt.

Widerwillig.

Er fragte den Boten, ob er einen Espresso wolle.

Der Bote wollte.

Toms Problem war, dass er nicht wusste, was er mit seiner Zeit und seinem Leben anfangen sollte, nachdem er abends die Kaffeekirsche abschloss. Er hatte immer eine Familie gewollt; eine einfache, klassische Familie. Vater, Mutter, Kind.

Das mit der Mutter war schon früher schiefgegangen.

Vor eineinhalb Monaten hatte Tom seine Tochter Delphine zum Flughafen gefahren, wo sie eine Maschine der TAP bestieg, um in Lissabon Wirtschaftswissenschaften zu studieren.

Bis zu dem Moment, in dem Delphine durch den Sicherheitscheck ging, war es ein gemeinsames Projekt gewesen. Sie hatten gemeinsam monatelang im Netz Universitäten und Studienpläne durchgeschaut, hatten Bewerbungen geschrieben und waren an dem Samstagabend, als der Brief im Postkasten lag, zu ihrem Lieblingschinesen essen gegangen, um die Zusage der *Universidade de Lisboa* zu feiern.

Die Jahre bis dahin waren vergangen wie Fingerschnippen; Windeln wechseln, Fencheltee kochen, Zahnungsgel auftragen, Laufen und Sprechen lehren, nachts vor Angst nicht schlafen können, weil das Kind Fieber hat; herausfinden, dass das Schwarze Album von Metallica die ideale Einschlafmusik ist; sich nicht zu trauen, mit den anderen Müttern darüber zu sprechen; Zäpfchen geben, Kindergarten finden, Kindergeburtstage vorbereiten, Kuchen kaufen; mit fünf die ersten Diskussionen über Stil mit dem Kind führen; Geschichten wie »Sultan und Kotzbrocken« vorlesen, sich mit der Kindergärtnerin streiten; über ein offenes Knie pusten, bis es nicht mehr weh tut; Himmel und Hölle in Bewegung setzen, um ein verloren gegangenes Kuscheltier zu retten; nachts nicht mehr ausgehen, weil das Kind nicht alleine sein will; erklären, dass sie eine etwas andere Familie sind, nein, Mama und Papa müssen nicht immer zusammen sein; Lieblingsserien wie »Avatar – Herr der Elemente« schauen, lernen mit Stäbchen zu essen, zu »Wise-guys«-Konzerten gehen, dem Kind erklären, dass Gewalt durchaus eine Alternative ist; sie zweimal die Woche zum Taekwondo fahren; mit ihr vor den Umkleidekabinen von H&M warten; Übernachtungspartys aushalten, Impfen gehen, Pizza backen; mit ihr um die Zulassung zum richtigen Gymnasium kämpfen; gemeinsam »Ariel und Dante« lesen und »Avengers« schauen. Ihr so viel Welt wie möglich erklären. Sie so viel Welt wie möglich entdecken lassen. Nur fordern, was Tom selbst willens war einzuhalten. Sich einzugestehen, dass ihr Englisch besser ist als das eigene. Abends keine Ruhe finden, wenn sie mit Freunden unterwegs ist. Ihr beizubringen, wie man Wäsche wäscht, Schmerz aushält, tröstet, wieder aufsteht, sich trösten lässt, Reis kocht und natürlich, wie man guten Kaffee mit perfektem Milchschaum zubereitet.

So war das.

Es war gut so.

Es war wunderbar so.

Dann war es vorbei.

Das war auch richtig.

Kinder müssen erwachsen werden.

Alles richtig.

Aber ehrlich: Es war nicht auszuhalten.

Nachdem Delphine weg war, musste Tom sich einen großen Irrtum eingestehen: Neunzehn Jahre lang hatte er geglaubt, für seine Tochter da zu sein. Jetzt musste er feststellen, dass es genau andersherum war. Sie war für ihn da, war der Grund für alles: Für Sinn und Geschäft, für Sich-kümmern-dürfen, für Nicht-mehr-mitmachen-müssen, Nicht-rausgehen-und-balzen-müssen.

Dann war sie erwachsen.

Plötzlich, unerwartet.

Natürlich wusste Tom, dass Delphine ihn liebte.

Ihr Job war jetzt, neue Lieben zu finden.

Und dann kamen diese Scheißnazis und steckten ihm einen visuellen Pfahl ins Fleisch: Früher war nicht alles schlecht!

Am Arsch!

Die Werbetafel musste weg.

Tom schaltete die Alarmanlage scharf und schloss die Kaffeekirsche ab.

Feierabend.

Tom wollte noch nicht nach Hause, hatte sonst keine Idee, wohin. Ging die Birkenwaldstraße hinunter. Der letzte Rest Feierabendverkehr strömte Richtung Umland, der abendliche Erlebnisverkehr strömte Richtung Innenstadt. An den Laternenpfählen hingen die Plakate der Parteien zur Wahl des Abgeordnetenhauses. Je radikaler die Position, desto weiter oben hingen sie.

Er passierte »Freyas Katzentränke«. Die Katzentränke war eine der letzten Moabiter Schultheiss-Kneipen. Natürlich Raucherkneipe – seit hundertzwölf Jahren. Die Stammgäste waren nicht jünger. Tom hatte noch nie jemanden von ihnen kommen oder gehen gesehen. Sie waren immer da. Als Tom mit Claudia hierherzog, trank er dort zwei, drei Mal ein Bier; Solidarität unter Gastronomen. Freya Schmitz, die Wirtin, war damals schon ungefähr achtzig, eine, mit Schmuck behangene, Kettenraucherin. Sie nannte ihn »Jungelchen« und »Söhnchen« und kniff ihn in die Wange. Es war schwer zu ertragen – das Bier, der Geruch nach alten Senfeiern und schwarzem Tula-Tabak, der in den Zwanzigern geraucht wurde. Später versuchte Frau Schmitz, Delphine in ihre Raucherhöhle zu locken. Da verstand Tom keinen Spaß. Das machte Frau Schmitz sehr traurig.

Tom beschloss, sich auf eine der Bänke am Spielplatz zu setzen und einen durchzuziehen. Kiffen hatte sich in den letzten Wochen zum probaten Mittel entwickelt, Zeit vergehen zu lassen und mit dem Schmerz klarzukommen.

Spielplatz war ein Euphemismus.

Die Birkenwaldstraße war vor zwei Jahren zur Durchgangsstraße hochgestuft worden. Als Ausgleich baute der Bezirk im Rahmen eines »Kiezprojektes« den Spielplatz. Sie hatten die Bombenbrache kurz vor der Jodel-Straße planiert, Büsche gepflanzt, Bänke und moderne Leuchtobjekte aufgestellt, eine Sandkiste und ein Klettergerüst aufgestellt. Es sah kläglich aus, aber wenn man es am Gebrauch des Platzes maß, war die Entschuldigung angenommen worden.

Tagsüber bevölkerten muslimische Vollzeitmütter und Kinderläden-Gruppen samt Betreuerinnen den Platz, abends waren die Bänke und das Klettergerüst vom kiffenden Jungvolk besetzt. Jetzt, in der hohen blauen Stunde, standen alle Bänke verwaist. Die Leuchtobjekte leuchteten schon lange nicht mehr.

Tom setzte sich.

Die tief stehende Herbstsonne unter den Gewitterwolken tauchte die nach Westen führende Straße in goldenes Licht und machte für ein paar Minuten eine urbane Schönheit aus ihr. Elektrisch, funkelnd. Das fand der Falke auch, der in dem dürren Busch neben der Bank saß und Tom mit großen Augen anblinzelte. Tom hatte überhaupt kein Interesse an Ornithologie. Den Falken erkannte er an Schnabel und Gefieder. Falken waren schnelle Jäger. Vielleicht war er hier auf Mäuse aus; sein Jagdrevier war aber viel mehr die Luft. Tom hatte das in einer Dokumentation gesehen.

„Was suchst du hier?“, fragte Tom den Vogel. „Gggsch, geh weg, geh jagen!“

Der Falke schien anderes im Sinn zu haben. Er legte seinen braunen Kopf zur Seite, öffnete seinen Schnabel und stieß einen schrillen Schrei aus. Dann blinzelte er Tom wieder an. Seine Reaktion hieß wohl: Du bist sowas von keine Gefahr, Alter!

Stadtfalke, dachte Tom. Dem sitzt der Mittelfinger locker. Anders kommst du nicht durch in dieser Stadt. Gerade erst hatte eine Horde halbstarker Wildschweine einen Rentner am Geldautomaten im Friedenau überfallen. Hatte Tom gelesen. Im Wannsee und im Schlachtensee lebten Welse, die Dackel zum Frühstück verspeisten. In Hellersdorf waren die ersten Wölfe gesichtet worden. Aber ein Rabe am frühen Abend mit direkter Ansprache, das war schon was, dachte Tom.

Tom krümelte Dope in das Zigarettenpapier, gab Tabak drüber und fischte einen Pappfilter aus der Tasche. Er drehte mit geübtem Schwung das Papier zusammen, leckte den Klebestreifen an, um die Tüte zu schließen.

Nur Amateure stopfen ihren Joint nach!

Tom zündete die Tüte an, inhalierte tief und dachte:

Alles verfickte blöde Faschisten!

Der Falke war weg.

Eine alte Dame saß neben ihm.

Er hatte sie nicht kommen gesehen.

Sie saß so selbstverständlich und still neben Tom, dass er fast glaubte, sie habe schon die ganze Zeit neben ihm gesessen. Hatte sie aber nicht.

Die Tüte zwischen seinen Fingern war kaum angeraucht.

Er schaute wieder auf die alte Frau. Auf den ersten Blick sah sie aus wie Freya Schmitz. Das mochte am Alter liegen. Am Anfang und am Ende sieht sich alles sehr ähnlich. Die Alte trug einen grauen Pelzmantel. Er sah alt aus. Es war ein Wolfspelz. Tom hatte keine Ahnung, woher er das wusste. Der Pelz sah einfach wölfisch aus, archaisch, wild. Die alten Wilmersdorfer Damen, die Witwen, hatten Schneefuchs getragen, Nerz, Breitschwanz oder Waschbär. Die alten Damen waren schon lange verschwunden. Erst wurden noch Witze über sie gemacht, dann waren sie plötzlich weg – ausgestorben. Genau so war es dem alten Berlin gegangen; eben hatten noch alle seine Provinzialität belächelt, seine Ignoranz, Arroganz, dann war da nur noch ein leerer Fleck und alle suchten in ihren Bilddatenbanken nach dem, was sie plötzlich vermissten.

Da waren nur Schemen, Doppelbelichtungen, Schatten und Legenden.

Etwas muss erst ganz weg sein, damit es vermisst wird, wusste Tom.

Er wandte sich wieder der alten Dame zu.

Ganz ruhig und klein saß sie da in dem großen alten Mantel. Sie hatte was von einer Pennerin und gleichzeitig die Gelassenheit einer Königin. Ihr Gesicht war von einem dichten Netz von Falten durchzogen. Ihr Haar, grau und blond, trug sie zu einem Knoten gebunden, der im Kragen verschwand.

Die alte Dame drehte ihr Gesicht Tom zu. Sie lächelte. Sie musste einst sehr schön gewesen sein. Für einen Moment glaubte Tom, es zu sehen; als läge ihr junges Gesicht über dem, was die Zeit daraus gemacht hatte. Ihr Mund war der Welt eine Wonne gewesen. Ihr Gesicht war klar geschnitten, die Wangenknochen hoch, ihre Nase stolz. Dann sah Tom ihre Augen.

Wenn er nicht gesessen hätte, es hätte ihn umgehauen. Es war magisch, es war schrecklich: Ihre Augen waren wie zwei Löcher, durch die Tom in das Universum sehen konnte. Es war schwarz, unendlich schwarz und etwas bewegte sich darin. Es war voller Verzweiflung, voller Zorn; Tom konnte es spüren. Er wollte es nicht sehen, aber es wollte ihn nicht loslassen, es wollte sich zeigen. Und dann begann die alte Frau zu sprechen, ohne die Lippen zu öffnen. Sie benutzte keine Worte. Sie sprach in seinem Kopf.

Ihr Mund lächelte, ihre Augen hielten ihn, aber ihre Stimme sang. Sie sang ein uraltes Lied, sprach ein Gebet aus den Anfängen des Betens, klagte über großen Verlust, beschwor die Liebe, flehte um Hilfe. Ihre Sprache war alt, so alt wie der Wolf, den sie trug. Es war eine Sprache, die gemacht worden war, um über große Weiten gehört zu werden. Ihre erste Aufgabe war es gewesen, den Stamm zusammenzurufen, den Jägern Richtung und Anweisung zu geben. Ihr Klang war Bellen, ihre Stimme war kehlig, war wie in Holz geschnitten, schartig wie in Stein geschlagen. Und es gab nur ein einziges Wort, das Tom verstand. Und dieses eine Wort war schrecklich.

Das Wort war: Tom!

»Geht es dir gut?«, wollte die Stimme eines Kindes wissen.

Eine erwachsene Frauenstimme erwiderte:

»Nicht, lass das.«

»Du bist doch der Kaffeemann«, sagte das Kind.

»Klaus-Rudolf!«

Tom öffnete die Augen.

Klaus Rudolf war ungefähr vier.

Er kam immer mit seiner Mutter in die Kaffeekirsche. Dann machte Tom ihm eine Tasse Milchschaum mit Kakaopulver. Kuhmilch! Seine Mutter fand das nicht gut. Sie trank ihren Kaffee immer mit Mandelmilch.

»So hast du gesessen.«

Klaus Rudolf machte den sitzenden Tom nach – Hände flach auf die Bank gepresst, den Oberkörper nach vorn geneigt, Mund und Augen weit aufgerissen.

»So.«

»Nicht wahr.«

»Doch.«

Klaus-Rudolfs Mutter war jetzt dran. Ihr Vorname war Elvira.

»Geht es Ihnen gut?«, wollte sie wissen.

»Alles bestens.« Tom nickte. »Nur ein bisschen geträumt ...«

»Na dann.« Elvira griff sich ihren Sohn. »Der Junge muss ins Bett!«

»Bis morgen!«

Klaus Rudolf und Elvira marschierten ab.

»Ist das ein komischer Mann?«, wollte der Junge von seiner Mutter wissen.

Tom verstand die Antwort nicht mehr.

Klaus Rudolf drehte sich noch mal um und streckte Tom die Zunge raus. Klaus Rudolfs Papa arbeitete die Woche über in Frankfurt.

Die Affäre seiner Mutter arbeitete schräg gegenüber in einem Studio für Produktdesign. Die Produktdesigner holten sich ihre Kaffees immer gegen zehn.

Kein Grund, unfreundlich zu sein.

Tom hob den Joint auf, der zwischen seinen Füßen lag, und betrachtete ihn respektvoll. Etwas war passiert. Es war noch nicht vorbei. Tom spürte es. Er drehte sich vorsichtig nach links und nach rechts.

Keine Spur der alten Dame.

Tom packte die Tüte in den Tabak und steckte das Paket in die Hosentasche. Über der Straße hatten sich jetzt wieder schwere, bleigraue Wolken zusammengeschoben. Es grollte. Tom stand auf. Eine unangenehme Nervosität befiel ihn. Es grummelte in seinem Magen.

Die Stimme der Alten war nicht mehr zu hören, aber sie hatte den Klang in seinem Kopf zurückgelassen.

Der Klang hatte sich in Kopfschmerzen verwandelt.

Ich sollte aufhören zu kiffen, dachte Tom.

Früher ging mehr.

Der Feierabendverkehr hatte sich verzogen, der Himmel das leuchtende Blau angenommen, das ein letztes Aufbäumen gegen die Nacht war. In der hinteren Ecke des Spielplatzes tänzelte eine Gruppe Teenager, hörte Trap aus einer Bluetooth-Box und versuchte, gefährlich auszusehen. Sie warteten darauf, dass Tom sich endlich verzog und sie wieder die Hoheit über ihr Territorium übernehmen konnten.

Tom kannte die meisten der Jungs vom Sehen. Sie waren ein paar Jahre jünger als Delphine und lungerten gern vor der Kaffeekirsche rum, wenn Delphine an der Espressomaschine aushalf.

»Deine Verehrer«, hatte er sie aufgezogen.

Delphine warf ihm dafür diesen unglaublich gelangweilten Lana-Del-Rey-Blick zu, der ihm jetzt so fehlte.

Ob du in deinem Leben erfolgreich oder ein Versager bist, hat nichts mit Besitz zu tun. Es hängt davon ab, ob du in der Lage bist, wirkliche Beziehungen zu leben.

Tom hatte den Podcast einer Psychologin darüber gehört. Die Frau hatte recht; alle Momente des Glücks, an die er sich erinnerte, waren mit Menschen verbunden; mit Delphine.

Tom zog sein Telefon aus der Tasche und drückte Delphines Nummer. Sie ging ran. Es ging ihr gut. Sie war mit neuen Freunden unterwegs. Mehr war nicht wichtig.

Abgang!

Die Tür von »Freyas Katzentränke« stand offen.

Er überlegte kurz, ob er durch die Tür treten und ein Bier bei Freya trinken sollte. Musik dudelte heraus – Drafi Deutscher in Endlosschleife: *Marmor, Stein und Eisen bricht!* Es gab keinen besseren Platz als die Katzentränke, um sich verloren und elend zu fühlen: *Zwischen Leber und Milz passt immer noch ein Pils!* Tom ging durch die Tür. Bläulicher Dunst hing im Gastraum, ließ die drei Gestalten am Tresen eigenartig unscharf wirken. Es war kein Zigarettenrauch. Klar, der Gestank war noch da, aber oben drüber roch es nach Ozon. Der Space-Flipper blinkte gedämpft verloren vor sich hin. Freya war nicht hinterm Tresen. In der Küche rumpelte es und ein paar Blitze zuckten durch den Türspalt. Die drei alten Säufer nickten selbstvergessen und synchron zur Musik.

»Is wat?«

Rief es von hinten; Freyas Nikotin-‘n-Bier-‘n-Korn-Stimme.

Es war nichts.

Tom machte sich leise wieder davon.

Die D.A.D.-Propagandatafel stand noch immer vor seiner Bar.

Als er nahe genug dran war, sah er das Leuchten im hinteren Radkasten des doppelachsigen Hängers, auf dem die Fläche montiert war. Ein kleines, helles Flämmchen züngelte gegen das Schutzblech. Der Klassiker des Abfackelns: zwei, drei Spiritus-Kohleanzünder auf den Reifen unter das Schutzblech legen, anzünden, sich aus dem Staub machen.

Sobald der Reifen und die Schmiermittel zu brennen begannen, war mit normalen Löschmitteln nichts mehr zu machen.

Randale, hey, hey!

Denken ist nicht tun.

Wenn der Hänger und die Fläche richtig brannten, dann wären die davor und dahinter parkenden Autos auch bald dran, dann erwischte es den Straßenbaum und dann würde auch bald die große Scheibe der Kaffeekirsche in der Hitze platzen.

Randale, hey, hey!

Tom kratzte mit einem trockenen Ast die brennenden Spiritusstücke vom Reifen, warf sie auf den Bürgersteig und trat sie aus.

Das war eine absurde Situation: Er rettete die Werbetafel der Neonazis »Das Andere Deutschland«, die er so gern hätte brennen sehen.

Er hoffte, nicht ertappt zu werden. Schon gar nicht von den Leuten, welche die Spiritustabletten abgelegt und angezündet hatten.

Die Wahlen waren bald.

Keine gute Zeit für einen Kleinunternehmer, zwischen die Fronten zu geraten.

Der Reifen des Wagens hatte allerdings schon einen abbekommen. Er ließ Luft.

Die Werbetafel sackte leicht nach links hinten weg.

Eine sozialdemokratische Lösung.

Sich nach allen Seiten absichernd, betrat Tom den Flur des Hauses, in dem er wohnte.

Die Tür fiel schwer ins Schloss.

Oben erwartete ihn seine leere Wohnung, leicht staubige Traurigkeit und Albträume – wenn es mit dem Schlafen überhaupt funktionierte. Seit Delphine weg war, herrschte in Toms Kopf wieder Krieg; Albträume, in denen er bombardiert wurde, in denen er bis zum Hals in Schlachten steckte, die er nicht erlebt hatte, die sein Vater nicht erlebt hatte; der große Krieg hatte seine Familie vom Angesicht der Erde getilgt und ließ ihn jetzt noch schweißnass aus unruhigem Schlaf aufschrecken.

Das war richtig so, hatte sein Vater ihm schon als Kind immer wieder erklärt: Das hatten die Deutschen verdient!

Toms Vater war Friedensforscher gewesen.

3: Dezember 1942

Der Chef kannte seine Meinung.

Ritter von Thal machte keinen Hehl daraus. Die Sache war verloren. Sie war schon verloren, als die Falle noch nicht zugeschnappt war.

Es brauchte nur ein wenig Arithmetik und einen Hauch von strategischem Verständnis, um zu begreifen, dass dieser Krieg nicht auf Sieg, sondern auf Vernichtung zielte – die eigene eingeschlossen.

General Ritter von Thal war kein Feigling. Von unbedeutenden Schrammen wie Prellschüssen und Rissen abgesehen, hatte er sich in den zwei großen Kriegen über sechzehn Verletzungen zugezogen. Den ersten Treffer hatte er in Flandern erhalten, an der Westfront im Stellungskrieg mit Frankreich. Der General war damals gerade erst zum Leutnant befördert worden. Er sprang zeitgleich mit einem Engländer aus dem Graben. Ihre Blicke trafen sich.

Kein Erkennen, nur Zielen.

Der Engländer war der erste Feind, den er bewusst tötete.

Eine Zigarette rauchend, schlenderte er danach zum Verbandsplatz. Er fühlte keine Feindschaft. Der Tod machte ihm keine Angst. Es war seine erste Bewährung und er hatte sie bestanden.

Zwei Jahre später, nach einem Lungensteckschuss, hörte er mit dem Rauchen auf. Die anderen Wunden waren Granatsplitter, Pistolenkugeln, Bajonettstiche, Streifschüsse. Im neuen Krieg, als Kommandant einer Panzergrenadierdivision der Heeresgruppe Süd, kamen Granatsplitter, ein MG-Streifschuss und die Kälte dazu – von Dubno über Kiew bis nach Stalingrad.

Zweimal war ihm wegen Meinungsverschiedenheiten mit dem Generalstab angeboten worden, sich ausfliegen zu lassen.

Zweimal hatte er abgelehnt.

Er hatte einen Eid geschworen.
Er hatte seine Männer bis hierhin geführt.
Er würde sie nicht im Stich lassen.

Sie standen mit der Spitze ihrer Panzer am Rand des Wolga-Schwemmlandes, sie tranken, sie scherzten. Vor ihnen im Dunst, wie ein geheimnisvolles Buch, lag Stalingrad. Die Wolga zog sich durch Stadt und Steppe wie ein von der Sonne beschienenes, silbernes Band. Sie waren mit der 6. Armee von Sieg zu Sieg geeilt. Das zweite Ringen mit Frankreich war kaum mehr als ein kräftiger Spaziergang gewesen. Sie waren durch Belgien vorgestoßen, hatten Orléans und kurz darauf Paris eingenommen. Eroberer der Hauptstädte, so nannten sie die Sechste unter von Reichenau. Danach ging es Richtung Osten. Sie hatten die Verteidigungslinien in Wolhynien durchbrochen, bei der Schlacht um Kiew gekämpft und ganz ihrem Mut vertraut, als sie in Charkow den entscheidenden Vorstoß zur Einkesselung der russischen Truppen führten. Ihr Stoßkeil nahm Gussarowka im Mai und halbierte den russischen Brückenkopf am Donezk. Es waren harte Kämpfe, aber sie schlossen den Kessel. Der Oberbefehlshaber der 57. russischen Armee, General Podlas erschoss sich zusammen mit seinem Stabschef. Die Generäle Pobkin und Gorodnjanski fielen bei Ausbruchsversuchen.

Die 6. Armee war unbesiegbar, Paulus ihr Chef.
Sie konnten noch jedes Blatt wenden.
Mit dieser Hybris stürmten sie Stalingrad.
Das Blatt wendete sich.

Vor dem Kellerbunker im zerschossenen Kaufhaus Univermag am Roten Platz, im Zentrum der gemarterten Stadt, wurde für die Eindringlinge die große Symphonie des Untergangs aufgeführt; Stahlbässe strichen ihr Stakkato, Raketenwerfer sangen im Sopran vom nahen Tod.

Drinnen herrschte betretenes Schweigen.

Keiner der alten Soldaten glaubte daran, dass es gelingen würde, die Armee aus der Luft zu versorgen. Der Ring schloss sich immer enger. Panzer ohne Treibstoff und Munition waren nicht mehr als teurer Schrott. Und mit jedem Tag, den sie in der Igelstellung verharrten, schwanden ihre Optionen. Der Chef beharrte darauf.

»Haltet aus, der Führer holt euch raus!«

Am Arsch!

Der Chef versuchte, Form zu bewahren. Er schwankte leicht. Das lag am fehlenden Schlaf und überbordenden Rotweingenuss. Hinter seinem Rücken wurden Witze gemacht: Der Chef kämpft – er will keine einzige Flasche den Russen überlassen!

»Noch irgendwelche Kommentare?« Fragte Paulus herausfordernd.

Ritter von Thal trat einen Schritt vor.

»Vor der eigenen Armee, den anvertrauten Männern und unserem Volk halt ich es für unsere Pflicht, sich die Handlungsfreiheit selbst zu nehmen, wenn sie nicht gegeben wird ... Die Möglichkeit, den Löwen zu machen, haben wir ungenutzt verstreichen lassen ...«

Ritter von Thal war sich bewusst, dass die ganze versammelte Armeeführung ihn verstand. Den Löwen zu machen – das wäre der Ausbruch aus dem Kessel gewesen. Noch im November, vielleicht sogar noch Anfang Dezember, hätten sie es mit der ganzen 6. schaffen können.

»Jetzt geht es nur noch darum, die Art des Todes zu wählen!«

Der General zog seine Walter 38 aus dem Holster und legte sie auf den Kartentisch vor dem Oberkommandierenden ab, den Lauf gegen sich selbst gerichtet.

Tisch und Wände bebten unter dem nahen Einschlag einer Artilleriesalve.

»Ich bitte darum, erschossen zu werden ...«

Das bleiche Gesicht des Obersten Kommandanten wurde noch eine Spur bleicher.

»Das ist Meuterei!«, flüsterte er.

Ritter von Thal nickte knapp; ein Lächeln umspielte seine Lippen. Das war unangemessen. Er musste sich zusammenreißen, um nicht in Lachen auszubrechen. In Momenten größter Anspannung, gern auch in Kämpfen auf des Messers Schneide, überfiel ihn fatalistische Heiterkeit, die sich bis zu homerischem Gelächter steigern konnte. Denn wenn nichts mehr in der eigenen Hand lag, dann war das Sein dem kosmischen Gelächter am nächsten – Alles bedeutete Nichts.

Aber noch lag es auch in seiner Hand.

Der General verließ den Kommandobunker, ohne sich noch einmal nach Schar von Feiglingen und Befehlsempfängern umzudrehen.

Sie waren tot.

Sie wussten es nur noch nicht.

General Ritter von Thal huschte durch die Gräben, immer den Kopf eingezogen, immer auf der Hut vor russischen Scharfschützen, vorbei an ausgebrannten Häusern, zerstörten Kampfwagen, explodierten Geschützen. Gefallene Russen und gefallene Deutsche lagen als bizarre Skulpturen am Boden von Mütterchen Russland; keine Kraft vermochte mehr zu trennen, was der Tod vereint hatte.

Leuchtmunition holte immer neue Schreckensbilder aus der rußigen Dunkelheit. Das Furchtbare daran – sie erschreckten nicht mehr.

»Wie lief's?«, wollte Leutnant Schmitz, Schwarzenbergs Adjutant, wissen.

Er hastete neben dem General her, die MP 40 schussbereit, den Griff aus Bakelit fest umklammert.

Ritter von Thal lachte bitter auf und fuhr sich mit den Fingerspitzen über den Hals.

Schmitz verstand.

»Warte hier.« Befahl ihm der General. »Ich hab' noch was zu klären.«

»Ay.« Erwiderte Schmitz.

Der General kletterte eine kleine Anhöhe hinauf, einen schmalen Pfad im Verborgenen zwischen zwei zerstörten Häusern, der sich nach wenigen Metern immer höher zu winden begann. Am Anfang keuchten seine Lungen noch, aber mit jedem Schritt wurde ihm das Atmen leichter. Eis und Kälte blieben zurück. Statt durch Schnee stapften seine Stiefel durch Sand, der sich hinter ihm über seinen Spuren schloss.

Als er endlich den Gipfel erklommen hatte, lag das Tal brennend vor ihm.

Es gab dort einmal einen Ort, vielleicht sogar eine Stadt. Sie war nur noch ein rauchender Haufen Trümmer, aus dem immer wieder Flammen schossen, wenn ein unterirdischer Tank, eine Leitung oder Munition explodierte. Die rauchenden, dunklen Flecken, verteilt über verkohlten Wiesen und Feldern, waren vor wenigen Augenblicken noch Menschen oder Tiere. Ihre zerfließenden organischen Formen verrieten sie. Die Hänge des Tals, die einmal bewaldet gewesen sein mussten, waren überzogen mit schwarzen, schwelenden Stümpfen, über denen Aschewolken standen. Wo das Tal sich zur Ebene weitete, ließen die Aufwinde der Brände hohe Flammen wie endlose Weizenfelder hin und her wiegen. Und hinter den Flammen lagen weitere Brände, orange-rot die einen, die anderen weiß-blau und nur durch das Flimmern der Hitze zu erkennen, die sie abstrahlten. Am Ende der Welt, hinter dem Tal, hinter der Ebene, färbte sich der Horizont wieder rot wie bei einem Sonnenuntergang.

Der General kannte die Hitze im Gesicht. Er hatte sie in den letzten Jahren unzählige Male gespürt, wenn sie ein neues Dorf, eine neue Stadt erobert und plattgemacht hatten. Die Luft war erfüllt von Rußflocken und von Knistern und Knacken der tausend Brände. Zwei Rußflocken fielen aus der Höhe und wurden Rabenvögel, die ihn umkreisten.

Der General hielt den Speer in der Hand. Es war keine prachtvolle Waffe, kein tödliches Kleinod der Waffenschmiedekunst. Der Speer war schwarz von Alter und Blut, sein Kern war Fichtenholz; der Schaft war bis zur geschmiedeten Spitze mit Runen beschrieben.

Ritter von Thal fasste den Speer fest und stieß mit dem Schaft auf den Boden, dass die Erde dröhnte. Er fühlte sich wie ein Gott: unendlich und unbesiegbar. Er wusste, das war sein Werk. Jeder Gott braucht seinen Weltuntergang, sein Armageddon, seine Apokalypse, seine Ragnarök.

Er schaute auf seine Hand, die den Speer hielt. Es war eine uralte Hand. Die Adern auf dem Handrücken lagen offen wie Leitungen, die Knöchel waren vernarbt und weiß. Es war eine schwere Hand. Es war die Hand seines Vaters gewesen, dessen Vaters Hand, eine Kriegerhand, eine Mörderhand, eine Gelehrtenhand, eine Hand, die durch die Zeit fasste und jetzt seine war.

Die Hand eines alten Gottes.

Wodan, Weltenherr, Blut seiner Linie.

Der General straffte die Schultern. Er schaute zu seiner linken Hand, die gewaltig und alt den schwarzen Speer umklammert hielt. Aus dem Speer drang Kälte und Zorn in ihn hinein, ein archaischer Durst nach Blut, eine kichernde Sehnsucht nach Gemetzel.

Wirf ihn, flüsterte eine Stimme in ihm, eine Stimme ganz knapp hinter ihm. *Wirf den Speer und bring es zu Ende. Wirf ihn, wie du es immer getan hast – mit dem ersten Krieg der erste Sieg und von da an immer …*

Der General fasste den Speer fester, zwang ihn zur Ruhe in seiner Hand. Er schaute lange ins tiefe Tal; der Tod hatte sich wie schwarzer Schnee über die Landschaft gelegt; was noch nicht tot war, war am Sterben.

Der General gestand sich endlich ein, was er schon lange gespürt hatte; kein Sieg wäre groß genug, diesen Krieg zu beenden.

Er würde nie enden.

Ein abgrundtiefer Schrei, mehr ein gewaltiges Stöhnen, entrang sich seiner Brust.

Der Speer stand für einen Augenblick allein in der Luft, dann fiel er zu Boden, wo er vor enttäuschter Gier zitternd und bebend verschwand.

Der General riss sich los vom Anblick der Vernichtung, über der er für ein paar Momente, Minuten oder Ewigkeiten gestanden hatte, drehte sich um, stieg langsam und schweren Schrittes mit leeren Händen hinab in die kalte Hölle von Stalingrad.

Wenn der General tief in sich hinein lauschte, dann hörte er den Wahnsinn lachen. Der Wahnsinn des Krieges wohnte dort, wo alles verloren, keine Schlacht mehr zu gewinnen, keine Ehre mehr zu bewahren war – tief im totalen Krieg. Aber der Wahnsinn war nicht das Schlimmste. Je näher er dem Gemetzel wieder kam, desto klarer wurde ihm: Das Schlimmste war die Kälte. Die Kälte nahm sich den Rest, der von seiner Truppe geblieben war.

Lieber in einem heißen Feuer sterben, als langsam zu erfrieren, dachte der General; zuerst die Zehen, die Finger, gefühllos, schwarz, dann die Beine bis zu den Knien, die Arme bis zu den Ellbogen; die Nase eine schwarze Ruine, die Augenlider abgefroren; grindige Löcher, wo mal Ohren waren; schwarzes, faules Fleisch, überall.

Schmitz stand noch immer dort, wo der General ihn zurückgelassen hatte. Ein schwarzer Schatten im Schatten, aus dem ganz sachte die Glut einer Zigarette glomm.

»Komm, Schmitz!« Sagte der General lachend. »Lass uns die Truppenführer sammeln. Wir haben nichts mehr zu gewinnen als einen ehrenhaften Tod.«

Der General lachte.

»Ay!«, erwiderte Schmitz. »Ay.«

Er wusste, was es hieß, wenn der Alte lachte.

Ritter von Thal hatte mit Schmitz den Gefechtsstand erreicht, wo seine Gruppenführer schon auf ihn warteten. Der General hatte sich nicht mit ihnen abgesprochen.

Sie kannten ihn.

Sie wussten die Zeichen zu deuten.

Jetzt sprach der Alte zu ihnen.

Er beschönigte nichts.

Er versprach nichts.

Er sprach zu ihnen als Mann unter Männern: Dass es Dinge gab, die ein Soldat nicht tun durfte, weil sie keine Ehre hatten. Dieser Krieg hatte keine Ehre mehr, hatte sie schon lange verloren: ein Feind, der seine Soldaten wie Fleischwellen auf den Strand des Todes rollen ließ. Ein Führer, dem der Name einer Stadt wichtiger war, als das Leben der ihm durch Eid verbundenen Männer.

Der General hatte Ehre.

Er hatte die Ehre, an der Seite seiner Männer zu kämpfen und zu sterben.

Mehr war ihm nicht geblieben.

Tod oder Freiheit, sagte der General.

Freiheit gab es keine. Die war zuerst gestorben.

Er erzählte seinen Männern von den japanischen Kriegern, den Samurai, die den Freitod wählten, Seppuku genannt, wenn sie ihrem Herrn nicht mehr folgen konnten – oder wollten.

Die Männer nickten.

Die Männer verstanden.

Die Männer waren bereit: Sie hatten zusammengezogen, was noch an fahrbarem Material zur Verfügung stand.

Die kleine Schar hatte keine Hoffnung.

Sie hatte Wut.

Aber für die, die im Kessel blieben und wussten, dass sie im Kessel oder aufgestellt an eine Wand oder irgendwo in Sibirien sterben würden, für sie war dieser letzte Versuch die ganze Hoffnung, die sie noch hatten. Sie gaben ihren Kameraden Briefe mit, Uhren, Ringe, letzte Zeichen ihrer Liebe, von denen sie hofften, dass sie die Heimat erreichen würden.

Die kurze Nacht lang lag der General ohne Schlaf.

Zu Tode gesiegt, dachte er, am eigenen Größenwahn in der russischen Steppe festgefroren. Er hatte einen Sohn: Wilhelm Friedrich, im Oktober geboren. Da standen die Zeichen noch auf Heimaturlaub über Weihnachten. Nur noch schnell eine Stadt erobern. Nur noch schnell einen Krieg gewinnen. Dann erst mal Pause.

Er hatte ein Foto mit der Feldpost bekommen:

Mutter und Sohn wohlauf. Wir lieben dich!

Er hat seine Männer hierher geführt. Auch sie waren Söhne. Auch sie hatten Kinder, die sie noch nicht gesehen hatten. Die sie nie mehr sehen würden, wie auch er seinen Sohn nicht sehen würde.

Es war die schwärzeste Stunde der Nacht, als sich der Generalleutnant zu seinen Leuten begab. Er legte seine Hand auf kalte Schultern, sprach Mut zu, gab letzte Anweisungen.

Als sich im Osten die ersten hellen Schlieren am Horizont abzeichneten, selbst dieser Krieg für einen Moment durchatmete, zischte ein einzelnes grünes Leuchtfeuer gen Westen.

Dann heulen Motoren auf:

Ausbruch!

Der General fuhr auf Luke.

Er trug als einzigen Orden das Eiserne Kreuz, das ihm für seine Taktik der mobilen Stoßtruppen in den Gräben von Flandern im Ersten Großen Krieg verliehen worden war. Titel hatten Ritter von Thal nie was bedeutet. Dass sie die Schlachten gewonnen, aber die Politik den Sieg verloren hatte, das nagte noch nach all den Jahren an ihm.

Ritter von Thal war ein Krieger, in seinen Adern floss altes, dunkles Blut.

Er wollte nicht noch mal den Dreck der Niederlage fressen.

Lieber wollte er sterben.

Er hatte sich von seinem Eid befreit.

Gegen seinen Stolz kam er nicht an.

Die Motoren heulten, die Kanonen spuckten Tod und Verderben. MG-Salven hämmerten gegen die Panzerung, die Sturmgeschütze rollten wie Feuer speiende Ungeheuer, zerfetzten eingegrabene Geschütz- und Panzerstellungen.

Nach Westen, den Ring sprengen!

Aber was sich ihnen entgegenstellte, das war nicht mehr die gleiche russische Armee, die sie durch die Steppe vor sich hergetrieben hatten. Auch die Russen waren durch das Feuer des Krieges gegangen, waren hart und scharf geworden; sie kämpften gemeinsam mit der Erde, den Flüssen und dem Wetter gegen die Eindringlinge.

Die Nebelgranatpatronen der StuKas legten Wolken über die feindlichen Paks, die Kanonen der Panzer hielten hinein, aber hinter jedem Riegel war ein neuer Riegel, hinter jeder Feuerwalze lag eine neue Feuerwalze und der Weg nach Westen wurde weiter und weiter.

Der Panzer von Schmitz ging in einer Feuerwolke auf; da waren es nur noch sechs. Die Explosionen der mitgeführten Munition war ein letzter Salut auf ihrem Weg. Zwei IL-2-Schlachtflieger erwischten die StuGs. Metallsplitter fetzten gegen die Panzerung der Kampfwagen. Da waren es nur noch fünf.

Das Sturmgeschütz unter Leutnant Pullach drehte brennend nach links auf ein Rudel T34 zu, die sie von der Flanke packen wollten. Der Führungspanzer blieb brennend liegen, ein zweiter und dritter ging in Flammen auf. Dann war auch das StuG nur noch ein züngelnder Haufen Metall.

Sie waren immer noch nur drei.

Die Panzerabwehrbatterie lag in einer Mulde verborgen und von Gebüschen geschützt. Da waren es nur noch zwei. Die aufgesessenen Panzergrenadiere fielen stumm und zornig unter den MG-Garben in die schwarze russische Erde.

General Ritter von Thal sah die Granate kommen, die seinen Panzer unterm Turm traf; er spürte das Beben des Stahls, das Erzittern der Materie, die Feuerwolke, in die sich sein Kampfwagen unter ihm verwandelte, sah sich selbst brennen und in Stücke gerissen werden.

Ritter von Thal gab nicht auf.

So nicht.

Nicht so einfach.

Da waren sie nicht mehr.

Der General schaute nach links. Da fuhr Leutnant Schmitz mit seinem Panzer oder vielmehr das, was von Schmitz übrig geblieben war. Eine höhere Macht, eine brennende Wolke des Zorns; vorwärts stürmend, was eigentlich ein Rückwärts war.

Die Einschläge der Panzerabwehrkanonen, die Bomben der Schlachtflieger – das alles klang plötzlich sehr fern und dumpf.

Der General schaute sich um.

Die beiden Sturmgeschütze waren wieder auf ihrer Position. Sieben Kampfwagen waren sie gewesen und sieben stürmten in Keilerformation der untergehenden Sonne nach.

Die Zwölf-Zylinder-Maybach-Motoren brüllten. Sie brauchten keinen Treibstoff mehr. Der Wille trieb sie. Die Türme glühten vom Feuer, das in ihrem Inneren loderte. Dampf stieg von ihnen auf und hüllte die ganze Schar in schmutzige Wolken.

Die Mündungen der Geschütze spuckten unaufhörlich Tod und Stahl in die unendliche, unbeeindruckte Weite.

Sie schossen aus allen Rohren.

Sie feuerten mit allem, was sie hatten.

Sie starben, es zerriss sie, Stahl schmolz unter ihnen, aber sie wollten nicht aufgeben.

Sie waren nicht aufzuhalten.

Jetzt, in dieser Weite ohne Horizont, tat diese fürchterliche, gnadenlose Kälte nicht mehr weh. Es gab nichts mehr, was frieren konnte.

Der General hatte aufgehört, sich zu erinnern. Er hatte aufgehört zu denken. Wusste nicht mehr, wie lange das schon dauerte.

Der General war nur noch.

Er schaute an sich herunter auf die Haut- und Fleischfetzen, die ihn umwehten. Knochen schimmerten, die Reste der Eingeweide wurden nur noch durch das Koppelschloss zusammengehalten.

Seine Männer sahen nicht besser aus. Eiskristalle, scharf wie Schrapnelle, prasselten ohne Pause auf sie ein, schiffen sie immer blanker.

Der Krieg schleift seine Männer, wusste der General. Wer nicht früh genug aussteigen kann, den schleift er, bis die Knochen weiß schimmern.

Alles, was geblieben war, war die Kälte.

Die Kälte und Verzweiflung.

Dann brachen sie durch:

Auf die andere Seite.

4: Gefährten

Seit nur noch Weiber dieses Land regierten, war aus dem Volk der Deutschen ein Hühnervolk geworden; ständig Panik, ständiges Gegackere, ständige Angst vor allem, was nur im Schattenriss nach einem Fuchs aussah.

Es war das Grauen.

Wenn dann doch einmal einer fuchsig wurde, dann war das Geschrei groß. Dann kamen sie von allen Seiten, die Schnäbel gewetzt, das Gefieder aufgeplustert und gaben nicht eher Ruhe, bis der Fuchs ausgenommen war.

War Herbert Kummer selbst passiert.

Ausgenommen – zweimal.

Die erste Scheidung hatte ihn ein Vermögen gekostet. Damit war er klargekommen. Es passte nicht mehr und er wollte es schnell hinter sich haben. Damals glaubte er, dass Natascha es wert wäre. Aber diese Omsker Hexe mit ihren strohblonden Haaren, ihren Nutten-Schuhen und dem Bastard von einem Sohn hätte ihn beinahe seine gesamte Existenz gekostet.

Zum Glück hatte Greifen, seine Anwältin, eine Hintertür im Kleingedruckten des Ehevertrages eingebaut.

Das hatte Kummer ein für alle Mal gelernt – so wie man Feuer mit Feuer bekämpft, helfen gegen Weiber am besten Weiber!

Noch mehr als um sich, machte Herbert Kummer sich Sorgen um Deutschland. Was Deutschland helfen würde, davon hatte Kummer klare Vorstellungen.

Musste er sich in seinem eigenen Land beschimpfen lassen, weil er Deutscher war? Weil seine Eltern oder Großeltern Deutsche waren? Was die durchgemacht hatten! Die waren nicht abgehauen, um sich irgendwo von irgendjemandem Zucker in den Arsch blasen zu lassen. Die hatten in die Hände gespuckt und angepackt. So wie er selbst es auch gemacht hatte. Aber diese ganzen Schwulen, die packten nicht an. Die wollten dafür gefeiert werden, dass sie schwul waren. Wie dieser grüne Politiker, dieser Becker, oder wie der hieß. War vor ein paar Jahren mit Crystal Meth erwischt worden und fühlte sich dann sofort diskriminiert, weil er ja zu einer Minderheit gehörte.

Kummer war der Meinung, dass jeder machen konnte, was er wollte – wenn er niemandem damit auf den Geist ging. Aber vor ein paar Jahren war ihm aufgefallen, dass die Schwulen begonnen hatten, die Macht zu übernehmen. Ein Netzwerk von Weibern und Schwulen regierte das Land – von der Kirche über die Medien bis hin zum Fußball.

Früher gab es keine schwulen Fußballer.

Wer als Mann schwul war, ging zum Ballett oder wurde Frisör und gut war. Jetzt verging kein Spiel der Nationalmannschaft, nach dem nicht einer der Spieler aufstand und sagte »Ach, übrigens bin ich schwul und stolz darauf!« Und dann standen alle Schwulen und Weiber auf und sagten: »Oh, wie mutig, wie großartig, noch ein Schwuler!«

Kein Wunder, dass niemand mehr die Nationalmannschaft ernst nahm und Deutschland schon gar nicht.

Herbert Kummer war Autohändler in der dritten Generation. Opel. Die stolze deutsche Marke war an die Franzosen verkauft worden. So weit war es gekommen – schwule Froschfresser hatten jetzt in Rüsselsheim das Sagen.

Er hatte überlegt, das Geschäft aufzugeben, die Marke zu wechseln. Aber dann hatte er angefangen nachzudenken. Hatte begonnen, im Internet zu recherchieren. War auf Seiten gestoßen, die es anders sahen als die Mainstream-Medien. Die wirklich versuchten, die Wahrheit herauszufinden.

Das mit den Schwulen war nur ein Symptom, las er da, war nur ein kleines Puzzlesteinchen im großen Plan. Der große Plan bestand darin, eine neue Weltordnung, kurz NWO, aufzubauen und die Bevölkerung zu dezimieren. Deutschland gehörte zu den Ländern, in denen dieser Plan schon am weitesten fortgeschritten war.

Kummer hatte einen Artikel eines Schweizer Privatgelehrten gelesen. Der Autor legte dar, dass die Vernichtung Deutschlands nach dem Zweiten Weltkrieg ein Eckpfeiler der NWO war und gerade eine Umdeutung der Geschichte stattfand.

Die Deutschen wurden zu ewigen Juden gemacht. Der Autor zeigte auf, dass es die geheime Aufgabe der mit Steuergeldern finanzierten Staatsmedien war, die Erzählung der Schuldgeschichte auf allen Kanälen und Medien lebendig zu halten.

Die Lügenpropaganda war so erfolgreich, dass die Mehrheit der Deutschen überzeugt war, dass ihre Schuld unverzeihbar war. »Nie wieder« war ihr Mantra.

Wo immer das Monopol der deutschen Schuld infrage gestellt wurde, verteidigte Deutschland seinen Anspruch auf seine einzigartige Verworfenheit bis aufs Messer. Wo immer Führung und Stärke gebraucht wurden, duckte Deutschland sich.

Die Entdeutschung der Deutschen konnte als gelungen betrachtet werden.

Herbert las den Artikel immer wieder. Er war sich nicht sicher, ob er alles verstanden hatte. Das mit dem ewigen Juden war nicht so seine Sache. Er glaubte sogar, selbst einen Juden zu kennen. Konnte aber auch ein Italiener sein.

Herbert konnte den Artikel fühlen.

Es war das Gefühl, was ihm auf der Brust saß, wenn er sich anschauen musste, was in diesem Land, in dieser Stadt gerade passierte- zum Beispiel dieser grün-ideologische Elektroautoschwindel. Die Dinger waren umwelttechnisch eine Katastrophe. Die Batterieherstellung eine Schweinerei. Und noch niemand hatte daran gedacht, was dann mit den alten Autos nach dem Modellwechsel stattfinden würde. Sie würden bis in den letzten Winkel der Welt fahren, wo es bis jetzt keine Autos gab.

All die Dinkelkeksfresser fanden es super.

Am Arsch, dachte Herbert, am Arsch.

Privatdozent Dr. Laufey, der Autor, hatte was in ihm angestoßen.

Herbert tat, was er noch nie getan hatte – er schrieb dem Autor eine Mail. Er bedankte sich. Entdeutschung der Deutschen – er empfand es genauso, genauso!

Und dann passierte das Unglaubliche – der Herr Privatdozent antwortete!

Der Moment veränderte Herbert Kummers Leben.

Er war mit seiner Meinung nicht allein. Er hatte es geahnt. Aber der Herr Doktor hatte *Informationen*! Da lief ein Riesending und es gab ein paar Leute, die das durchschauten. Der Herr Privatdozent war so jemand. Und Kummer selbst war es auf eine gewisse Weise auch.

Es entspann sich eine rege Korrespondenz, in deren Verlauf die Idee entstand, sich in Berlin zu treffen. Vielleicht in einer Art Gesprächsrunde.

Möglicherweise hatte Herr Kummer ja Freunde, Gleichgesinnte, die auch Vergnügen an so einem Austausch haben würde. Dann wäre es Herrn Laufey ein Vergnügen, wenn Herr Kummer sie mitbringen würde.

Der Privatdozent würde einen Raum im Ritz-Carlton buchen.

Dr. Kotschynski war Stammkunde bei OPEL KUMMER und wurde seit Jahren vom Chef persönlich betreut. Der Doktor fuhr einen Insignia BiTurbo, das Topmodell, mit allem, was die Liste hergab. Er hatte Mathe und Deutsch am Gymnasium unterrichtet und war jetzt pensioniert.

Dr. Uwe Kotschynski war schlank, spielte jeden Tag Tennis und hatte Herbert bei einer Probefahrt erklärt, wie die Alliierten ihre Siegergeschichte in Deutschland installiert hatten.

Herbert glaubte, dass Uwe schwul war. Aber Kotschynski riss sich zusammen und vermied jedes vordergründige Geschwuchtel. Das war in Ordnung. Weltanschaulich war er auf der richtigen Seite.

Kotschynski war sofort dabei, als Kummer ihm von einem möglichen Treffen mit dem Herrn Privatdozenten erzählte. Er bat darum, einen Bekannten mitbringen zu dürfen, jemanden, der Herrn Laufey als Autor schon lange folgte und bewunderte.

Bernd Schaller war ehemaliger Verwaltungsrichter. Ein stämmiger Mann mit rotem Gesicht und einem weißen Schnauzer als Schmuck.

»Bernd kann dir Dinge erzählen ...«, hatte Uwe angedeutet. Natürlich war ein Ex-Richter willkommen.

Kummer machte einen Bogen um die Lauten, die Politischen, die Vordergründigen. Die interessierten ihn nicht. Die bellten nur. Er hatte das Gefühl, dass die Still-Zornigen, die mit den bösen Witzen, eher zu Herrn Privatdozent passen würden.

Er suchte Macher, nicht Schwätzer.

Leute, die in ihrem Leben was bewegten.

Es waren die Leute, die bei Empfängen und Tagungen hinten saßen, an den Ecktischen standen und die am Lachen zu erkennen waren.

Er fand sie in seiner Mailingliste, bei der IHK, beim Sommerfest des Bürgermeisters, wo er seit Jahren zu den Sponsoren gehörte, und im Kunden- und Bekanntenkreis.

Das Problem war die Auswahl. Es sollte ja keine Großveranstaltung werden.

Herr Laufey hatte für das Treffen um einen Kreis von Vertrauten gebeten. Kummer vertraute seinem Gefühl. Das sagte ihm, dass seine Anwältin mit dazugehörte. Sechs Leute schien ihm eine gute Zahl. Die Sechs steht für Gerechtigkeitssinn und Mitgefühl. Mit dem Herrn Privatdozent waren es sieben. Sieben ist die erste vollkommene Zahl, sagen die Numerologen. Das bedeutete was. Das war gut.

Sie trafen sich an einem Donnerstag, um einundzwanzig Uhr in einem kleinen, aber sehr edel eingerichteten Besprechungsraum im ersten Stock des Ritz'.

Kummer hatte sich im letzten Moment für einen dunklen Einreiher entschieden und die Krawatte im Auto wieder eingesteckt, bevor er das Ritz-Carlton betrat. Er wollte nicht zu förmlich erscheinen.

Die ganze Runde war schon versammelt, als er den Besprechungsraum betrat. Er drehte seine Runde, gab allen die Hand.

Alles gestandene Männer. Alles Leute, die wussten, dass es so nicht weitergehen konnte.

Erwartung lag ihm Raum.

Kummer hatte einen Abend mit einem Mann der alternativen Medien versprochen, der die Wahrheit kannte. Der erklären konnte, warum es so lief, wie es lief und wer wirklich hinter allem steckte.

Bernd Schaller zitierte aus einem Aufsatz, indem der Herr Privatdozent dargelegt hatte, dass Deutschland über das ganze politische Spektrum von einem Gleichmacherismus durchdrungen war. Angleichung war Common Sense, Differenzierung böse. Er nannte das den Wechsel vom Politischen ins Systemische.

Alle hörten aufmerksam zu und nickten, als hätten sie es auf Anhieb verstanden.

Dann kam der Herr Privatdozent.

Kummer war sich nicht sicher, was er erwartet hatte. Ein Leuchten vielleicht, eine besondere Aura. Etwas, dem man bedingungslos zustimmen konnte. Es war nichts Besonderes an Herrn Laufey. Keine beschwörende Geste, kein Nebel, kein großer Auftritt; er stand plötzlich im Raum, nickte in die Runde, nahm mit geschmeidiger Bescheidenheit an der Stirnseite des Tisches Platz. Und doch fühlte sich Herbert Kummer auf eine ganz wunderbare Weise erregt. Fast wie als Kind an Heiligabend kurz vor der

Bescherung – wenn der große Sack schon dastand, aber noch alles möglich war; bald würden sich großartige Dinge enthüllen!

Er schaute sich verstohlen um und erkannte den gleichen Glanz auf allen Gesichtern. Jeder spürte es wohl; eine wahre Führerpersönlichkeit braucht kein Gewese.

Bevor ein Moment von Verlegenheit aufkam, schlug der Herr Privatdozent vor, sich bei einem gemeinsamen Bier gegenseitig vorzustellen.

Er bestellte sieben Bier mithilfe des Tablets, das auf dem Tisch stand. Kummer hatte sich schon gefragt, wozu es gut war. Der Herr Laufey kannte sich aus in der Welt!

Wenn es noch nötig gewesen wäre, Herzen zu gewinnen – mit dem Servieren der Biere wäre auch das letzte gewonnen.

Der Herr Privatdozent selbst ging beim Vorstellen voran.

Er erzählte von seinen Studien in Heidelberg und an der Sorbonne, er hatte in Oxford gelehrt und war dann in einen Londoner Think Tank berufen worden, in dem immer noch die deutsche Frage diskutiert wurde. Dort war er auf Informationen gestoßen, die ihn neu denken ließen.

Die letzten zehn Jahre hatte er in der Schweiz verbracht, um an seinem Buch »Das Ende Deutschlands« zu arbeiten, dass demnächst bei einem renommierten Verlag erscheinen würde. Der Aufsatz, welcher der Anlass zur Freundschaft mit Herrn Kummer gewesen war, war ein Kapitel aus dem zu erwartenden Buch.

In verschwörerischem Ton fügte der Herr Doktor an, dass er sich bei jedem einzelnen der Gäste für das Kommen bedanke – man wisse ja nicht, wie lange solch ein Treffen freier Geister noch möglich sei!

Hört, hört, dachte Kummer, wer weiß, was er noch weiß ...

Es gab Applaus, den der Herr Privatdozent ablehnte.

Dr. Kotschynski, Gymnasiallehrer im Ruhestand, zitierte Goethe: »Mit freiem Volk auf freiem Grund.«

Das kam gut an.

Der Ex-Richter Schaller hatte fast dreißig Jahre am Landesgericht Dienst getan. Er kannte den ganzen Wahnsinn des Systems, hatte miterlebt, wie krude Islamisten zu Opfern der Unterdrückung umgedeutet wurden und der freiheitliche Sozialstaat seine Gegner alimentierte. Bei Gelegenheit und Interesse würde er die eine oder andere Episode beisteuern. Er bedankte sich ausdrücklich bei Herbert Kummer, dass er hier dabei sein durfte.

Kummer hob das Glas.

Steffi Greifen war die Frau in der Männerrunde. Sie war Kummers Anwältin und Notarin und die Retterin seines Vermögens vor den haltlosen Ansprüchen einer russischen Wanderhure. Eine strenge, leicht graue Blondine. Herbert machte seit Jahren seine Verträge mit ihr. Er mochte sie.

So modern durfte eine Männerrunde sein, dachte er, dass eine Frau dazugehörte.

Steffi Greifen erklärte, dass sie die Einladung in diese Runde als Kompliment dafür nehme, eine Frau mit Eiern zu sein.

Sie traf damit genau den richtigen Ton.

Carsten Falter, ehemaliger Offizier der Bundeswehr, war in Afghanistan im Nachrichtenkommando und betrieb jetzt eine Firma für Datensicherheit. Er konnte beweisen, dass Google ein Unternehmen der Reptiloiden war. Die Beweise waren sicher. Sie versteckten es nicht einmal – der Name des Mutterkonzerns: Alpha!

Der Ex-Hauptmann hatte keine Scheu zu erklären, dass er die Thesen des Herrn Privatdozenten interessant fand; er persönlich schätzte die Lage viel, viel schlimmer ein.

Es ging um die gesamte weiße Rasse!

Herr Laufey war sich sicher, dass er mit dem Herrn Hauptmann einen befruchtenden Austausch haben würde.

Kummer war zufrieden; eine solche Runde brauchte einen Militär. Jemanden, der zu handeln wusste! Natürlich würde es irgendwann auf Waffen hinauslaufen, da war er sich sicher.

Wolf Landsky, ehemaliger Marketingvorstand eines großen Berliner Eigenbetriebes machte es kurz, nannte seinen Namen und sagte was von der Kraft der Ideen, deren Zeit gekommen war.

Lutz Grind war für Kummer das Sahnehäubchen in der Runde. Er und Grind waren Schüler der gleichen Stufe im Stauffenberg-Gymnasium. Grind war in der Schule der Checker: eine seltene Mischung aus Sportler und IT-Nerd.

In den Zweitausendern machte Grind ein Vermögen mit dem Import von PCs aus China. Er verkaufte den Laden auf dem Pik und langweilte sich seitdem in seiner Villa. Manchmal lud er Kummer zu sich ein. Sie erzählten alte Geschichten, Grind jammerte, wie scheiße langweilig sein Leben geworden war. Dazu tranken sie überteuerten Klugscheißerwein.

Kummer verstand was von Wein, aber man konnte es auch übertreiben!

Arroganter Wichser, dachte Kummer, seit Jahren keinen Finger mehr krumm gemacht.

Grind hier in der Runde zu haben, war ein persönlicher Triumph.

Herbert Kummer war dran, sich vorzustellen.

Der Notarin von Name und Anschrift her bekannt, warf Steffi ein.

Alle lachten anerkennend.

Ja, Herbert Kummer war der Mann, der alle zusammengebracht hatte.

Er genoss es.

Herr Laufey begann launig.

Warum, fragte er in der Runde, ist die Welt Deutschland nicht dankbar?

Kurzes, erstauntes Schweigen.

Seit dem unglücklichen Zweiten Großen Krieg sei Deutschland der Teppich, unter den die ganze Welt ihren Dreck kehren kann.

»Ihr denkt, wir sind schuldig? Schaut euch die Deutschen an! Den Deutschen konnte selbst die Gnade Gottes nicht mehr zuteilwerden, weil es in dieser säkularisierten Welt keinen Gott gibt. So bleibt die Schuld in aller Ewigkeit ungesühnt – ohne Gnade keine Sühne. Also wird, im metaphorischen Sinne, der Deutsche Adam zum Deutschen Luzifer – ein für alle Mal ins ewige Dunkel gestürzt.«

»Ewiger Jude«, warf Schaller ein.

»Danke, dass Sie das sagen.« Laufey kratzte sich am Kinn. »Ich habe die Metapher korrigiert. Der Ewige Jude ist ein Wanderer. Der Deutsche Luzifer ist in seinem Land gefangen, das, mit Mahnmalen vollgestellt, zur physischen Verkörperung seiner Schuld wird.«

Kurzes, kräftiges Knöchelklopfen auf der Tischplatte.

»Und die Deutschen, die Schuldigen, sind die Ersten, die aufspringen, um auf der Einzigartigkeit ihrer Schuld zu bestehen. Käme einer, um die Deutschen von ihrer Schuld zu erlösen, die Sühne anzunehmen – würden sie ihm folgen oder würden sie ihn kreuzigen?«

Interessante Frage.

Herr Laufey orderte Portwein und Erdbeeren.

Spät war es, der eine oder andere Schnaps war getrunken worden und es wurde Tacheles geredet.

Bernd Schaller erklärte, dass das Verwaltungsrecht ein einziges Instrument der Selbstbehinderung war.

Steffi Greifen warf ein, dass sie es als emanzipierte Frau nicht ertragen könne, wie der neue Feminismus sich mit den Islamisten verbünde und das Kopftuch als Akt der Emanzipation feierte.

Verrückt, verrückt.

Bei den Symptomen war man sich einig. Langsam begann die Runde zu begreifen, was alles dahintersteckte; welcher Erzählung der Geschichte man folgte, entschied, ob man als Besiegter oder als Befreiter lebte.

Aber was nützte das?

»Was konnte man tun, um wieder Herr, und – Entschuldigung, Steffi! – Frau, der eigenen Geschichte zu werden?«

Laufey hatte die Frage wie beiläufig in den Raum geworfen.

Gedankenschwere Stille füllte den Raum. Lutz Grind unterdrückte ein Gähnen, entschuldigte sich leise und ging nach draußen.

»Was können wir tun?« Hakte Herr Laufey nach.

Das Licht im Raum war plötzlich dunkler geworden, flackerte wie von Fackeln. Kummer hatte das Gefühl, dass der Kreis enger zusammenrückte, zum Herrn Privatdozent hingezogen wurde, sich wie eine Aura um ihn legte.

»Sollten wir nicht auf Grind warten?«

Fragte er vorsichtig.

Laufey antwortete, dass Grind noch etwas brauchen würde. Er fuhr fort.

»Völker sind der Beitrag der Welt zur Differenzierung der Menschheit. Stirbt ein Volk, geht der Welt ein Stück Vielfalt verloren. Wie stirbt ein Volk? Es stirbt, indem es seine Geschichte verliert, sie durch schwule, lesbische, immigrantische Identitäten ersetzt, bis nichts Eigenes mehr bleibt.«

Alle hier im Raum wussten: Das Volk stirbt!

Die Tür ging auf, Lutz Grind kam zurück. Er versuchte, leise zu sein, stieß aber gegen den Rahmen der Tür.

»Entschuldigung«, sagte er und zog schniefend die Nase hoch. »Entschuldigung, sorry, tut mir leid ..., worum ging es gerade?«

»Sie kommen gerade richtig.«

»Jetzt, meine Herren, meine Dame, muss ich sie warnen«, fuhr er mit sanfter Stimme fort. »Es gibt Wissen, das verändert die Wahrnehmung der Welt. Es hat eine esoterische Dimension. Es ist nur für die bestimmt, die es wirklich, und ich meine wirklich, hören wollen. Wenn jemand von Ihnen das nicht möchte, dann wäre jetzt der Zeitpunkt, diese Runde zu verlassen.«

Kummer spürte Laufeys Blick.

Nein, er wollte die Runde nicht verlassen, wollte wirklich hören!

Er schaute sich um.

Niemand rührte sich.

Laufey berührte mit den Fingerspitzen seine Stirn, dann begann er: »Ein Volk stirbt, ein Volk lebt – das klingt nach Metapher. Aber es ist real. Völker sind Energien. Die Quantenphysik hat das eindeutig dargelegt. Das Ziel aller Energie ist es, in Harmonie, im Gleichgewicht zu sein. Aber wenn die Energie, die in der Mitte unseres Kontinentes für Frieden sorgen sollte, aus dem Gleichgewicht gerät, überlagert wird, dann wird der ganze Kontinent ins Ungleichgewicht geraten. Das Übergewicht der westlichen, angelsächsischen Energie hat Europa in eine Situation gebracht, indem wir uns selbst auszulöschen drohen. Deshalb muss die Energie der Mitte wieder herrschen. Und auch das: keine Metapher.«

»Wie?«

Laufeys Sprechen war ein Flüstern geworden und jeder am Tisch fühlte, dass dieses Geheimnis nur ihm offenbart wurde.

»Es gibt Artefakte von solcher Macht, dass sie den Fluss der Energie ändern können. Und ein Artefakt gehört zu diesem Land. Die Eingeweihten kennen seinen Namen. Es ist so alt wie dieses Land. Es ist so real. Er kann alles ändern. Eine Armee steht hinter ihm.«

»Wer weiß so was zu beherrschen?«, wollte Kotschynski wissen.

»Na er«, sagte Grind unvermittelt und wischte sich über die Nase. »Er kann das.«

»Sie sind in geheimen Künsten bewandert?«, fragte der Ex-Richter in offiziellem Ton bei Herrn Laufey nach.

Der Herr Doktor schloss für einen Moment die Augen.

Als er sie wieder öffnete, lag ein Strahlen in ihnen, wie keiner der Anwesenden es je gesehen hatte; das leuchtende blaue Auge links war von einer kalten Stärke, die Gänsehaut machte. Das braune rechte Auge war so warm und einladend, dass ihm keiner widerstehen konnte.

»Ja.« Sagte Laufey und dann legte er die Hände auf den Tisch: »Aber ich kann es nicht allein. Es braucht eine Gemeinschaft, die es trägt!«

Laufey schaute von einem zum anderen.

»Was sollen wir tun?«, wollte Steffi wissen.

»Zuerst brauchen wir einen Ort«, sagte Laufey. »Einen Platz, wo wir uns vorbereiten können, wo niemand stört. Bäume, Himmel Gemeinschaft – wie in den alten Tagen.«

»Meine Hütte«, platzte es aus Grind heraus. »Das klingt nach meiner Hütte. Ich geb' sie. Da kommt endlich wieder Leben in die Bude.«

Alle schauten auf Grind.

»Aus freien Stücken der Gemeinschaft geben?« Fragte Laufey.

»Klar.« Schniefte Grind. »Die Energie!«

Ein Notar war anwesend.

Er dokumentierte, dass die Dinge sich so zugetragen hatten: Lutz Grind hatte das Eigentum an seinem Haus an Herrn Privatdozenten Laufey übertragen.

»Und Brigitte?« Wollte Kummer wissen.

»Ach!« Lutz winkte ab. »Wir wollen uns sowieso trennen.«

Weiber!

Es war Zeit zu gehen.

Die Gemeinschaft hatte einen Plan. Sie würden sich im Haus in Wannsee treffen. Herr Grind würde alles vorbereiten.

Herr Laufey wird im Laufe des nächsten Tages kommen, um das Haus zu übernehmen. Die Herren sollten bereit sein, ihre Dinge so ordnen, dass auch ein paar Tage Abwesenheit möglich wären.

Sie würden ein Zeichen erhalten.

Sie traten sehr gerade und entschlossen aus dem geschützten Raum in die versiffte Berliner Nacht.

Jeder ging in seine Richtung.

Als Lutz Grind gegen das Anraten von Kummer im eigenen Wagen nach Hause fuhr, hatte er ein mulmiges Gefühl. Er hatte es immer, wenn er vom Koks wieder runterkam.

Je näher er dem Kronprinzessinnenweg kam, desto deutlicher begriff er, dass er einen großen Fehler gemacht hatte. Brigitte würde das nicht gutheißen. Sie würde es ganz und gar nicht gutheißen, dass er ihr Haus weggegeben hatte. Ja, er wollte sich trennen. Brigitte wusste es nur noch nicht.

Sie würde ihm die Hölle heiß machen!

So leise wie möglich fuhr er den Wagen in die Garage. Im Haus brannte noch Licht, er schlich die Treppe hoch. Im Fernseher lief »Sweet little lies«. Er erkannte es an der Musik.

Grind traute dem Frieden nicht.

»Brigitte? Brigitte, Häschen?«

Dann sah er sie.

Sie lag bäuchlings im Kaminzimmer auf dem Boden, rührte sich nicht.

Ihre Arme waren ausgestreckt, der Kopf unnatürlich zur Seite verdreht.

Tot, erkannte Grind.

Genickbruch, vermutete er.

Grind stand eine Weile über der toten Brigitte und konnte es nicht fassen. Er hob die Fernbedienung auf, die ihr aus der kalten Hand gefallen war, und schaltete das Gerät ab. Dann goss er sich einen Whiskey ein.

Lange hatte er sich nicht mehr so frei gefühlt.

Er ging einmal um sie herum, stupste sie mit dem Fuß an. Nichts.

Ausgehaucht.

Jetzt, wo sie tot war, sah ihr Arsch gar nicht mal so übel aus.

Herr Grind nahm sich das Festnetz vom Tisch und wählte den Notruf.

Wenn du nur einmal in deinem Leben ein DANKE betest, dann hast du genug gebetet für dein Leben – das hat er mal irgendwo gelesen.

Danke.

Herr Laufey trank noch einen dreißigjährigen Armagnac an der Bar, fuhr dann mit dem Aufzug in die vierunddreißigste Etage in sein Zimmer. Er legte sich eine Linie Koks auf dem Glastisch am Fester.

Er hielt Kokain für eine der großen Erfindungen der Menschheit. Und wie es dieser Escobar zu einer Mode gemacht hatte, das war hinreißend. Auf die Menschen war Verlass; wo immer es eine krumme Tour gab, sie fanden sie.

5: Waldesruh

Es gab keine höhere Manifestation des Göttlichen als Vishnu. Er war pures Sein und pures Bewusstsein zugleich. Auf dem Schlangenkönig Sehsha liegend, trieb er durch das Universum. Lakshmi, seine Frau, massierte ihm die Füße. Als ihre zarten, sanft drückenden Daumen dabei über jenen lieblichen Punkt fuhren, der mit dem Svadhisthana-Chakra verbunden war, stieg ein kleines wildes Verlangen in Vishnu auf und ein Gedanke entfuhr dem Lotus, der aus seinem Bauchnabel wuchs. Diesem Lotus war vor Ewigkeiten der vierköpfige Gott Brahma entstiegen und er tat es immer wieder, denn Brahma war die Weltseele, war die Zeit und unterlag ihr doch.

Das Svathisthana-Chakra, auch Sakral-Chakra genannt, das Süße, das Liebliche, ist das Sexualzentrum des Seins, dem Wurzelchakra näher als dem Kronenchakra. Wo immer Sex aufblüht, ist der Rausch nicht fern, ist die Unachtsamkeit nahe.

Aus dem Rausch formte sich ein anderer zukünftiger Wächter der Schöpfung; ein wilder Gott, der sich nach seiner Geburt, gestaltlos noch, in Wolken hüllte und als Gewitterfront auf die Erde fiel; die Fallwinde des großen Berges nahm er auf und zog mit dem kalten Ostwind der Sonne hinterher nach Westen, wo der Himmel noch leer war; über die Wüsten jagte er, über mächtige Gebirge, die ihm den Weg verlegen wollten, über Wälder und endlose, grasbewachsene Steppen.

Er traf auf Völker, viele Völker, die hatten noch nie von Vishnu gehört. Sie beteten zu Göttern, denen war das Universum ein kalter Ort, die hielten alles Sein für einen Sündenfall, verehrten die große Schlange oder das ewige Feuer. Sie erwiesen ihm keine Ehre, sie duckten sich unter den Blitzen des Wütenden und flohen seiner tobenden Gewitterfront.

Ein großes Volk wohnte zwischen zwei Flüssen, nicht weit von der Küste einer rauen See. Es sah ihn tosend kommen und versteckte sich nicht. Seine Götter waren Berge, Seen, Sümpfe, Flüsse und Bäume. Mächtig waren sie allemal.

Ihre Götter, sie nannten sie Wanen, stellten sich auf zum Kampf und so kam der erste Krieg in die Welt. Es war ein Toben und Bersten, Feuer loderte, Wasser schäumte auf und Regen peitschte. Am Ende aber war, nach dem ersten Krieg, der erste Friede zu Gast in den Wäldern und Sümpfen.

Die Männer und Frauen seiner Völker reckten ihre Speere und Schwerter in den Himmel, grüßten die Blitze, bejubelten den Donner, hießen den neuen Gott des Himmels, den Herren der Welt, willkommen. Sie fühlten sich eins mit Gewitter, Wolkenfront und seinem Wüten. Sie liebten – wie er – die tiefen Wälder, die wilde Jagd, die hoch aufragenden Bäume, die mächtig die Erde umfassten und mit ihren Kronen den Himmel hielten.

Sie fanden einen Namen für ihn und so hieß er: Wodan.

Sie gaben ihm eine Gestalt, die ihnen ähnlich war – bärtig und stark, getrieben von der Sehnsucht, diese Welt zu verstehen. Sie gaben ihm eine Frau zur Seite, sie war eine ihnen vertraute Göttin. Freya. Sie hütete das Herdfeuer und ließ die Natur erblühen; fruchtbar wurde alles, worauf ihr Auge fiel.

Mit jedem Mond, mit jedem Lauf der Sonne, mit jedem Tag, an dem die Raben ihm berichteten, und jeder Nacht, in der die Wölfe ihm Kunde brachten, verstand Wodan mehr von dieser Welt.

Er lehrte seine Völker seine Geschichte von der Entstehung des Himmels und der Erde, vom ersten Menschenpaar. Gemeinsam fanden sie den Baum Yggdrasil; er lehrte sie, die Zeichen zu deuten, die richtigen Opfer zu bringen. Er lehrte sie, den Speer Gungnir zu verehren, dieses mächtige Geschenk von Wanen und Zwergen, und den Tod nicht zu fürchten.

In den glücklichen Tagen, wenn Himmel und Erde in Balance waren, der Tod wie das Leben begrüßt wurde, sich Leben und Sterben die Waage hielten, warf er sich den grauen Mantel über und zog hinaus, um zwischen Menschen, Riesen und Göttern zu wandeln und um weiteres Wissen zu sammeln.

Die Welt war wunderbar und doch war am Ende alle Erkenntnis schrecklich: Es würde zu Ende gehen. Ein Ungeheuer wird die Welt vergiften, der Himmel wird auf die Erde stürzen und Feuer alles Glück verzehren ...

So war es gekommen. Ungeheure Anmaßung und eine, selbst für den Schlachtengott unvorstellbare Grausamkeit, hatten die Welt vergiftet. Der Himmel war auf die Erde gestürzt. Alles Glück war verbrannt.

Leere ist Fülle, denn alles kommt aus der Leere.

Auch der Tiergarten war nicht leer. Nachdem der Feueranzünder, der lachende Heizer im dunklen Mantel, den alten Gott brennend zurückgelassen hatte, gingen überall Augen auf, raschelte es in allen Büschen, flogen die Raben klagende Spiralen, bellte ein Fuchs verzweifelt.

Wenn auch keiner dem anderen die Bank zum Sitzen gönnte, so war das Feuer doch ein Angriff auf alle, die hier im Schatten lebten. Wasser wurde aus einem der nahen Kanäle geholt, Decken über den brennenden Gott geworfen. Irgendwer wählte die 112!

Im Tiergarten wohnten Säufer, Obdachlose, Drogenabhängige alle Art, Verlorene und Verlogene auch. Die Frau am anderen Ende der Leitung war zuerst skeptisch, erkannte dann aber echte Panik in der Stimme. Sie schickte einen Löschzug und einen Rettungswagen gleich mit.

Von Ferne waren schon die Sirenen zu hören, da passierte etwas sehr Ungewöhnliches.

Aus heiterem Himmel senkte sich eine Wolke über den noch immer brennenden Gott; feuchte Kühle umhüllte die Umstehenden, dann war die Wolke wieder verschwunden – mit ihr der brennende Mann.

»Allet klar!« Sagte der Feuerwehrmann und Zugführer. »Hier hat eener jebrannt, dann kam 'ne feuchte Wolke und da isser drin vaschwunden. Korrekt?«

»Is war!« Sagte einer der umstehenden Männer, der von den anderen als Sprecher vorgeschoben wurde.

»Hab' ich mit eigene Augen gesähn!«

»Wie heißen Sie?« Wollte der Feuerwehrmann wissen.

»Wolsch!« Gab der mit slawischem Akzent zur Antwort. Er war ein starker Mann, sein Gesicht von Wetter und Alkohol zerfurcht, seine Fahne beachtlich.

»Haben Sie einen Ausweis, irgendwelche Papiere?«

Der Mann begann zu lachen.

»Fragen Sie in Ukraine, fragen Sie in Weißrussland ... fragen Sie nach Wolsch! Alle werden kennen.«

Bestätigendes Nicken der Umstehenden.

Inzwischen war auch eine berittene Streife der Polizei eingetroffen. Das machte es nicht einfacher, denn die Pferde begannen, in der Nähe der Bank zu scheuen und auf die Hinterläufe zu steigen.

»Sähen sälbst!« Wolsch zeigte auf die nervösen Tiere. »Pferd weiß mehr als Mensch. Pferd spürt!«

Die beiden Polizisten mussten ihre Pferde anbinden, um sich dem Tatort zu nähern. Sie bekamen die gleiche Geschichte erzählt: Ein jüngerer Mann mit einem langen Mantel trifft einen der Ureinwohner des Parks, einen Penner, der sich selbst »der Graue« nennt. Beide reden, trinken, alles sieht ganz freundlich aus. Dann steht der jüngere Mann auf, übergießt den Alten mit Spiritus, zündet ihn an. Dann geht er.

»Wohin?«

»Dahin.«

»Dorthin.«

»Noch irgendwas?«

»Ja. Ich sähä euch!« Sagte die kleine, dünne Frau unbestimmten Alters, die sich hinter Wolsch verborgen hielt. »Ich sähä euch alle!«

Der Polizist war genervt.

»Ich sehe euch auch!«

»Du nix verstehen!« Die Alte schüttelte kichernd den Kopf. »Der böse Mann hat gesagt. Hat sich umgedräht und gerufen: Ich sähä euch alle!«

»Gibt es hier noch irgendwas zu tun?«, wollte der Feuerwehrmann wissen.

Der Polizist schüttelte den Kopf.

»Falschalarm!«

Der Löschzug machte sich davon. Der Kollege des befragenden Polizisten war zur Bank gegangen, um sie sich näher anzuschauen.

Es war eine neue Bank, erst im Frühjahr im Zuge der Parksanierung aufgestellt. In der Mitte der Sitzfläche prangte ein schwarzer Brandfleck. Die verbrannte Farbe hatte Blasen geworfen.

»Komm mal her, Sascha!«, rief er seinem Kollegen zu und zeigte auf den Brandfleck.

Sascha nahm das Messer aus der Tasche an seinem Gürtel und kratzte vorsichtig etwas von dem Brandfleck ab, führte das Messer zur Nase, roch daran und ließ dann seinen Kollegen riechen.

»Frisch!«

Sascha nickte.

Dann fuhr er mit dem Finger über den hölzernen Rand der Banklehne. Sie war mit kleinen Wassertröpfchen bedeckt. Ringsum im Park war alles trocken, die Berieselungsanlagen aus.

Die beiden Polizisten schauten sich nachdenklich an. Dann schauten sie zu den Parkbewohnern. Es kam ihnen so vor, als würden die Augen des Mannes namens Wolsch in der Dämmerung leuchten. Die kleine Frau sah jetzt noch älter und hutzeliger aus. Einige der anderen Zeugen schienen mit den Büschen und Hecken hinter ihnen zu verschmelzen.

»Was denkste?«, fragte der Kollege Sascha.

»Ick denke: Abflug.«

Der Kollege nickte.

Als die beiden wieder aufgesattelt hatten, ritt Sascha noch einmal so nahe an die Bank heran, wie es sein Pferd zuließ.

»Hört auf zu saufen und zu schnüffeln, ihr Penner!«

Ohne eine Antwort abzuwarten, wendete er sein Pferd und gemeinsam mit seinem Kollegen ritten sie in den Sonnenuntergang.

Wolschs Augen leuchteten gelb.

»Angsthasen.« Knurrte er.

Baba Jaga kicherte.

Freya und Wodan waren seit Anbeginn der Zeit ein Paar und seit Ewigkeiten nicht mehr zusammen. Wie das so ist – starke Persönlichkeiten, verschiedene Interessen, das lässt sich nicht in einem Bett zusammensperren. Aber was auch immer zwischen ihnen passiert war, es hatte die erste, die tiefste Verbindung zwischen ihnen nicht zerstören können.

Natürlich hörte Freya Wodans entsetzten Schrei. Sie verfluchte den Tag, an dem er ihr die Walküren überlassen hatte, weil ihm seine weibliche Leibgarde peinlich geworden war. Er würde aussehen wie Muammar al-Gaddafi, hatte er erklärt, und das würde in #MeToo-Zeiten gar nicht gehen.

In eine Wolke gehüllt, jagten sie und die Mädchen rüber, den Gott zu retten, der auf seiner Lieblingsbank saß, brannte und schrie.

Freya hatte Wodan in kühle, feuchte Tröpfchen gehüllt und auf das Bett gelegt. Farbe blätterte von den Wänden des Zimmers, Wurzelwerk hatte Wege durch den Fußboden gefunden. Der Ast einer Buche schaute durchs offene Fenster herein und sah bekümmert aus; die beiden Raben auf ihm noch mehr.

Wodan brannte nicht mehr. Eine Aura von flirrender Hitze lag über ihm, seine Haut war schwarz von Schorf und Ruß. In ihm wütete ein Glühen, dass Freya nicht stillen konnte.

Sie hatte ihm einen Morgentau-Tropf gelegt und zwei Walküren, Brynhild und Kára, kühlten seine Haut mit Tüchern aus Mondlicht.

Die drei Frauen standen schweigend um das Bett, die Augen auf den bewusstlosen Gott gerichtet. Licht drang durch die vom Feuer aufgeplatzte Haut seines Körpers; der Gott glühte von innen. Die Augäpfel zuckten unter den geschundenen Lidern.

»Er träumt«, flüsterte Freya.

»Mögen es heilsame Träume sein.« Wünschte Kára.

»Das hoffe ich sehr.« Bestätigte Freya. »Aber er heilt nicht. Er ist Wodan, Herr der Blitze, Feuer kann ihn nicht vernichten, wo er selbst auch Feuer ist. Aber er heilt nicht!«

Freya sah besorgt aus. Sie wischte mit den Mondlaken zärtlich über Wodans glühende Wangen.

»Vielleicht ...«, sie stockte erschrocken und eine Träne rann ihr übers Gesicht. »Vielleicht ist er schon so schwach geworden, dass er nicht mehr heilen kann ... er brennt aus.«

»Ich habe Lokis Spuren an der Bank gesehen.« Sagte Brynhild. »Ich konnte seine Niedertracht noch an den Blättern riechen!«

Káras Gesicht färbte sich rot vor Zorn.

Freya machte sich gerade.

»Warum?«, fragte sie. »Warum sollte er das tun?«

»Hat Loki je ein Warum gebraucht? Er hat Baldur getötet. Seine Kinder sind Monster. Er wollte schon immer die ganze Macht für sich allein«, hielt Kára dagegen.

»Wir müssen wachsam sein.«

Brynhild streckte die Arme aus und ballte die Hände.

»Der Speer.« Erklärte Freya. »Wenn Loki Macht über Gungnir bekommt, fällt alles, was wir lieben.«

»Weißt du einen Weg?« Fragte Brynhild voller Erwartung.

Freya schaute zuerst Kára an, dann Brynhild. Zuletzt verharrte ihr liebevoller Blick auf Wodan.

»Ich habe eine Nachricht geschickt.« Sagte Freya leise. »Lasst uns zu Hermodr beten, dass sie ankommt!«

Lokis blaues Auge des Schmerzes.

Lokis braunes Auge des Schmerzes.

Die glänzenden Augen, in die Wodan blickte, mitten im Kampf, im schönsten Moment seines Gottseins; Blitze zuckten, Bäume gingen in Flammen auf, Wasser kochte. Es krachte und heulte, dass es eine Lust war.

Auch andere Wesen hatten das Toben des Himmels mit glänzenden Augen beobachtet. Zwerge waren es, die tief in den dunklen Höhlen und Spalten der Felsen wohnten. Sie waren mit Feuer und Eisen vertraut, kannten die Macht der glänzenden Steine und hatten, bis zu Wodans Erscheinen in ihren finsteren Welten, nichts außer Gold gefunden, das sich für sie anzubeten lohnte; nur Druck, nur Alp, Gefahren von allen Seiten.

Nichts schien ihnen verehrungswürdiger als der Herr der Lüfte, dessen Lied ihre Herzen mit Mut füllte und dessen Blitze noch die tiefsten Spalten erleuchtete.

Sie schickten einen jungen Gott zu Wodan, der tanzend und Gestalt wechselnd am Rande des Schlachtfeldes stand; der ihre Feuer nährte, sich verzehrte voller Sehnsucht und aus der eigenen Asche neu entstand.

Loki, Sehnsucht im Herzen und die Welt im Blick, reichte Wodan die Wunderwaffe als Opfergabe.

Kein Gott kann einem Opfer widerstehen.

Wodan warf den Speer. Sah, wie herrlich er flog. Sah, wie präzise er traf. Hatte ihn im nächsten Moment schon wieder in der Hand.

Wodan schrie, dass Himmel und Erde bebten.

Das ganze Dasein war Schmerz.

Das ganze Dasein war Lust.

Das war im ersten Krieg dieses Kontinents, als Himmel und Erde aufeinanderprallten, Wanengötter gegen Asengötter kämpften. Es war ein wunderbarer Krieg. So schön wie der war keiner mehr. Er sah die Liebe in allen Augen blitzen.

Mein Herr, hörte er Loki flüstern, wirf noch mal!

Mein Herr, bat Loki, wirf weiter!

Wodan warf schneller.

Wodan warf weiter.

Die Welt schien nur darauf gewartet zu haben; neun Welten taten sich auf und jede wollte vom Herrn der Herren beherrscht werden. Loki war an seiner Seite, voller Sehnsucht nach mehr, so verliebt in das Brausen am Himmel, in die zuckenden Blitze, das Donnergrollen. Wodan, Wutan oder Thunar oder Sachsnot, was immer auch sein Name in welchem Dialekt war; er und Loki kämpften gegen die Feuerriesen, sie mischten die Eisriesen auf. Sie schufen Ordnung, sie traten dem Chaos entgegen, wo immer es sich zeigte.

Loki wollte bei Wodan sein.

Loki wollte Wodan sein.

»Gott will es!«, verkündete Loki: »*Deus lo vult!*«

Wodan lachte.

Er wollte es.

Sie feierten ihre Siege in der Goldenen Halle; kein Met war je köstlicher als der aus Heidruns Zitzen. Loki gebar Wodan den achtbeinigen Hengst Sleipnir und der Himmel wurde ihm klein; die Sommer waren heiß, die Winter kalt, die Wälder waren voll Wild, die Flüsse voll Fisch. Alles paarte sich mit allem.

Loki begehrte Freya, die Herrin alles Lebens. Freya wies Loki ab. Freya hasste Loki von Anbeginn. Sie war eine Fruchtbarkeitsgöttin. Sie öffnete ihren Kelch für jeden Samen.

Loki verweigerte sie sich.

Der Trickster-Gott war tief gekränkt. Kurze Zeit später starb Balder, der Gott des Lichts, durchbohrt von einem Mistelzweig.

Eifersucht, der giftige Schatten des Neides!

Auch den leuchtenden, brennenden Schmerz erhielt Wodan aus Lokis Händen. Aus den Händen seines Bruders; gemeinsam hatten sie im Erdloch gestanden, in der Mutter, dem Schoß allen Lebens, hatten das Blut getauscht nach altem Ritus.

Als das Feuer über Wodan zusammenschlug, zog er sich in die Sphäre reinen Geistes zurück, in der er alle seine Weisheit gesammelt hatte.

Die Sphäre war leer.

Alle Weisheit ist leer, wie Mimirs Brunnen ohne Grund ist.

Alle Fülle kommt aus der Leere.

Alle neun Welten waren ihm untertan gewesen. Und doch hatte es nicht gereicht. Weisheit war das, was Wodan über alles begehrte. Weisheit, diese Welt erhalten zu können, sie nicht im Chaos versinken zu sehen. Er war weit gereist bis hin zu Mimirs Brunnen, der klaren Quelle des unendlichen Wissens. Aber Mimir, der Hüter der Quelle, ließ ihn nicht ohne Opfer trinken. Weisheit verlangt Opfer. Wodan schnitt sich ein Auge heraus und legte es auf den Brunnenrand. Dann füllte er sein Horn mit dem klaren, kalten Wasser und blickte voller Erwartung in die Zukunft:

Er hätte sie besser nicht gesehen. Er sah Kampf und ein Ende im Feuersturm. Er sah sich selbst als vom Hass beherrschten Herrn der Vernichtung, den Speer Gungnir schwingend wie Seuche und Weltenbrand.

Es gibt keinen Weg zurück zum Nichtwissen.

Ertrage es.

Meide den Speer.

Der brennende Schmerz schleuderte ihn ganz zurück ins Gottsein. Dort, wo er ohne Körper war, reiner Geist. Wo pure Erkenntnis wohnte. Dort erkannte er seine Schuld: Er hatte geglaubt, mit all seinem Tun für den Erhalt dieser Welt zu kämpfen. Aber es war reiner Egoismus; er kämpfte für seinen eigenen Erhalt in der Welt. In die Herrlichkeit des Seins hineingeboren zu werden und doch nur ein Gast zu bleiben – gab es etwas Empörenderes?

Er liebte die Welt so sehr – das Tosen des Sturms, aber auch das Gesäusel; er liebte den Schrei des Schmerzes und den Schrei der Lust, den Schrei der Geburt und den Todesschrei. Er liebte betaute Wiesen am Morgen, ein verwehtes Lied, das Zwitschern der Vögel, Kinderlachen, Sommerregen, einen kühlen Humpen Met und noch einen und noch einen. Er liebte die untergehende Sonne hinter den Wipfeln, die wilde Kraft der Gewitter, den Geruch von frischem Brot. Er liebte das Lachen der Frauen, ihre Schöße, ihren Geruch, ihre Weisheit, ihre Schönheit; er liebte das Fell des Dachses, die Eleganz der Otter, die Schläue der wilden Schweine und die Weisheit der Raben. Er liebte Flüsse im März, wenn das Eis sich löste, und Lichtungen im September, wenn der ganze Wald wie ein einziges Versprechen roch. Er liebte das Wissen der Pilze und die herbe Süße wilden Honigs. Er liebte warme Haut an warmer Haut und zärtliche Berührungen, die kaum zu ertragen waren. Und, oh, nichts liebte er mehr als die Süße eines neuen Gedankens oder den pfeffrigen Geschmack eines unerhörten Traums ...

Er wollte nicht vergehen.

Ragnarök war das Schicksal der Götter, nicht der Welt.

Ragnarök war sein Schicksal.

Die Welt würde bleiben.

Er war nur ein Gast.

Er hatte sich benommen, als gehöre ihm die Welt.

Scham brandete in ihm.

6: Unterm Dach

Entschuldige, dass ich mich hier einmische.

Mein Name ist Claudia, Claudia Weißgerber. Ich bin die Mutter von Delphine und Toms Frau.

Ja, wir sind immer noch verheiratet. Auch wenn Tom mich in seinem Leben nicht mehr vorkommen lässt – ich gehöre dazu. Ja, ich habe es ihm nicht leicht gemacht; es gab eine Zeit, da war ich rigoros zu mir, zu anderen.

Aber bevor sich der Gedanke verfestigt, ich sei tot oder davongelaufen, und dann gibt es zum Schluss eine große Überraschung, weil es mich doch noch gibt, wollte ich hier mal kurz die Hand heben:

Hey!

Ich lernte Tom Backstage beim Sonne/Mond-Open-Air '98 kennen. Ich war damals eine ziemlich angesagte DJane: DJ FemBam. Ich hatte die Sonnenuntergangs- und die Sonnenaufgangsstunde für mein Set. Primetime!

Ein Jahr vorher hatte ich mit »RaceOn« einen Welthit gelandet. Das Stück läuft heute noch als Trailermusik vor allen Rennsendungen, die was auf sich halten. Die GEMA-Abrechnung alle drei Monate war ein Fest.

Als ob mich das noch interessieren würde.

Es war keine einfache Zeit damals. Ich wollte nie Rockstar werden. Aber mit einem Nummer-eins-Hit in acht Ländern entkommst du dem nicht. Alle wollten, dass ich »Race two« schrieb. Das stresste mich total. Dann traf ich Tom mit seiner mobilen Espressobar in der Chill-out-Area hinter der Bühne. Ich wollte einen doppelten Espresso. Er sah mich an, lachte und sagte Nein. Er meinte, so wie ich aussähe, bräuchte ich eher was zum Runterkommen und dann ging er los, mir einen riesigen Orangensaft zu besorgen.

Er reichte ihn mir, wir sahen uns an und sofort war so ein Flirren zwischen uns. Ich merkte, dass Tom überhaupt keine Ahnung hatte, wer ich war. Wir umarmten uns und auf einmal dachte ich, jetzt könne mir nie wieder was passieren.

Tom war überhaupt nicht Szene, nicht Technoszene, nicht Musikszene. Er brauchte niemandem was beweisen. Das war total entspannt. Und wenn ich zu irgendwelchen Gigs musste, dann kam er manchmal mit. Aber wenn ich allein flog, weil er mit seiner Espressobar woanders gebucht war, dann hatte er auch kein Problem. Das war großartig. Meistens hast du es doch im Business mit ziemlichen Freaks oder Hohldrohnen zu tun, als Frau sowieso – Leute die dich als Trophäe wollen, oder als Trittbrett oder als Zugang zu allem Möglichen oder alles zusammen.

Dann starb Toms Vater, ich glaube, er erschoss sich. Tom redete nicht groß darüber. Ich habe seinen Vater nie kennengelernt. Die beiden hatten kein gutes Verhältnis. Jedenfalls erbte Tom eine ganze Menge Kohle, weil sein Vater ein paar erfolgreiche Bücher geschrieben hatte und ziemlich knausrig gewesen war.

Tom erfüllte sich seinen Traum und eröffnete die Kaffeekirsche. Kaffee war Toms Ding. Die Leidenschaft dafür hatte er aus Nicaragua mitgebracht, wo er Ende der Achtziger für ein paar Monate gelebt – wegen eines Mädchens und wegen der Revolution. Muss eine harte Zeit gewesen sein. Tom meinte später, dass Ideale und Leichen nirgendwo schneller verrotten als in Zentralamerika.

Ich fand die Idee mit der Bar super – dann musste er nicht mehr mit seiner Maschine durch die Gegend ziehen. Klar es war auch Egoismus dabei – ein Ort für mich, an den ich zurückkommen konnte.

Tom wollte eine Familie.

Ich sagte nicht Nein.

Ich wollte ihm einen Gefallen tun. Ich dachte, solange ich die Pille nahm, würde da so schnell nichts passieren.

Drei Wochen später war ich schwanger.

Ich wusste, dass Tom der Richtige war. Nur ob *ich* die Richtige war, das wusste ich nicht. Ich nahm es nicht allzu ernst. Mutter zu werden, war nach der ganzen Aufregung, der Öffentlichkeit und so, eine großartige Möglichkeit, sich für eine Weile dem Betrieb zu entziehen; all die Hormone, das warme Gefühl im Bauch.

Pause.

Ich war eine großartige Schwangere. Ich trug nur hautenge Kleider. Von »Sabotage« – erinnert sich noch jemand an dieses großartige Fashion-Label der Neunziger? Genial! Mein Bauch, meine Brüste, mein Po; alles schwoll der Welt entgegen.

Als ich Delphine zum ersten Mal im Arm hielt, da ging mir das Herz auf. Aber als ich sie dann wieder in ihr Körbchen legte, schloss es sich wieder.

Ich liebte Delphine.

Ich hasste es, Mutter zu sein.

Heijeijei und Heididai, Prösterchen und Scheißerchen und Windeln wechseln und guck mal hier und guck mal da. Die ständige innere Wachsamkeit, das ständige Reagierenmüssen, dazu noch schmerzende Brustwarzen und Bäuerchen – das machte mich fertig.

Ich wollte auch keine von den Koksmüttern werden, wie die Freundinnen, die sich vormittags mit den Kindern am Spielplatz trafen, um sich zu beklagen, dass die Kerle wieder auf Tour waren, die hinter vorgehaltener Hand ein paar Nasen nahmen und zum Mittagsschlaf der Gören wieder ab nach Hause dackelten.

Ich wollte nicht dazugehören.

Ich gehörte zur Musik.

Ich hatte einen wunderbaren Vater für meine Tochter. Er sagte, er hätte sie beim Universum für uns bestellt. Er wollte von Anfang an mehr Mutter sein, als ich es je sein konnte.

Ich nahm sein Angebot an:

Ich begann, wieder aufzulegen, nahm Einladungen an. *High Spirit*, mein Label, war dankbar.

Sie wollten Geld mit mir verdienen.

Ich wollte wieder am Mischpult stehen. Ich machte nur kurze Tourneen, lang genug, um das Gefühl zu haben, noch lebendig zu sein; kurz genug, damit mich Delphine nicht vergessen konnte.

Meine letzte Tour führte nach Japan. Ich legte in Osaka auf, in Sendai und zum Schluss in Tokio, im New Room in Shibuya.

Dort passierte es.

Ich hatte gerade einen großartigen Übergang von einem Titel auf den anderen hingelegt, ließ den Crossfader tanzen, spürte, dass ich im Flow war. Ich schaute auf und mit einem Mal war alles anders. Die Stroboskope zuckten. Ich sah die Menge vor mir, vom Licht in Einzelteile zerlegt, spürte ihre Energie, sah sie hüpfen, zucken, in allen Farben aufleuchten und wieder ins Dunkle zurückfallen. Mit einem Mal waren es keine Menschen mehr, die zu meiner Musik tanzten; es waren Noten, die mir eine Musik zeigten, wie ich sie noch nie gehört hatte. Sie füllte mich, ich konnte sie in jeder Zelle meines Körpers hören, konnte sie sehen; leuchtendes Gelb, pulsierendes Orange, tiefe Grüntöne. Es waren nur ich und diese Musik, die mein Körper fühlte, die meine Augen sahen, aber meine Ohren nicht hören konnten, denn sie war schon in mir.

Habt ihr das gehört, fragte ich, als es vorbei war, habt ihr das gefühlt?

Wir saßen in einem Imbiss, aßen Udon-Suppe zum Frühstück. Ich trug eine Sonnenbrille wie alle um mich. Ich hatte keine Ahnung, wie ich in das Restaurant gekommen war.

Japaner sind höfliche Menschen, sie wollen gefallen. Sie sagten ja. Sie sagten, dass es wunderbar gewesen sei. Sie meinten meine Show. Sie hatten die Musik nicht gesehen, die ich gesehen hatte. Sie hatten das Glück und den Frieden nicht gespürt, die ich gespürt hatte. Da wusste ich, dass ich diese Musik machen musste.

Ich dachte an Beethoven, der seine letzten Sinfonien taub geschrieben hatte.

Ich dachte daran, dass ich nur aufschreiben musste, was in mir war; dass ich nur die Töne in den Maschinen finden musste, um mit ihnen das Bild zu malen, was ich im New Room gesehen hatte.

Ich fand die Töne nicht. Und je mehr ich sie suchte, desto blasser wurde das Bild. Ich fand sie nicht mehr im New Room, nicht in Tokio, und hatte das Gefühl, mich mit jedem Kilometer, den das Flugzeug zurücklegte, immer mehr von der Quelle zu entfernen.

Ich hätte mich auf meine Tochter und meinen Mann freuen sollen. Ich tat es nicht. Dort, wo Freude und Liebe hätten sitzen sollen, tief in meinem Herzen, war Leere. Falsch. Ich war nicht leer. Ich war gefüllt von einem Erlebnis, das ich nicht beschreiben konnte, das Musik werden wollte, aber ich fand keinen Klang dafür, keinen Sound, keine Taste, keinen Knopf, an dem ich drehen konnte, um das, was ich empfand und in mir trug, in die Welt zu entlassen.

Ich dachte, ich würde damit klarkommen.

Ich tat es nicht.

Ich wusste es, als Delphine und Tom mich in Tegel vom Flugzeug abholten. Ich sah sie. Ich wusste, mein Herz hätte jubeln müssen. Ich sah den Glanz in Delphines Augen, ich sah Toms freudige Erwartung, wie er unsere Tochter im Arm hielt, sie mir entgegenstreckte, sie doch nicht loslassen wollte.

Mein Herz war erfüllt von einer Musik, die ich gesehen hatte und nicht spielen konnte. Mein Herz war schwer davon, drohte zu platzen.

Ich wollte platzen.

Ich platzte nicht, ich implodierte.

Mein Herz sah mein Kind und meinen Mann nicht.

Mein Herz wollte Musik machen.

Ich konnte es nicht erklären. Ich weinte, als Delphine ihre Ärmchen um mich schlang. Tom glaubte, ich weine vor Glück.

Du bist wieder da, sagte er, alles ist gut.

Das war es nicht.

Ich weinte vor Trauer.

Es war schrecklich. Ich war wie ein toter Fisch – ich trieb stumm an der Oberfläche. Alle wollten eine Erklärung. Ich wollte keine geben. Ich wusste, wenn ich darüber sprechen würde, dann würde sich die Musik noch tiefer in mir vergraben, noch weiter entfernen. So tief vielleicht, dass ich sie nie wieder erreichen würde. Ich konnte es Tom nicht sagen.

Tom tat so, als würde er es auch so verstehen.

Ich saß meistens einfach da, versuchte, mich zu erinnern. Wurde zornig, weil es mir nicht gelang.

Ich weiß nicht, was geschehen wäre, wenn Tom nicht der gewesen wäre, der er ist. Aber er war voller Hingabe und Liebe für Delphine.

Er ließ mir den Platz, den ich wollte.

War das gut für mich?

Ich wünschte mir nichts mehr. Aber erfüllte Wünsche sind grausam. Sie lassen keine Ausreden mehr zu.

Ich versuchte, zu funktionieren. Ich wollte zurück nach Tokio. Ich versprach meiner Managerin »Race two« zu schreiben. Sie musste mich dafür nur wieder nach Japan schicken.

Finde, was du suchst, sagte Tom, als ich bat, gehen zu dürfen, und bring es mit nach Hause.

Delphine saß auf dem Tresen der Kaffeekirsche und verteilte Stücke braunen Zucker an die Gäste. Sie war gerade zwei geworden.

Sie winkte kurz, als ich ging.

High Spirit hatte mir eine kleine Wohnung in Shibuya-ku gemietet und mein Equipment hingeschickt. Das war nicht viel, damals.

Ich baute das Zeug gar nicht erst auf. Ich hatte die Musik im New Room gesehen. Aber da war sie nicht mehr. Ich suchte sie überall, schlief nicht, hielt mich mit Gyokuro wach, später mit Meth, das mir die Türsteherin vom New Room besorgte.

Ich suchte ganz Shibuya ab, aber je verzweifelter ich suchte, desto mehr spürte ich, wie mir das Bild entglitt. Das Bild, das erst Klang werden wollte.

Du bist so voll mit Suchen, sagte der Zen-Mönch, du kannst gar nicht finden.

Ich fragte, was ich seiner Meinung nach tun sollte.

Werde still, sagte der Mönch, werde leer, dass du es sehen kannst.

Es.

Nichts wollte ich mehr.

Ich sagte ihm, dass ich mich unendlich leer fühlte.

Die Leere, von der du sprichst, sagte er, ist eine Maske der Fülle. Du bist voller Enttäuschung, Wut, Ungeduld, voll mit dem Gefühl von Scheitern. Du bist so voller tobender Gefühle, dass du *es* nicht siehst, selbst wenn du *es* vor Augen hast.

Da wusste ich, dass er mich wirklich verstand.

Wie lange braucht es, um leer zu werden, wollte ich wissen.

So lange, bis du nur noch Vertrauen bist, sagte der Mönch, oder so viele Leben, wie es eben braucht.

Ich erzählte ihm von Delphine und Tom.

Du kannst nicht Mutter und Leere zugleich sein, sagte er und lächelte. Wer alles will, wird am Ende gar nichts haben. Sei vorsichtig, fremde Frau.

Er verbeugte sich.

Ich sah ihm nach, bis er in einem Gang des Gartens verschwand.

Zum ersten Mal seit jener Nacht fühlte ich mich getröstet.

Es gab einen Weg.

Ich schrieb »Race two« auf dem Flughafen.
Ich hatte einen Plan.
Ich wollte alles.

You can't always get what you want, oh, you can't always get what you want, but if you try sometimes you just might find, you get what you need ...
Großartige Zeilen, großartiger Song.
Hinterher weißt du immer besser, was du vorher hättest tun sollen.
Reden zum Beispiel.
Nein, ich hatte nicht mit Tom darüber gesprochen. Ich hatte ihm gesagt, dass er mich in Ruhe lassen soll. Ich hatte ihm auch gesagt, dass es nichts mit ihm zu tun hatte.
Nimm das, mein geliebter Mann: Ich will nichts mehr mit dir zu tun haben, aber das hat nichts mit dir zu tun!
Habe ich zu viel Verständnis erwartet?
Kleiner Scherz!
Die Liebe, die so groß ist, dass sie gar nichts nehmen will, war nicht meine.
Ich wollte.
Ich wollte leer werden und ich wollte nicht von Tom und Delphine lassen. Das war alles, was ich damals in Tokio für mich wollte.
Ich versuchte, hinter Glas zu leben, den Alltag von Delphine und Tom durch eine Scheibe zu sehen – ich berühre euch nicht, ihr berührt mich nicht. Aber ich weiß, dass ihr da seid.
Ihr wisst, dass ich da bin.

Delphine kam damit klar.
Kinder sind Pragmatiker und entwicklungspsychologisch auf Überleben getrimmt. Sie nehmen, was da ist. Delphine schraubte ihre Erwartungen an mich herunter. Sie kam mal vorbei, winkte, gab mir hier und da mal einen Kuss, ging zu ihrem Vater.
Was ist mit Mama, hatte sie Tom am Anfang gefragt.

Mama ist krank, gab er Delphine zur Antwort.

Wird sie wieder gesund?

Wir wollen es hoffen.

Gott, es brach mir das Herz und es war nicht auszuhalten – nicht für Delphine und Tom, nicht für mich. Ich musste einen Weg finden, mich von der Illusion zu lösen, die ich aus Tokio mitgebracht hatte: Alles.

Ich weinte. Ich weinte still in mich hinein. Nur manchmal, nachts, konnte ich es nicht zurückhalten. Dann schluchzte ich, dass es bis zu Tom klang. Er kam in mein Zimmer, setzte sich an mein Bett, hielt meine Hand.

Irgendwann wirst du mir erzählen, was dir passiert ist in Tokio, sagte Tom, egal, wie schlimm es war.

So ging der richtige Zeitpunkt verloren, darüber reden zu können. Mir war nichts Schlimmes passiert. Das Gegenteil war richtig – mir war etwas so Wunderbares passiert, dass es meinem Leben einen neuen Sinn gegeben hatte. Aber auch das war eine Lüge.

Schon immer wollte ich mehr als alles andere Musik machen; meine Mutter, die im Duisburger Philharmonie-Orchester die Flöte spielte, hatte mich früh für Musik begeistert. Sie hat mir immer wieder erzählt, dass ich vor Freude gar nicht aufhören konnte zu weinen, als sie mir zum ersten Mal das Violinkonzert in D-Dur vom großen B vorspielte. Ich war sieben Jahre alt.

Ich wollte immer Musik machen; ich habe Klavier gelernt und später Bass bei den »Pott-Fotzen« gespielt; das war feministischer Hardcore, sehr wütend, sehr ernsthaft. Durch Freunde in Berlin war ich mit Techno in Berührung gekommen. Das war so neu, so gegen alles, das hatte mich nicht losgelassen. Ich war sofort nach Berlin gezogen.

Tokio hatte mir die Tür zu einer anderen Dimension geöffnet; in einem dunklen Klub habe ich den Klang der Welt gesehen. Nicht weniger.

War das egoistisch von mir, ihn für alle hörbar machen zu wollen? Hätte ich es lassen und stattdessen Mutter sein sollen, weil ich einmal in meinem Leben geboren habe?

Oder durfte ich der Aufgabe folgen, die mich gewählt hatte?

Die Wahrheit hat so viele Gesichter. In jedem kannst du dich erkennen. Ich war auf dem besten Weg, ein Ein-Hit-Wunder zu werden. Das war ein Teil an mir, den ich hasste. Immer noch wollten so viele Menschen was von mir. Auftritte, Meinungen, vor allem neue Musik. Ich konnte ihnen nicht geben, was sie wollten. Ich hatte mir selbst noch nicht genug gegeben. Wie konnte ich ihnen Musik geben, wenn ich selbst keine mehr hatte?

Wenn du gibst, ohne selbst in der Fülle zu sein, dann tust du es nicht mit reinem Herzen. Dann willst du gefallen, verstrickst dich in Leistung und Gegenleistung.

Fülle, Leere – es war das Gleiche. Das hatte ich früh begriffen. Es sind nur Worte, die ihre Bedeutung verlieren, wenn du sie erfahren hast.

Die andere Wahrheit als *Ein-Hit-Wonder*: Die Tantiemen fließen. Ich musste mich für meinen Weg von niemandem abhängig machen, auch nicht von Tom.

Als es in unserer Wohnung mit dem Zusammenleben nicht mehr weiterging, bauten wir ein Stück Dach für mich aus.

Ich war nahe bei Delphine und Tom.

Ich war für mich.

Es war alles nicht so dramatisch, wie es sich anhört. Tom und ich redeten noch miteinander.

Das Nötigste.

Ich brauchte Stille, um still werden zu können. Wenn du sie einmal gefunden hast, dann spielt das Außen keine Rolle mehr. Dann bist du Stille. Aber vorher musst du die Welt dazu bringen, nichts mehr in dich hineingießen zu wollen.

Tom glaubte natürlich, mir helfen zu müssen. Er schleppte Therapeuten und selbst ernannte Lehrer an. Leute, die mit Traumata arbeiteten, Hypnotiseure.

Sie waren freundlich.

Ich war freundlich.

Du weigerst dich, klagte Tom, du lässt mich dir nicht helfen!

Genau, sagte ich, weil ich mir allein helfen muss.

Ich redete noch mit Tom. Aber nicht über das Eigentliche. Nicht über *es*.

Ich redete mit Delphine über alles.

Die ganze Zeit.

Als ich in mein Dach zog, war ich davon überzeugt, dass es passieren würde.

Nix passierte.

Ich baute meinen Jupiter 8 auf, schloss Monitorboxen an. Ich war technisch auf dem neusten Stand.

Ich kam kein Stück weiter.

Ich verzweifelte.

Ich weinte nächtelang.

Ich war kurz davor, die zwei Treppen runterzulaufen, mich zu Delphine und Tom ins Bett zu werfen und ihnen zu versprechen, für immer nur Mutter und Ehefrau sein zu wollen.

Delphine fehlte.

Tom nervte.

Ich konnte die Musik nicht schreiben, nicht machen. Keine einzige Note, keinen einzigen Ton. Alles, was ich versuchte, war kläglich. Es waren nicht die Farben, die ich gesehen hatte, es war nicht das Vibrieren, das ich gespürt hatte. Ich musste ganz still werden, leer werden, damit ich es hören konnte.

Natürlich hatte mir der Mönch den Weg in die Stille gezeigt. Zehn Tage hatte ich mit ihm praktiziert. In meiner kleinen Küche hatte ich Haferflocken und Trockenfrüchte, einen Wasserfilter und Gyokuro, den ich aus Tokio mitgebracht hatte. Ich programmierte den Tagesablauf auf meinem Telefon, stellte es dann auf Flugmodus.

Ich setzte mich hin.

Ich stand dreißig Tage nicht auf.

Im Tempel, in Tokio, war ich in einer Ausnahmesituation. Ich war so voller Wille, dass ich schon Nicht-Wille war. Das Buddhafeld des Tempels trug mich. Aber ein schönes Buddhafeld ist kein schönes Buddhafeld. Deshalb nennt der Tathagata es ein schönes Buddhafeld. So steht es im Diamantsutra – die Zeichenlosigkeit der Zeichen erkennen.

Alle Dharmas sind leer; verdau das.

Ich war in mein Ego gestolpert.

Im Kourin-in-Tempel hatte mich mein Ego auf der anderen Seite meines Bewusstseins erwartet und mich in den Arm genommen, mir gezeigt, wie großartig still es sein konnte, wie nahe es schon auf den ersten hundert Metern der Erleuchtung kommen konnte; es hatte seine Bestimmung für uns gefunden – *Komm,* lockte mein Ego, *lass uns ein Buddha werden, den heiligen Klang finden, der alle Wesen ans Ufer der Erlösung führt.*

Darunter machte es mein Ego nicht.

Es war ein One-Hit-Wonder-Ego.

Sei vorsichtig, hatte der Mönch gesagt.

Endlich hatte ich verstanden.

Ich musste den ganzen Weg zu Fuß gehen – durch Müdigkeit, Schmerz, Verzweiflung, Sinnlosigkeit. Auf mein Fenster im Dach prasselte Regen, fegten bunte Blätter, später lag Schnee als weiße Krümel, brannte die Sonne und fielen wieder Blätter. Delphine kam mich besuchen, setzte sich zu mir, erzählte und ich hörte zu. Sie wechselte von Latzhosen zu High-Rise-Jeans, vom »Der kleinen Tag« zu Snoop Dog, weil sie auf die »Old School Tracks« stand. Sie erzählte vom Leben mit Tom – was sie kochten, wohin sie fuhren, was an Tom nervte. Ich hörte, wie sehr sie ihn liebte. Ich sah mir den Schmerz an, den ich spürte. Ich sah mir die Liebe an, die ich spürte.

Beides kam und ging wieder.

Ich ließ Delphine los. Und als ich sie losgelassen hatte, hatte ich gar nichts losgelassen. Deswegen konnte ich sagen, ich hatte sie losgelassen.

Ich ging.

Den ganzen Weg.

Zu Fuß.

Dann war ich still.

In der Stille war ich so voller Liebe für Tom, ich war Liebe für alles, dass ich Angst hatte, wieder mit ihm zu sprechen.

Worte sind so schwierig, Missverständnisse passieren schnell, nie meinen zwei Menschen mit einem Satz dasselbe. Also sprach ich einfach weiter nicht mit ihm.

Irgendwann war es Gewohnheit, war es einfach nicht mehr möglich, zu sagen: Hey, gibst du mir mal das Handtuch?

Das ist jetzt siebzehn Jahre her.

Schon seltsam, oder?

Ich mache Fortschritte.

Es fehlt nicht mehr viel bis zum Licht.

7: Der Auserwählte

Loki saß zurückgelehnt in einem Ledersessel im Salon, ein Glas Rotwein in der Hand, und sah, dass es gut war.

Jede Bewegung braucht einen Märtyrer, einen Blutzeugen, der sich für die Sache opfert, die Brücke hinter sich abbricht und den Gefährten einen heiligen Schauer über den Rücken jagt.

Laufey hatte vom ersten Moment an gespürt, dass Lutz Grind der ideale Mann dafür war. Es war atemberaubend mit anzusehen, mit welcher Entschlossenheit er die Spuren seiner alten Existenz vernichtete. Er hatte noch am Tag des Abtransportes seiner verstorbenen Gattin den Sperrmüll bestellt und dann Couchgarnituren, Beistelltische, Schrankwände, das eheliche Boxspringbett, Zierrat, Bilder, Schuhe und Kleider entsorgt.

Warum er sich nicht schon früher von ihr getrennt habe, wollte Laufey wissen.

Grind winkte ab.

»Ehevertrag. Das Geld, aus dem ich ein Vermögen gemacht habe, gehörte Brigitte!«

Jetzt waren die Wände im Haus kahl und die Zimmer fast leer. Kummer hatte zwei Auszubildende mit einem Opel-Transporter zu Ikea geschickt, um Betten, Matratzen und ein paar Schränke zu kaufen.

Überall wurde geklopft und geschraubt, dabei wehte der Wind vom Großen Wannsee herüber durchs Haus, machte das Atmen leicht und frisch.

Außer dem Ledersessel stand im großen Salon nur ein nackter Holztisch mit drei nicht gepolsterten Lehnstühlen und an der Stirnseite ein gepolsterter schwarzer Stuhl mit Schnitzwerk an Beinen und Lehne. Er war vor ein paar Tagen mit der Spedition aus der Schweiz gekommen. Auch ein altes Fischernetz war in der Kiste, welches für Herrn von Laufey eine sentimentale Bedeutung hatte, wie er sagte. Sprechen wollte er darüber nicht. Noch nicht.

»Jedes Wesen trägt seinen Schmerz«, erklärte er. »Warum soll es bei mir anders sein?«

Außerdem war da noch ein Sax – ein altes, unscheinbares einschneidiges Schwert – in einer Scheide aus Horn und Leder. Beim gemeinsamen Abendbrot erzählte Laufey, dass mit diesem Schwert schon vor tausend Jahren Äste von der heiligen Weltesche geschnitten worden waren.

Ehrfürchtig hatten es seine Schüler herumgereicht und betrachtet. Jeder wollte ein Stück Ewigkeit mit den Fingern berühren.

Das gemeinsame Abendessen fand jeden Mittwoch, Punkt achtzehn Uhr statt. Laufey legte Wert auf Disziplin.

Zur Disziplin gehörte, sich vom alten Leben zu verabschieden. Natürlich mussten die Geschäfte weiterlaufen, mussten Familien versorgt werden. Aber die Naschhaftigkeit, die Schwatzhaftigkeit, die Bequemlichkeit hatten aufzuhören.

Das Werk verlangte ganze Männer.

»Jawohl«, sagte Kotschynski, »gesunder Körper, gesunder Geist.«

Die Gefährten unterwarfen sich mit Vergnügen. Hart wie Stahl, zäh wie Leder, flink wie die Windhunde – das war tief geankert.

Laufey hatte sie an ihrer Ehre gepackt; sie hatten alle studiert, in Beruf und Unternehmen gezeigt, was sie konnten. Doch dann begann ihnen Leben und Land durch die Finger zu rutschen; die deutsche Sprache wurde verstümmelt; Gleichstellungsbeauftragte vergaben Positionen nach Geschlecht; Zugewanderte niederer Kulturen beharrten auf ihren archaischen Ritualen und den damit verbundenen Identitäten; Deutschsein war etwas geworden, wofür man sich ständig entschuldigen musste, während jeder Kanake sein Hüpfen ums Feuer als Beitrag zur Weltkultur feierte.

»Aber«, fuhr der Privatdozent fort. »Wir sollten mit der Kritik bei uns selbst beginnen. Vielleicht waren die Hände, denen das Land entglitt, einfach nicht mehr stark und willens genug, es festzuhalten, das Gute zu bewahren?«

Der Satz saß, machte sie betroffen und spornte gleichzeitig ihren Ehrgeiz an.

Sie absolvierten die aufgetragenen Körperübungen, begannen wieder die Schultern durchzudrücken, gerade zu laufen. Sie redeten weniger durcheinander. Sie fassten sich kurz.

Laufey gefiel das. Nur Bernd Schaller schwächelte. Er wollte diskutieren, interpretieren. Er glaubte, jeder Schwachsinn würde an Bedeutung gewinnen, wenn er mit zwei, drei Zitaten garniert würde; ein Fehlgeleiteter, eine an den eigenen Intellekt verlorene Seele.

Als er nicht mehr zum Mittwochstreffen ins Haus kam, war es Steffi Greifens Aufgabe, ihn in die Gemeinschaft zurückzuholen.

Es durfte niemand draußen sein, der das Werk und seine Männer nur als eine von vielen Möglichkeiten sah. Laufey hatte am Anfang deutlich genug gemacht, dass es nach der Selbstverpflichtung keinen Ausstieg mehr gab.

Schaller weigerte sich, zurückzukehren.

Gruppendynamik, ließ er über Greifen ausrichten, wäre nicht sein Ding; er suche nicht Gefolgschaft, sondern den intellektuellen Austausch.

Irgendwas musste ihn an diesem Tag noch sehr aufgeregt haben. Er verstarb in der Nacht an einem schweren Hirnschlag.

Sie tranken auf ihn.

Der Tod rückte die Kameraden noch enger aneinander. Vielleicht war es auch die Furcht vor dem Tod.

»Ein Verräter«, erklärte Frau Greifen, »er hat es verdient.«

Von Laufey bat sie, nicht zu hart zu sein.

»Es gibt Menschen«, erklärte er, »die erkennen das Erhabene nicht, sogar wenn sie ihm begegnen. Sie sind so voller Überzeugungen und Meinungen, dass sie den Donner nur für ein Geräusch halten und den Blitz für eine elektrische Entladung.

Die Wahrheit ist aber auch«, sagte er, »es wird nicht diskutiert.«

Die Welt war alt und so alt waren ihre Gesetze. Sie waren im Anbeginn der Zeit von Aurora borealis an den Himmel geschrieben worden.

Wer lesen konnte, der las.

Herr von Laufey erklärte später in geselliger Runde, welche Deutung des Brexits aus seiner Sicht auch möglich war: Germanien wurde der Weltregierung wieder zu mächtig. Indem sie England von der EU trennten, brachte die amerikanisch-jüdische Weltregierung ihren Flugzeugträger gegen Zentraleuropa in Stellung.

»Das ist es, was das Königreich spätestens seit dem Dreißigjährigen Krieg im Schilde führt«, erklärte Laufey. »Eine Waffe gegen Deutschland. Die historische Wissenschaft hat eindeutig herausgearbeitet: Hätte England nicht den Ersten Weltkrieg inszeniert, um Russland von seiner Kolonie Indien fernzuhalten, es wäre höchstens zu einem Krieg zwischen Frankreich und Deutschland gekommen; Frankreich wäre besiegt worden, Europa hätte nie den Bedeutungsverlust erlitten, den es heute an den Rand der Geschichte drängt.

Im Zweiten Weltkrieg hat das Imperium seine gesamten Ressourcen im Krieg gegen Deutschland verbraucht. Es ist ausgebrannt, es musste sich anpassen. Jetzt will es sich wieder munitionieren.«

Laufey kam zum Schluss: »Ein neuer Krieg wird unvermeidbar sein!«

Das klang richtig, dachte Kummer und es war auf prickelnde Art erschreckend. Leben war Kampf. Das war im Autohandel nicht anders – entweder du dominierst, oder du wirst dominiert.

Es gab eine lange, schwere Pause, in der die Männer über das Gesagte nachsannen und ihre Schlüsse zogen.

Carsten Falter, Offizier im Ruhestand, räusperte sich.

»Ich will niemandem Angst machen, aber das wird hart werden«, begann er vorsichtig. »Richtig hart. Blut und Scheiße, sag ich mal. Vielleicht sollte diese Runde eher eine Männerrunde sein. Also, wenn es hart auf hart kommt, da habe ich lieber einen Mann an meiner Seite. Ich meine, so als Bild – zur Tafelrunde gehörten schließlich auch keine Frauen.«

Vorsichtige, zustimmende Unruhe.

Herr von Laufey hob die Hand.

»Stimmt jemand Kameraden Falter zu?«

Die Frage war wie eine Falle gestellt. Niemand wollte auf der falschen Seite stehen.

»Die Artursage, die wir kennen, ist christlich überformt. Natürlich waren Frauen dabei. Ich durfte die Originalskripte in einer Privatbibliothek in Essex sehen. Herrliche Arbeit.« Der Privatdozent machte eine Pause. Dann setzte er wieder an: »Ich will auf etwas anderes hinaus. Die Kultur, zu der ich mich zugehörig weiß, hat Frauen immer gewürdigt. Die Idee, dass ein Gott die Frau aus der Rippe des Mannes schneidet, scheint mir ungehörig und diskriminierend. Über die Rolle der Frau im Koran müssen wir gar nicht reden. In meiner Kultur wurden Frau und Mann gleich geschaffen – hoch und stolz wie Bäume. Männer und Frauen haben gemeinsam in der Schlacht gekämpft, haben gemeinsam den Met getrunken und sie sind, wenn es so sein sollte, Seite an Seite gestorben. Ich bin stolz und froh, dass Steffi Greifen bei uns ist. Danke, Steffi.«

Frau Greifen nickte erleichtert und dankbar.

Carsten Falter stand auf und nahm Haltung an.

»Steffi, ich hoffe, ich darf dich Steffi nennen, ich möchte mich aufrichtig bei dir entschuldigen. Es war töricht. Nimmst du meine Entschuldigung an?«

Greifen schaute kurz zu von Laufey, empfand eine Bestätigung und nickte dann Carsten huldvoll zu.

Von dem Moment an saß Steffi Greifen breitbeinig am Tisch. Sie duzten sich jetzt: Herbert, Uwe, Steffi, Carsten, Wolf, Lutz.

Herr von Laufey: »Nennt mich einfach Meister.«

Es gibt immer eine Ordnung, die eingehalten werden muss. Sie stärkt die Gemeinschaft. Sie gibt dem Wollen Form. So hatten sie Abend für Abend verbracht. Und währenddessen hatte Laufey versucht, dem schlaffen Haufen etwas Orientierung und Haltung beizubringen, damit er im Moment der Offenbarung wenigstens einen Hauch Würde an den Tag legen konnte.

Noch wichtiger war, sie überhaupt so lange bei der Stange zu halten, damit sie sich nicht schon vorher wieder in ihre Kokons aus Maulerei, Selbstmitleid und Alkoholmissbrauch zurückzogen.

Dafür hatte er Kummer, seinen Kapo.

Er hielt ihn an der kurzen Leine. Er ließ ihn an seinem Wissen teilnehmen. Kummer war der Erste, der erfuhr, dass Grind der Auserwählte war.

Als Laufey Herbert Kummers enttäuschten Blick sah, legte er ihm verschwörerisch die Hand auf die Schulter.

»Es ist immer ein zweischneidiges Glück, den Göttern nahezukommen. Ich brauch dich hier!«

Da war für Kummer wieder alles gut.

Herr von Laufey stieg die drei Stufen der Eingangstreppe hinab. Die schwere, weiße Doppeltür hinter ihm fiel leise ins Schloss. Alles hier war geordnet, sauber gestutzt. Triviale. Erbarmungswürdig!

Erbarmen, Laufey schmeckte dem Christenwort nach. Götter kennen kein Erbarmen; sie erhöhen, sie stürzen. Jedem nach seinen Taten. Das mit der Trivialität würde sich jedenfalls ändern. Er würde am Abend etwas Magie hinzufügen.

Laufey trat ein paar Schritte weiter auf die Zufahrt, streckte sich, drückte die Schultern durch und schaute dann lange in den Himmel. Seit Tagen hing ein Gewitter im Osten; noch nicht nah genug an Berlin.

Es war kein Gewitter. Es war der rechte Augenblick, von dem Herr von Laufey im Tiergarten gesprochen hatte. Es war die Möglichkeit, das Heft des Handelns wieder in die Hand zu bekommen, dem Rad der Geschichte einen entscheidenden Stoß zu geben. Da draußen, in der dunklen östlichen Gewitterfront, kämpften der Geistergeneral und seine unsterbliche Armee der Toten ihren ewigen Kampf.

Der Geistergeneral war Stalingrad entkommen, war durchgebrochen in eine andere Form der Existenz, brannte vor Rache, so wusste es Laufey.

Der General und seine Eisen starrende Kampfgruppe waren der heiße Hauch des totalen Kriegs, den Laufey brauchte, um das morsche Gebäude aus verquerem Selbsthass, Weinerlichkeit, Identitätspolitik und Hedonismus, das sie Demokratie nannten, zum Einsturz zu bringen. Der General war das dazugehörige Stahlgewitter.

Heute Nacht würde Loki von Laufey, der Gestaltenwandler, der Blutsbruder Wodans, größter der Wanen, heute Nacht würde er den heiligen Speer rufen, hinter dem sich das neue Heer versammelt.

Die große Tür klapperte.

Lutz Grind kam die Stufen heruntergeschlappt. Sein Gesicht war stoppelig, die Haare verwuschelt, aber seine Augen glänzten.

Er trat neben Laufey, die Hände in den Taschen.

Auf Laufeys Geheiß fastete er seit sechs Tagen. Heute war der siebte Tag. Grinds Aufmerksamkeitsvermögen hatte gelitten. Er fühlte sich zwar leicht, wie sein Meister versprochen hatte, aber gleichzeitig unendlich hungrig.

»Nicht vielleicht wenigstens eine Suppe?«, fragte Grind vorsichtig, fast wie zu sich selbst.

Laufey legte Lutz eine Hand auf die Schulter.

»Du würdest dich nur selbst betrügen. Und dich um den Lohn bringen: Noch heute Nacht wirst du an einer Tafel sitzen, so reich gedeckt, wie du es dir nicht vorstellen kannst.«

»Oh, ich kann, ich kann.«

Grinds Augen flackerten. Er bebte unter Laufey Hand wie ein vertrockneter Busch, auf den frischer Regen fällt. Aber noch mehr genoss er die Stimme. Wenn sein Meister sprach, war alles gut und richtig.

»Jetzt geh wieder auf dein Zimmer und bereite dich vor, wie ich es dir gezeigt habe. Heute wirst du erhoben!«

Oben hatte sich leise die Tür geöffnet.

Einer der Avatare war herausgetreten und hielt die Tür für Lutz Grind geöffnet, der widerstandslos nach drinnen ging – er würde sich ans Fenster setzen und auf den See und den Horizont starren, bis er sehen würde, was dahinter lag. So hatte sein Meister es ihm aufgetragen.

Die Avatare hatte der Herr Privatdozent vor zwei Tagen materialisiert, als er den Kameraden nach dem gemeinsamen Abendbrot verkündete, dass sie von jetzt an für drei Tage gemeinsam im Haus bleiben würden, um das große Werk zur Wiedererrichtung der rechten Ordnung vorzubereiten.

Es hatte eine kurze Unruhe gegeben, in der jede der lächerlichen Figuren ihre Unabkömmlichkeit von der Welt zu beweisen versuchte.

Laufey ließ seine Stimme wieder weich und samtig werden. Er erklärte ihnen, dass Macher wie sie, Meister ihres eigenen Lebens, unabhängig genug waren, um sich selbstbestimmt für ein paar Tage von der lauten, dreckigen Welt zurückzuziehen.

Er bat sie, ihre Telefone zu nehmen und sich überall abzumelden.

Nachdem die Meldungen verschickt waren, ließ er die Telefone durch einen der beiden Avatare einsammeln.

Die Avatare ähnelten Laufey in Statur. Sie trugen schwarze Schuhe, schwarze Anzüge mit schwarzen Lederhandschuhen, schwarze Plastikköpfe ohne Gesicht und Hüte. Herr von Laufey stellte sie als Helfer vor; sie würden die Kameraden unterstützen und wären da, wenn den einen oder die andere in stillen Momenten Zweifel befallen würden. Herr von Laufey wollte nicht, dass einem der geschätzten Kameraden ein ähnliches Unglück widerfuhr, wie dem Kameraden Bernd Schaller. Hirnschlag – wie aus dem Nichts.

Die Kameraden verstanden.

Am Abend trafen sich alle im Garten unter der Terrasse, wo Herr von Laufey ein kleines Feuer entzündet hatte. Einer der Avatare warf die eingesammelten Telefone in die heiße Paella-Pfanne über dem Feuer und bedeckte sie dann mit Sand.

»Wenn wir sie so im heißen Sand verglühen lassen«, erklärte der Privatdozent, »steigen keine giftigen Dämpfe auf und die Umwelt wird nicht verpestet. Den Sand entsorgen wir als Sondermüll.«

Das fanden alle sehr verantwortungsbewusst.

Danach geleiteten die Avatare jeden auf sein Zimmer, wo sie sich in Schweigen üben sollten, bis sie gerufen würden.

Laufey saß in seinem Zimmer unterm Dach und schliff den Sax, das einschneidige Hiebschwert, das er sich aus der Schweiz hatte nachschicken lassen. Er liebte die fließende Bewegung, mit der das Schleifleder über die glänzende Klinge fuhr. Es war guter Stahl, vor Äonen von Jahren aus sächsischem Eisenerz und einem Kometen geschmolzen und so oft in Blut getränkt, dass die Klinge schon rötlich schimmerte.

Als die Schneide so scharf war, dass sie nur noch aus einer Reihe von Atomen bestand, legte er den Sax zur Seite, stand auf, streckte sich und trat an seinen großen, silbernen Koffer.

Er öffnete ihn und entnahm einem der Fächer einen langen Lederriemen und ein kleines, schwarzes Fläschchen. Er schlang sich den Riemen um den Hals und versteckte die Enden unter dem Kragen der Jacke. Dann öffnete er die kleine Flasche und roch daran. Es war die Richtige. Er steckte sie in die Tasche seiner wollenen Jacke und ging wieder hinunter in den Salon, wo einer der Avatare vor der offenen Verandatür stand und die Rahmentrommel schlug.

Der Rhythmus pflanzte sich durch alle Räume fort und fuhr in die Herzen der fünf verbliebenen Kameraden, die in ihren kargen Zimmern saßen, gegen die Wände starrten und nicht recht wussten, was sie erwartete und was es in der Konsequenz bedeuten würde, Teil des großen Werkes zu sein.

Der Klang legte sich über den Rhythmus ihrer Herzen, synchronisierte sie miteinander und füllte sie mit einem Gefühl der Erhabenheit. Und wenn dieses Gefühl ihnen auch keine konkrete Antwort gab, so überdeckten Erwartung und Vorfreude doch die latente Angst, die Kummer, Landsky, Greifen, Falter und Kotschynski seit ihrer Klausur im Haus befallen hatte.

Lutz Grind fühlte sich leer. Sein Magen war leer und sein Kopf wurde auch leer. Das war nicht unangenehm. Wenn er den Hunger vergaß, spürte er eine stille Euphorie. Grind hatte immer gern gegessen. Es gab keine Zeit in seinem Leben, in der er sieben Tage gefastet hätte. Es gab nicht mal einen Tag, wenn er genau nachdachte. Der Kühlschrank war immer voll, in den letzten Jahren sowieso, der Weinschrank mit gekühltem Chablis und Cavis bis zum letzten Fach besetzt. Mangel, das war was für den Osten und die Kommunisten.

Fasten ist das Gegenteil von Mangel, hatte ihm der Meister erklärt. Es war der Übergang vom materiellen zum spirituellen Reichtum. Grind spürte, wie das Spirituelle in ihm aufstieg. Er saß auf einem Kissen vor den großen französischen Fenstern und starrte hinaus in das Grün der Bäume, die vom Wind hin und her geschüttelt wurden. Es flimmerte vor seinen Augen und das Grün zerfloss an den Rändern in alle Spektralfarben.

Was war mit ihm passiert?

Früher einmal war die Welt ihm ein sicherer Ort. Er war Westberliner von Geburt, er war voller Kraft, war gut im Sport, spielte Basketball – hätte Profi werden können, hatte kein Problem mit der Schule, nicht mit den Mädchen. Er hatte zur richtigen Zeit die richtige Idee, um in den Internethandel einzusteigen; Amazon kaufte ihm den Laden für Millionen ab; er heiratete Brigitte, das schönste Mädchen des Gymnasiums, die Prinzessin von Steglitz-Zehlendorf, ihr Geld, seine Idee. Alles lief; Frau, Haus, Porsche, Weinkeller.

In Lutz Grind wuchs die Leere, die weder mit teuren Weinen noch mit Cohiba Zigarren oder einer Riva St. Tropez als Zweitboot zu füllen war. Dann lud ihn Kummer zu diesem Abend im Ritz ein. Grind ging mehr aus Langeweile als aus Interesse. Kummer war einer der letzten alten Bekannten, zu denen er noch Kontakt hielt.

Mit Kummer kamen Fragen nach dem Sinn, der jenseits des Materiellen lag, zurück in sein Leben. Der reichte vom geheimnisvollen Gestern bis ins Morgen und gab Grind das Gefühl, Teil von etwas Großem zu sein – Deutschland, Germanien, das Heilige Römische Reich deutscher Nation.

Schon die erste Begegnung mit dem Herrn Privatdozent war wie ein Blitz in ihn gefahren, hatte in ihm was angezündet, was tief unter der Asche verborgen war.

Diese sichere Art, mit der sein Meister in der Welt war, das alte Wissen, das faszinierte Lutz Grind. Aber noch mehr faszinierte ihn die Stimme, wenn Laufey sprach. Sie brachte was in ihm zum Klingen, was er so von sich selbst nicht gewusst hatte; die Sehnsucht, dazuzugehören, aus der eigenen Seelenknechtschaft auszubrechen.

Wenn die Kameraden gegangen waren, an den lauen Abenden, wenn der Wind den Geruch von Land und Wasser auf die Terrasse trieb, hatten sein Meister und er noch lange beieinandergesessen.

Der Meister hatte ihn gelehrt, richtig zu atmen und, was noch wichtiger war, richtig zu sehen – durch die Dinge hindurch, durch ihre Form. So hatte Grind zu glauben begonnen, was ihm sein Meister immer wieder sagte: dass er der Auserwählte war, dass er der Erste war, der die Mauer der Ignoranz zum Einstürzen bringen und seinen Kameraden als ein Beispiel vorangehen würde.

Der Auserwählte!

Grind hatte es anfangs für einen Scherz gehalten, für ein Kompliment, weil er das Haus hergegeben hatte wie ein Papiertaschentuch: Du brauchst es? Nimm es!

Aber Laufey hatte ihm erklärt, dass nichts zufällig passierte und hier schon gar nicht.

Wenn Grind daran zurückdachte: Die Einladung von Kummer, das erste Treffen im Ritz, wie schnell alles ging – von seiner Entscheidung, das Haus seinem Meister zu übergeben, dem plötzlichen Tod Brigittes, dem Gefühl der Freiheit bis zum Einzug der Kameraden – es war ein Fingerschnipp, ein Zwinkern der Zeit. Und doch: Es war ein völlig anderes Leben.

Dass Grind über Stunden so sitzen konnte, denken konnte, auf dem Klang der Trommel reiten konnte, ohne zwischendurch zum Kühlschrank, zum Fernseher, zum Weinschrank, zum Klo zu laufen, das war schon die neue Persönlichkeit, die der Meister in ihm aufsteigen ließ. Frei zu sein hieß vor allem, sich nicht mehr ständig jucken zu müssen, nur weil eine zufällige Fliege einen kitzelte.

Ein Luftzug berührte Grind am Rücken. Er wandte sich um. Sein Meister stand hinter ihm. Er sah großartig aus. Er trug einen langen grauen Mantel aus Wolle, der mit Goldfäden durchwirkt war. Sein Gesicht glänzte.

»Es wird Zeit, mein Freund.« Sagte er. »Jetzt kommt der Moment, sich würdig zu erweisen.«

Lutz Grind stand auf. Plötzlich hatte er weiche Knie, einen Kloß im Hals. Ihm fiel ein, dass er die ganze Zeit zu fragen vergessen hatte, was es denn eigentlich hieß, der Auserwählte zu sein. Aber immer, wenn er mit Laufey zusammensaß, war die Frage nicht mehr da.

»Ich spüre deine Fragen.«

Der Meister legte beide Hände auf Grinds Schultern.

Schwere Wärme durchflutete Grind und drückte ihn fester auf den Boden. Zum ersten Mal hatte er das Gefühl, sich den Händen entziehen zu wollen.

Er konnte es nicht.

»Du wirst es gleich erfahren. Und erfahren heißt, es mit dem ganzen Körper zu begreifen. Um dir die Angst vor dieser großen Erfahrung zu nehmen, und Angst ist keine Schande«, beschwichtigte Laufey, »habe ich dir Trost mitgebracht.«

Er ließ seine Linke auf Grinds rechter Schulter liegen, während er mit der Rechten in die Tasche seines Mantels fasste und das kleine Glasfläschchen hervorholte. Er öffnete den Schraubverschluss mit schnellen Fingern, ließ ihn zu Boden fallen. Dann setzte er das Fläschchen an Grinds Lippen.

»Trink!« Befahl er.

Grind trank das Fläschchen leer. Die Flüssigkeit schmeckte scharf, süß und bitter zugleich. Wie es ihm die Kehle hinunterrann, spürte er tiefe Entspannung und Wärme. Er wollte die Hand heben, um sich einen Tropfen von der Lippe zu wischen, aber er konnte es nicht.

Er wollte was sagen, aber er bekam den Mund nicht auf.

Meister Laufey nahm jetzt auch die linke Hand von Grinds Schulter und trat einen Schritt zurück.

Er musterte Grind.

»Du kannst mich hören?«

Ein Zucken in den Augen des Auserwählten zeigte ihm, dass er es tat.

»Heb den rechten Arm.«

Lutz Grind hob den rechten Arm.

»Jetzt noch den linken.«

Grind tat wie geheißen.

»Jetzt klatsche in die Hände.«

Die Arme über dem Kopf gestreckt, klatschte Grind in die Hände.

Es waren nicht seine Entscheidungen.

Sein Körper machte, was Laufey sagte.

»Der letzte Gang ist nie einfach.« Sagte Laufey. »Aber es wird leichter, wenn du dir der Auszeichnung bewusst bist. Zieh dich aus.«

Vom fremden Willen geleitet, begann Lutz Grind sich auszuziehen, bis er nackt vor Laufey stand.

Loki von Laufey musterte ihn.

Grind musste früher einmal ein kräftiger, ein guter Mann gewesen sein. Selbst jetzt waren noch die Konturen seiner Muskeln zu erkennen. Er würde ein würdiges Opfer sein.

Laufey knöpfte langsam seine Jacke auf. Er löste das lange weiße Tuch, das er unter der Jacke um seine Hüfte geschlungen trug. Er trat an den starren Grind heran, schlang ihm das Tuch um die Hüfte, kreuzte es über dem Unterbauch, schlang es Grind durch die Beine und verknotete es im Kreuz.

»Wir wollen ja nicht, dass sich jemand über den kleinen Pullermann lustig macht.« Sagte er schmunzelnd. »Hände auf den Rücken, die Ellenbogen mit den Händen umfassen.«

Laufey löste das lange Lederband, das er um den Hals trug, und begann damit, Grinds Arme hinter dem Rücken zu verschnüren.

»Befrei dich.« Befahl er.

Grind zerrte an seiner Fessel.

Sie hielt.

»Gut.« Beschied Laufey und begann, seine graue Wolljacke wieder zuzuknöpfen. »Dann wollen wir mal.«

Er nahm Lutz Grind am Oberarm und führte ihn vorsichtig nach draußen.

Es war dunkel geworden. Am Fuß der Treppe von der Veranda zum Garten brannten Feuer in zwei Schalen. Unter der Blutbuche, unter einem starken, zum Haus hin ragenden Ast, hatte Laufey am Nachmittag mit weißem Kreidepulver einen Kreis gezogen, der zur Treppe hin offen war.

Die Kameraden und die Kameradin standen am Kreis verteilt in ihren schwarzen Anzügen, die anzuziehen ihnen Laufey befohlen hatte. Er spürte ihre Unruhe. Ihre Blicke gingen zum Strick, der über dem Ast hing und links und rechts schwer und gefährlich wie eine alte Schlange auf dem Boden lag; dann hin zur großen schwarzen Schüssel, die zwischen den Stricken stand und auf der die Klinge des alten Hiebschwerts bedrohlich schimmerte.

Jetzt gingen alle Blicke zu Laufey und Grind.

Laufey führte Grind in den offenen Kreis, der links und rechts von den Avataren flankiert wurde. Der rechte Avatar schlug weiter die Rahmentrommel in einem dumpfen, schleppenden Rhythmus.

»Der Auserwählte.«

Loki von Laufey entließ seine sanfte, weihevolle Stimme in die Runde.

»So wie sich Wodan einst, selbst hängend am Baum für sich opferte, so opfert auch Lutz Grind, der Auserwählte, sich selbst für sich und uns. Lutz Grind, wenn du diese Entscheidung selbst aus freien Stücken gefällt hast, dann nicke mit dem Kopf.«

Lutz Grind nickte.

»So bitten wir den Gott der Götter, das Opfer anzunehmen, dem Blut die Spur zum Blut zu weisen und die Jäger zur Jagd zu rufen!«

Der Avatar schlug die Trommel jetzt schneller.

»Kameraden!«

Laufey führte Grind in die Mitte des Kreises.

»Schaut genau. Nehmt es in euch auf. Gebt euch der Größe des Momentes hin und füllt eure Herzen mit Dankbarkeit! Dieses Opfer erhöht uns alle!«

Ein Ruck ging durch den Kreis, nur Uwe Kotschynskis Zähne klapperten deutlich hörbar.

Loki von Laufey lächelte aufmunternd in die Runde und trat dann Grind überraschend heftig beide Beine weg.

Der Mann fiel schwer zu Boden. Laufey bückte sich nach einem Ende des Strickes und verknotete es an Grinds Füßen.

Er stand wieder auf, nahm das andere Ende des Seils und zog Lutz Grind mit einem kräftigen Ruck am Seil nach oben.

Als Grinds Kopf einen Meter über der schwarzen Schüssel baumelte, schlang er den Strick um den Stamm der Buche und verknotete ihn dort.

Bleich und stumm hing Grind vom Ast.

Irgendwo im dunklen Grün krächzten klagend zwei Raben.

Laufey ging vor Grind in die Knie. Er hob die Linke und legte sie ihm auf die Brust. Es war eine zärtliche Geste. Dann nahm Laufey den Sax und schnitt Grind in einer schnellen, fließenden Bewegung links und rechts die Halsschlagader auf.

Er rammte den Sax in den Boden, nahm die Schüssel in beide Hände und fing Grinds dampfendes Blut darin auf.

Während sich die Schüssel mit jedem pulsierenden Strahl weiter füllte, begann Loki von Laufey in einer fremden, kehligen Sprache einen Singsang, von dem die Kameraden und die Kameradin glaubten, dass er die Luft und die Blätter erzittern ließ.

Laufey rief Gungnir, den Schwankenden. Er rief den Stahl von Ivaldis Söhnen, den jungen Schmieden des alten Meisters, rief ihn mit ihren geheimen Namen; er beschwor die Zwergenangst, die Albtraumangst, die Angst vor dem endlosen Schrecken, der in den Tiefen hauste, den sie mit harten Schlägen ins Eisen geschmiedet hatten; beschwor sie, sich zu zeigen, sich zu offenbaren. Er rief die Gier, die sein Beitrag zum Speer gewesen war; rief das brennende Verlangen, mehr zu wollen – mehr von allem.

Er beschwor die Totengeister, die Unversöhnten, die Vergessenen, die für immer Zornigen, beschwor jedes Stück blutige Erde, rief den Speergeist persönlich an, das schwarze Grauen, den Wächter der blutigen Klingen. Mit dem Blut Grinds lockte er den Tödlichen. Versprach, ihm die Sehnsucht nach frischem Fleisch zu stillen. Lockte mit zukünftigen Sturzbächen von Verräterblut, bot ihm heiliges Gemetzel ohne Ende.

Lutz Grind hörte das Rufen, hörte das Flehen Lokis wie durch einen Nebel, der immer dichter wurde. Etwas Kaltes kroch auf ihn zu, strich mit zärtlichen Totenfingern an seinem Rückgrat entlang, riss an seiner Seele, an jeder seiner Zellen, seinen Nervenenden, sog ihm das Mark aus den Knochen. Sein Blut floss aus ihm heraus. Stattdessen kroch Kälte in ihn, legte sich finsteres Grauen über ihn. Schmutzige Nägel öffneten die Membranen seiner Zellen, knackten die Zellkerne, schlürften seine DNS. Er hörte Schmatzen in seinen Ohren, in seinem Körper; unsterblicher Schrecken saugte und knabberte an seiner warmen Leber. Er konnte nichts dagegen tun. Sein Herz begann zu rasen. Verzweifelt schlug es ins Leere wie ein Dieselmotor ohne Diesel, der sich selbst zerstört. Ihm brachen die Augen. Das Letzte, was er roch, war alter Tod.

Grind begriff in seinem allerletzten Moment, was es heißt, der Auserwählte zu sein: Es bedeutete, ausgeblutet als Opfer zu sterben. Schmerz zu ertragen, der alles verschlingt.

Was für eine blöde Idee!

Grind starb nackt, am Baum hängend.

Ein letztes Zittern seines Körpers verriet Laufey, dass es vollbracht war.

Er horchte in die Nacht, während hinter ihm einer der Kameraden in die Wiese kotzte. Es war Leutnant im Ruhestand Carsten Falter.

Ein gewaltiger Donner zerriss die beklemmende Stille, unmittelbar gefolgt von einem grellen Blitz, der die gespenstige Szene in gleißendes Licht tauchte. Danach brach ein Inferno los. Sturmböen jagten über den Wannsee, trieben Schaumkronen auf die Wellen, rissen an vertäuten Booten, drückten Fenster auf, brachen Äste ab, warfen Bäume um.

»Ja, ja!«

Loki von Laufey tanzte. Er hatte sich das Gesicht mit Grinds Blut beschmiert, stand hoch aufgerichtet in der Mitte des Kreises neben dem toten Grind, wie ein Jäger neben seiner Beute. Er sah Panzer aus den Wolken brechen, ihre Kanonen spien Tod und Verderben. Er hörte die Kampfschreie vergangener Zeiten und sie erfüllten ihn mit Lust. Er wirbelte um seine Achse, um lachend seinen Jüngern die gute Nachricht zu verkünden.

»Das Opfer wurde angenommen! Das Blut hat gesprochen! Unser Rufen wurde gehört.«

Laufey blieb abrupt stehen.

»Die Macht, die ihr eben gespürt habt, ist nur ein kleiner Teil von der Macht, von der auch ihr bald ein Teil sein werdet.«

Erschüttert vom Tod ihres Kameraden und zitternd in der Kälte der Nacht, stand der zusammengeschmolzene Kreis der Gefährten um den ausgebluteten Auserwählten und harrte weiterer Anweisungen.

Auf Befehl Laufeys verließ kurz vor Mitternacht ein schwarzer Opel Vivaro das Grundstück am Kronprinzessinnenweg. Der Wagen fuhr am Kreuz Dreilinden auf die A115 und dann auf die A10. Am Steuer saß Herbert Kummer. Sein Gesicht war fahl, seine Hände umklammerten das Lenkrad. Neben ihm saß, still und unbeteiligt, einer der Avatare.

Kummer hätte gern Musik gehört gegen die drückende und immer bedrohlicher werdende Stille. Er traute sich nicht. Wie hatte Laufey in einem seiner Vorträge so schön formuliert: Wer sich nicht traut, Täter zu werden, hat immer noch das Potenzial zum Opfer.

Kummer wollte kein Opfer sein.

Er trat aufs Gas, scherte links aus, überholte die endlose Kolonne von Lkws mit polnischen Kennzeichen, die Deutschland mit allem belieferten, was den Deutschen am deutschesten war: Schrankwände, Polstergarnituren, Kirschkompott, Schlesische Krakauer, Schinkenwürste, Sauerkraut, Waschmittel und Wodka.

Es ging nach Magdeburg.

8: Erweckung

Es tritt riechend in die Welt.

Es saugt Moleküle auf.

Es entwickelt Abneigung und Verlangen.

Der erste unserer Sinne ist der Geruchssinn.

Wir werden geboren, wir schnappen nach Luft, die Lunge will sich füllen.

Das dauert.

In der Zwischenzeit haben die Moleküle der Welt schon lange die Riechschleimhaut penetriert, einen Impuls in einer der dreißig Millionen Nervenzellen ausgelöst und diesen an das limbische System weitergeleitet: Angst, Sorge, Entsetzen, Ekel, Lust, Verwirrung, Verzückung, Trauer, Wut, sexuelle Lust ... kein Gefühl, zu dem es keinen Geruch gibt.

Wenn wir sterben, verlieren wir zuerst den Geruchssinn.

Atmen ist Stoffwechsel.

Riechen ist Geist.

Der Harz ist das dunkle Herz Deutschland. Er faltete sich im Oberkarbon auf; der Granit des Brockens ist circa zweihundertdreiundneunzig Millionen Jahre alt. Buchen- und Fichtenwälder überziehen das Gebirge, Hochmoore behalten Wasser, Moorleichen und andere Geheimnisse für sich; glucksende, saugende Geräusche unter den Schritten, die Leichen gebleichter Bäume stehen nackt im Wind.

Seelenlandschaft, Albtraumlandschaft.

Die Neandertaler erschienen vor zweihundertfünfzigtausend Jahren in dieser Gegend. Mit ihnen nahm die Spur des Speers ihren Anfang; fast wie Äste aussehend, aber von perfekter Balance und göttlicher Präzision. Tödlich.

Der Speer ist im Harz zu Hause.

Riechen ist Geist.

Angst riecht es. Es riecht gern Angst.

Es riecht auch gern Verwirrung, Verzweiflung, Panik und Entsetzen.

Köstliche Moleküle, alle zusammen. Sie laufen aus einem Mann heraus, der gerade ausblutet. Der Auserwählte gibt sein Blut für die große Sache, während er an einer Buche am Ufer des Wannsees hängt und stirbt. In seinem letzten Kampf schleudert er die Moleküle wie Samen in die Welt, auf dass sie irgendwo wurzeln und aufgehen.

Sie wurzeln.

Sie gehen auf.

Angst ist sein Lieblingsgeruch.

Fremde Angst.

Der Geruch wird ein Gefühl; ein Gefühl verklumpt sich, wächst, nimmt auf, integriert, manifestiert sich aus schwarzer, schwerer Erde, die zu gleichen Teilen aus zu Humus gewordenen Knochen, aus Schmerz, aus Erz und Rost und dem traurigen Staub der Flügel von Milliarden Insekten besteht, die hier einmal in der Sonne tanzten.

Sein Gefühl ist Lust.

Lust an der Angst.

Tötend sterben, oder sterbend töten, es ist für beide Seiten des Daseins offen. Dieser süße Geruch in seinen Nüstern ist allemal Motivation genug, ins Dasein zurückzukehren.

Und wenn es so geweckt wird, wenn es so süße gerufen wird, dann hat es eine Aufgabe zu erfüllen, dann muss es tun, was getan werden muss.

Das war schon immer seine Aufgabe – tun, was getan werden muss!

Der Speer ruft!

Geruch wird zu Gefühl, Gefühl wird Geist, Geist wird Manifest.

Also gibt es sich einen Namen. Es ist so endlos lange durch die Geschichte getrieben, ist selbst Geschichte, hat Geschichte gemacht und jede Menge Geschichten. Da gibt es einen Helden, der leuchtet so dunkel, wie kein anderer; der tut für seinen König Gunter, was getan werden muss. Von allen Geschichten über ihn ist ihm die am liebsten: Mit dem Spielmann Volker am Tor zu König Etzels Saal Wache halten, den Geruch des Blutes in der Nase, die Hände fest am Schwert, den Tod hinter sich, den Tod vor sich – auch egal, wenn es nur Literatur ist. Es ist die höchste Form des Lebens.

Hochzeit allemal.

Es nennt sich Hagen.

Hagen ist auch nur eine Erinnerung. Er wächst aus dem Schatten, aus vielen Richtungen gleichzeitig, ist noch mehr Idee als Körper, schluckt Licht, bildet einen Ereignishorizont und beginnt sich zu bewegen. Gleitet mehr, als er geht, wittert, nimmt Fährte auf. Lässt Bäume verdorren und Vögel tot aus den Ästen fallen, wo er vorbeikommt.

Hagen knirscht, fließt durch Wände, lässt schimmelige Stellen des Ein- und Austritts zurück. Die Balken der alten Fachwerkhäuser ächzen, wo er vorübergeht. Das Vieh in den Ställen wird unruhig, die klugen Schweine quieken vor Angst, Schafe blöken, Kinder weinen. Wo immer Menschen im Schlaf liegen, fallen Albträume über sie her und sie träumen Kriege, die sie nie erlebt haben.

Schwerttod, Feuertod, Bombentod; über Hagen schwebt eine Wolke von Entsetzen, die jeden in seinen Bann zieht; der Motorradfahrer auf seiner Kawasaki 1200 hinter Quedlinburg spürt auf einmal diese Panik, irgendwas presst ihm die Luft aus der

Lunge, das Vorderrad fängt zu vibrieren an, die Arme verreißen und da ist plötzlich keine Straße mehr. Das Letzte, was der junge Mann spürt und hört, ist dunkle Kälte und ein schlürfendes Geräusch.

Hagen leckt sich, was einmal Lippen waren. Jedem Anfang wohnt ein Zauber inne; der erste Tod ist der schönste.

Hagen wächst.

Eine junge Mutter, in ihrem Micra von der Spätschicht auf dem Weg nach Hause, nährt ihn, aber auch Schafe, zwei Hunde, ein Kleinbus mit übermüdeten Saisonarbeitern.

Warten macht hungrig.

Nach Meideborg zieht es Hagen, dorthin, wo er einst begraben wurde, bevor ihn die Zeit, die Erosion, Schaufeln und Bagger in alle Winde zerstreuten. Schicksalsspeer, der dunkle Schatten der Heiligen Lanze, das war er einst.

Otto I., *totius orbis caput*, das Haupt der Welt, hatte ihn geheißen, der Lanze nach der Schlacht auf dem Lechfeld dort ein verborgenes Heim gegeben; seine Kirche, seine Hauptstadt; zukünftiges Rom, herrliches östliches Byzanz.

Hagen ist der Geist des Speers, der Wächter der Unfehlbarkeit, die Spürnase ins Herz der Gegner, das wütende Blut und die unverbrüchliche Treue, die Angst und die Gier, die den Speer immer wieder in die Hand seines Herren zurückführen.

Er wurde es.

Der Speer will wieder werden. Magdeburg ruft ihn; der Duft der Magdeburger Bluthochzeit von Mai 1631 ruft ihn, gutes altes Blut, tief in die Erde gesickert aus den offenen Leibern niedergemachten Frauen und Kindern, als die Kaiserlichen unter Tilly die Jungfrau Magdeburg in die Knie zwangen, vergewaltigten, anzündeten und geschunden liegen ließen.

Hagen kennt kein Gut und Böse, kennt nur Sterben und Sterbenlassen. Fünftausend schwere englische Bomber ließen noch im Januar 1945 ganz wunderbar sterben – entfachten einen der schönsten Feuerstürme, an dem je eine deutsche Stadt zugrunde ging.

Die Stadt hat sich nie wieder erholt.

Ottos Kirche, der Magdeburger Dom, hat doch überlebt, denn die Erinnerung an den Speer, die Lanze, schützt seinen Träger.

Es war am Vorabend des 10. August 955, als Otto I., *regnum francorum orientalicum*, seine Männer um sich versammelte und zu ihnen sprach:

Schimpflich wäre es, uns dem Feind zu unterwerfen. Lieber wollen wir im Kampf, wenn unser Ende bevorsteht, ruhmvoll sterben, meine Krieger, als den Feinden untertan in Knechtschaft leben oder gar wie böse Tiere durch den Strick endigen.

Raben krächzten über dem Schein der Feuer, in den Wäldern heulten Wölfe. Seine Ritter rückten enger zusammen. Sie schworen auf die Lanze, die Otto führte und die er von seinem Vater Heinrich I. geerbt hatte. Treue schworen sie sich, Kühnheit und Mut.

Als der 10. August anbrach, die Sonne brannte und die Schwalben tief flogen, war es der König, der, das Reichsbanner in der Rechten, die Lanze in der Linken, gegen den Feind stürmte.

So viele Ungarn waren es, dass der Durst ihrer Pferde die Donau und alle Nebenflüsse austrinken konnte. Gegen Ottos gepanzerte Reiter waren sie verloren. Den einen Heerhaufen führte der König wie einen Amboss, während der andere, angeführt vom »Roten« Frankenherzog Konrad, die Ungarn umging und wie ein Hammer von hinten auf sie einschlug. Zwischen Hammer und Amboss geraden, gab es für die Magyaren kein Entkommen. Wer sich nicht ergab, wurde erschlagen oder ertrank im Lech.

Die Ungarn waren nach diesem wunderbaren Tag für immer besiegt.

Deus Teutonicus, der Gott der Deutschen, hatte Otto den Sieg geschenkt.

Die Heilige Lanze, Teil der Reichskleinodien, war eine starke Waffe. Mehr war sie nicht. Sie war von Menschen gemacht. Dahinter, gleichsam in ihrem Schwarzen Schatten, war der wahre Speer versteckt – Gungnir, Wodans Wunderwaffe, vom Allvater an seinen Sohn übergeben, dass er dem Land Frieden bringe. Gungnir war so viel älter als das Bekenntnis zum jüdischen Zimmermann, von dessen Kreuz die Heilige Lanze angeblich einen Nagel beinhalten sollte. Der neue Glaube war ein sicheres Versteck für die alte Macht.

Deus Teutonicus, der Gott der Deutschen – es war der alte Gott der Germanenstämme: Wodan, Weltenvater, der Herr des Krieges. Otto I. hatte ihm Treue gelobt, wie es sein Vater Heinrich I. getan hatte. Seine Ritter leisteten den gleichen Schwur. Wodan dankte es ihm mit jedem neuen Sieg. Als Otto im gleichen Jahr die nach Westen drängenden Slawen besiegte, wurde er Otto der Große.

Mit der Christenlanze zog er nach Rom, um sich zum Kaiser des Heiligen Reiches krönen zu lassen. Da war der wahre Speer schon lange ein Mythos geworden, geschützt von einem Geheimnis, das nur einer kannte. Denn noch, während das Blut auf dem Lechfeld dampfte, hatte der König seinen besten Mann geschickt, mächtig im Kampf, gewaltig im Glauben, den Speer in Ottos zukünftige Capitale zu bringen.

Mann und Speer wurden nie wiedergesehen.

Jede andere Lanze ist falsch.

Hagen kam nach Magdeburg über Sudenburg und die Halberstädter Landstraße herein, strich durch die Vorstadt, vorbei an Abholmärkten und Tankstellen, nahm Witterung auf. Er folgte dem Rufen durch leere, gerade Straßen, von den Erben des letzten Krieges mit Provisorien vollgestellt, die geblieben waren.

Vielleicht war Hagen einer der Ritter, die 955 bei Augsburg auf die Lanze schworen. Vielleicht hatte er Arminius den Eid geschworen, vielleicht war er einer von denen, die neben dem ostfränkischen König ritten, um ihn in Rom von Papst Johannes XII. zum ersten Kaiser des Heiligen Römischen Reiches salben zu lassen.

Vielleicht war Hagen einer von denen, die unter die Hufe kamen, in der Bluthochzeit fielen oder unter englischen Bomben.

Am Ende war er immer tot.

Er trank einen Wachschutzmann aus, der den Domplatz vor marodierenden Jugendlichen beschützen sollte und den er zufällig beim Rauchen im Schatten überrascht hatte. Die Augen des jungen Mannes wurden weiß von der Kälte, die ihn überfiel; ein Raubtierkiefer packte seine Kehle, die sich öffnete wie ein Blütenkelch und den roten Nektar freigab.

Was von ihm übrig blieb, waren billige Textilien und labberige Haut, der trotz tausend Jahre Hunger geschmacklich nichts abzugewinnen war.

So gestärkt glitt Hagen durch die Mauer des Doms, vorbei am Altar des nackten Königs, hatte kein Auge für den viel gelobten Kreuzgang, floss hin zum Chor, wo der König unter einem Block aus Marmor ruhte.

Hagen legte sich auf den kalten Marmorquader und streckte sich ganz aus. Jede seiner Zellen, seiner Moleküle war Anbetung, war Verehrung und Hingabe. So wuchs der Speer aus der Tiefe der Erde, der Zeit und des Blutes in ihn hinein; von tausend Händen in tausend Schlachten geschliffen, schwarzes Holz, kaum als Waffe zu erkennen, glatt, konserviert vom Eisen im Blut seiner Opfer.

Der heilige Speer, der sein Ziel nie verfehlt.

Hagen war der Speer.

Auf dem Domparkplatz wartete ein schwarzer Opel Vivaro. Stumm und regungslos saß ein Avatar auf dem Beifahrersitz, während Herbert Kummer, der Fahrer, nervös neben dem Wagen auf und ab ging. Es war kurz nach zwei Uhr in der Nacht, die Turmuhr hatte gerade geschlagen.

Von allem, was an diesem Tag passiert war, brummte Kummer der Schädel, zitterten ihm die Hände.

Autofahren beruhigt, dachte er, als Herr von Laufey ihn beauftragte, das Artefakt in Magdeburg zu bergen. Grinds Blut hatte es dem Herrn während des Opfers offenbart.

Die Straßen sind leer, das wird dich entspannen, hatte er gedacht; Magdeburg, das waren eineinhalb Stunden hin, eineinhalb Stunden zurück.

Es war eine Ewigkeit.

Plötzlich wurde es Kummer kalt, so kalt, dass er glaubte, er würde stehend erfrieren. Seine Zähne klapperten.

Der Wagen sprang wie von selbst an.

Kummer spürte den Blick des augenlosen Avatars: *los!*

Er stieg ein.

Im Wagen war es noch viel kälter.

Kummer drehte die Heizung voll auf.

Ich schaff das nicht, dachte Kummer.

Hör auf zu jammern, antwortet eine Stimme in seinem Kopf.

Das wusste Herbert Kummer, dass er in seinem neuen Leben keine Wahl mehr hatte.

Krieg ist zuerst eine Frage der Ressourcen, wusste Loki von Laufey. Wut, Enttäuschung, Ignoranz – das war der Treibstoff und er war unbegrenzt vorhanden.

Der Speer lag kalt und stumm in seiner Hand, fühlte sich richtig an. Würfe er ihn, die Waffe würde auf nimmer Wiedersehen im Wannsee verschwinden.

In zu aktivieren, brauchte es Wodans Blut; der Speer musste seinen rechtmäßigen Träger erkennen; Blut von seinem Blut, göttliche DNA.

Loki schaute in den Himmel; die Wolken reflektierten die Lichter der Stadt. Irgendwo da lebte der Erbe, der letzte seiner Art, heiliger Bastard, Produkt der Verschwendung eines einst übermächtigen Gottes.

»Sucht den mit Krieg im Kopf«, bellte Laufey in die Schatten: »Sucht!«

9: Noch 'n Espresso?

Scheiße. Es gab Zeiten, da konnten die Nächte nicht lang genug sein. Sie waren voller Versprechen, voller Geheimnisse, die erkundet werden wollten, voller Entdeckungen. Sie hatten Rhythmus, sie hatten Nähe. Sie versprachen Erkenntnis, Erlösung und Erschöpfung. Später waren sie noch gefüllt vom Atem des Kindes, vom Rhythmus seines Schlafes, von seinem Vertrauen.

Wann hatten sich die Nächte in etwas verwandelt, was er fürchtete, von denen er wollte, dass sie bitte vorbeigingen? Schlaf, der nicht heilte, sondern ihn in die Tiefen stürzte, in Albträume, in denen Bomben fielen; eine diffuse, drückende Angst, die er in die Laken schwitzte, die auch nach dem Erwachen noch wie eine schwarze Wolke im Zimmer hing. Es waren weniger die Bilder. Es waren Gefühle, verbunden mit Gerüchen, die sich tief ins limbische System eingegraben hatten. Er fühlte es: Entsetzen, Angst, Verderben, Schuld.

Woher kam das?

Vielleicht von nirgendwo – es wohnte hier. Es sickerte aus den Ritzen, saß im Mauerwerk; die Steine hatten das Sterben ihrer Mitsteine gespeichert; es hauste in den zu gespachtelten Einschusslöchern, unter den im Feuer geborstenen Platten der Gehwege, den geschütteten Kratern, den verwaschenen Schatten der Phosphorverbrannten.

Damals.

Tom lag mit geschlossenen Augen, versuchte, seinen Atem zu beobachten, versuchte, sich an Schönes zu erinnern, durchstreifte die Speicher seines Hirns – aufsteigende Wolkentürme, Abendsonne, mit Delphine auf dem Le Mont-Saint-Michel, der Abteifestung in der Normandie. Sie hatten unglaubliche Omeletts gegessen. Tom war ganz verträumt durch die verwinkelten Gassen geschlendert, immer hinter seine Tochter her, die mit ihrer Konsole Pokémon jagte ..., er glitt hinüber.

Der Wecker klingelte.

Tom hatte geschlafen. Fast vier Stunden. Das war nicht schlecht. Er duschte sich, putzte Zähne, schmierte sich Hyaluron-Creme unter die Augen.

Dazu hatte Delphine dringend geraten.

Die Kaffeekirsche öffnete pünktlich um sieben Uhr. Immer. Der richtige Betrieb ging eine halbe Stunde später los. Er brauchte die Zeit für einen ersten Kaffee.

Er konnte sich nicht erinnern, das Paket auf den Tresen gelegt zu haben. Da lag es aber. Wie ein Vorwurf. Wie eine Erinnerung. Natürlich war es nicht abgeholt worden. Die Pakete für Schleime und Scheffler, für Erb und Anderson waren noch am gleichen Abend weggegangen. Er hatte es gewusst: ein Paket der Traurigkeit.

Die Stunde zwischen sieben Uhr dreißig und acht Uhr dreißig gehörte den Angestellten, den Büroarbeitern mit hellblauen Hemden und Sakkos, Frauen wie Männern, auf ihrem Weg zur U-Bahn und in die City. Sie waren jung, waren mit Behörden, Verbänden oder Institutionen nach Berlin gekommen. Sie hatten eigentlich im Prenzlauer Berg oder Friedrichshain wohnen wollen, aber das war zu teuer geworden. Jetzt wohnten sie in Moabit und waren auf dem Sprung nach Dahlem oder Wilhelmsruh. Sie hatten es eilig. Sie hießen Julian, Paul, Hanna oder Emma. Sie freuten sich, wenn sie erkannt wurden. Es half ihnen, sich zu Hause zu fühlen. Alles war noch so aufregend – das ganze neue Leben. Sie fanden es gut, dass es in der Kaffeekirsche nur Pfandbecher »to go« gab. Manchmal fanden sie es auch nervig – wenn sie ihren Becher vergessen hatten. Das mit den Bechern hatte noch Delphine bei ihrem Vater durchgesetzt. Da war die Kaffeekirsche Vorreiter. In dem

Jahr, was schon fünf Jahre her war, war sie zum ersten Mal vom Zitty-Magazin zu einer der zehn besten Kaffeebars Berlins gewählte worden. Zitty gab es nicht mehr.

Social Media hatte ihm den Garaus gemacht.

Neun war die Zeit des Moabiter Neuadels; Grafiker, Programmierer, Cloud-Operatoren, Lektoren, Freischaffende, Selbstständige. Für sie hatte Tom laktosefreie Milch und Mandelmilch zugelassen.

Niemand von denen musste die U-Bahn kriegen. Es gab höchstens mal einen Abgabetermin. So wurde mehr am Tresen und an den Stehtischen getrunken und geplaudert. Klimakatastrophen und Pandemien gingen als Thema immer. Zurück zur Natur oder noch mehr Technologie? Wenn Nicole, die Heilpraktikerin von Gegenüber mit dabei war, wurde es immer etwas raunend – von *deep state* zur *deep pharma.* Aber gefühlt war es irgendwie links.

»Kennt jemand hier in der Nachbarschaft einen Ritter von Thal?«, wollte Tom wissen.

»Preußischer Adel?«

»Keine Ahnung.«

»Klingt so.«

»Hast du gelesen – die Habsburger wollen ihre Schlösser zurück.«

»Faschistenpack.«

»Das kommt davon, wenn Revolutionen ohne Guillotine arbeiten!«

»Warum fragst du?«

Tom zeigte auf das Paket auf der Vitrine.

»Holt keiner ab.«

»Gib's zurück.«

»Ja«, bestätigte Tom, »ich dachte nur …«

»Und lass dabei gleich den Dreck vorm Fenster wegräumen!«

Björn zeigte auf das D.A.D.-Plakat. Seit es vor dem Schaufenster stand, lag ein Schatten über der Kaffeekirsche.

»Abfackeln!«, schlug Martha vor.

»Dann brennen die Autos drum herum, dann sind die Leute auf die Brandstifter sauer und nicht auf die D.A.D.«, erklärte Julian, der irgendwas mit PR machte. »Die D.A.D. sind dann die Demokraten!«

Alle hatten eine Meinung.

Tom hatte das Paket.

Er hätte den Hänger abfackeln lassen sollen.

Verpasste Gelegenheit.

Der DHL-Bote weigerte sich, das Paket zurückzunehmen. Seine fadenscheinige Begründung: Es war nicht von DHL geliefert worden.

»Bitte?«, fragte Tom mit drohendem Unterton und zeigte auf den Stempel auf dem Paket.

»Vielleicht mal 'ne Brille kaufen, alter Mann?«, fragte der Bote grinsend zurück.

Tom atmete tief durch und schaute genau hin – in Rot und Gelb stand da: *DPL*.

»DPL?«, fragte Tom. »Was 'n das?«

»Soweit es mich angeht – nicht DHL!« Sagte der Bote.

»Und was soll das heißen – DPL?«

»Vielleicht *Deutsche Paketlieferung*?«

Schlug der Bote vor.

»Deutsche Paketlieferung am Arsch.« Knurrte Tom. »Was mach ich mit dem Paket?«

»Vielleicht einen schönen Abend?«, schlug der Bote vor: »Kann ich die Pakete für Haenler, Massi und Schmitt hierlassen?«

»Stellse in die Ecke.«

Gab Tom resigniert zurück und stellte das *DPL*-Paket auf seinen Platz auf der Vitrine – kantig, leicht verblichen, an einer Ecke eingedrückt und gekommen, um zu bleiben.

Die Mittagszeit kündigte sich mit Elvira an, die zwei Kisten mit belegten Baguettes brachte, die Tom von zwölf bis zwei verkaufte – oder solange sie eben reichten. Elvira versuchte immer wieder, Tom davon zu überzeugen, auch Suppen ins Angebot zu nehmen. Sie betrieb eine kleine Cateringfirma. Suppen waren ökonomisch viel interessanter. Das mochte alles stimmen, aber Tomas hatte keine Lust auf Schüsseln, Löffel und Suppenflecken in einer Café-Bar.

Diesmal hatte sie als Lockstoff für Tom eine Portion Hokkaidokürbissuppe mit Kräuterseitlingen mitgebracht.

»Und?« Wollte sie wissen.

»Großartig!«, bestätigte Tom und leckte den Löffel ab.

»Willste welche zum Verkaufen?«

»Auf keinen Fall!«

Elvira lachte. Sie war eine prächtige Frau. Sie war Mitte vierzig, groß, schlank, eine Art Cowgirl mit Locken und wachen, glänzenden Augen. Sie lebte allein mit zwei Kindern, fuhr einen alten 911 und war mit ihrer Firma »Soul-Food-to-come« erfolgreich. Eine Frau zum Gemeinsam-alt-Werden. Sie hatte Tom mehr als einmal klargemacht, dass ihr Interesse an ihm nicht nur ökonomischer Natur war.

Tom hatte eine Frau, wenn auch nicht aktiv. Claudia. Sie beherrschte noch sein Denken, sein Fühlen. Enttäuschung. Unverständnis. Wut. Starke Gefühle. Dennoch! Er kniff vor anderen Frauen, versteckte sich hinter Delphine – und, wenn es gar nicht mehr ging – eben auch hinter Claudia; blieb Vater, Ehemann im Ruhestand. Einen Laden zu schmeißen, ein Mädchen zu erziehen und sich um eine Frau zu kümmern, der die Welt irgendwie abhandengekommen war, das war keine einfache Aufgabe.

»Schade«, sagte Elvira. »Es gibt hier jemand, der sich schon lange um mich bemüht. Ich habe ihn hingehalten. Ich hatte immer noch die Hoffnung, dich für meine Suppen und mich begeistern zu können. Aber ich kann nicht warten, bis mir der Arsch in den Kniekehlen hängt.« Sie lachte. »Ich wünsch dir alles Gute!«

Elvira beugte sich zu Tom rüber und gab ihm einen langen, duftenden Kuss auf den Mund.

»Gibst mir heute Abend die Sandwichbestellungen für morgen durch, ja? Alles Gute!«

Tom sah ihr nach, wie sie die Kaffeekirsche verließ, wie ihr Hintern in den knackig sitzenden Jeans hin und her wippte.

Was für ein Jammer.

Mit dem Gefühl, verlassen zu werden, kam Tom viel besser klar, als mit dem Gefühl, gewollt zu werden.

Der Mittagsbetrieb setzte pünktlich zwölf Uhr dreißig ein und ging bis circa vierzehn Uhr. Katharina vom Grafikstudio »Zitronenblau« brachte ein paar neue Logoentwürfe für die Kaffeekirsche mit. Tom konnte sie geschenkt haben; sie wollte sich damit bei einem Grafikwettbewerb bewerben. Einer der Entwürfe stellte den Zweig eines Kaffeestrauches dar. Aber statt der Kirschen trug er kleine Espressotassen. Sah gut aus. Tom lehnte dankend ab und spendierte einen großen Milchkaffee. Katharina wollte wissen, warum Tom Nein gesagt hatte. Tom erklärte ihr, dass er an der Kaffeekirsche alles genauso mochte, wie es war; den großen leeren Raum, die alte Theke, die Fortuna2000, die Wärmeplatte mit weißen, dickwandigen Espresso- und Cappuccino-Tassen zugestellt. Links an der Wand stand die Vitrine mit den Backwaren. Jetzt war sie leider mit dem widerspenstigen Paket verschandelt. Neben der Theke standen die angelieferten Amazon- und DHL-Sendungen zum Abholen. Das Logo war langweilig. Genauso musste es sein. Kaffee brauchte Struktur und Konzentration auf das Wesentliche. Das Leben war chaotisch genug.

»Kleb das Logo irgendwo hin, mach ein paar Fotos und dann schick es ein!«

Schlug Tom vor.

»Darf man so was?«

»Nein!« Bestätigte Tom. »Auf keinen Fall. Aber dann wird's auch nichts mit dem Wettbewerb.«

Es war einfacher, in fremden Leben kühn zu sein.

Der Tag verging.
Das war gut.

Am Abend fühlte Tom sich leer. Übermüdet. Er bestellte eine Pizza, setzte sich vor den Fernseher, schaute eine Naturdokumentation über einen Oktopus im Fernsehen. Am Ende wollen alle Wesen gekuschelt werden, sogar Tintenfische. Es braucht Zeit, sie zu verstehen. Zeit ist ein knappes Gut. Wir haben nicht genug davon. Tom hatte jeden Abend Zeit. Er baute sich einen Joint. Er schaute noch eine Doku, an die er sich nicht mehr erinnern konnte, sobald sie vorbei war.

In der Nacht träumte er eine Erinnerung. Delphine war noch klein, fünf oder sechs Jahre. Sie war draußen mit Freunden spielen. Plötzlich war sie weg. Tom suchte sie überall, wurde nervös. Er fand seine Tochter bei Frau Schmitz in der Katzentränke. Sie stand kerzengerade mitten in diesem dunklen, muffigen Raum. Neben ihr kniete Frau Schmitz. Sie schien ihr etwas im Dunkel zu zeigen, was Tom nicht sehen konnte. Panik sprang ihn an. Es gab keinen objektiven Grund dafür.

Er riss Delphine aus der Kneipe.

Sie sah ihn mit weit aufgerissenen Augen an. Mach das nie wieder, herrschte er seine Tochter an.

»Mach das nie wieder!«

Tom wurde von seiner eigenen Stimme wach.

Der Wecker klingelte.

Sechs Uhr dreißig, neuer Tag.

Im Traum hatte Tom noch eine Dimension gespürt, eine andere Ebene. Er hatte das Gefühl, etwas übersehen zu haben. Er fand keine Antwort. Er ging duschen.

Die Kaffeekirsche öffnete um sieben Uhr.

Gegen neun Uhr, hohe Zeit fürs Kaffeegeschäft, wurde der reichlich ramponierte Plakatanhänger von einem schwarzer RAM-Pick-up abgeholt.

Irgendwer hatte die letzte Nacht genutzt, und auf der Werbetafel das NICHT mit schwarzer Farbe übersprüht.

»Früher war XXXX alles schlecht!«

Widerstand muss nicht originell sein.

Die beiden Männer im Pick-up trugen schwarze Shirts über aufgepumpten Muskeln, kurz geschorenes Haar und Sonnenbrillen. *UNGEBROCHEN, UNBESIEGT* stand auf dem Bauch des Kleineren, *HATECORE* auf dem des Größeren.

Sie zerrten an der Deichsel, fluchten über den platten Reifen und bekamen ihn endlich an ihren Pick-up gekoppelt, den auf der Heckklappe ein großer Aufkleber mit dem Eisernen Kreuz schmückte.

Alles klar.

Was dann passierte, war so irritierend, dass Tom hoffte, niemand außer ihm habe es gesehen.

Die beiden Männer stellten sich vor das Schaufenster der Kaffeekirsche und versuchten, Blickkontakt mit Tom aufzunehmen. Als der gerade die freie linke Hand hob, um ihnen zwischen zwei Cappuccino schnell einen entschlossen-ablehnenden Blick zuzuwerfen, hoben sie synchron den rechten Arm mit der ausgestreckten Hand zum Deutschen Gruß.

Das war zu viel. Gegen alle praktische Vernunft und ohne Berücksichtigung des offensichtlichen Kräfteverhältnisses, musste Tom reagieren. Er stürmte nach draußen, um die Faschos von seinem Schaufenster wegzuscheuchen.

»Die Wahrheit wird siegen!«

Die beiden Schwarzhemden salutierten vor einem völlig verdutzten Tom.

»Hä?«

Die Glatzen legten die Hände an die Hosennaht, nickten Tom noch einmal zu und verzogen sich dann gemessenen Schrittes in ihren Wagen.

In den kleinen, blassen Augen des Dicken glaubte Tom, etwas erkannt zu haben, was so gar nicht passte: Bewunderung, Respekt.

Schwer blubbernd und eine dicke Wolke Ruß ausstoßend, fädelte sich der Monstertruck in den Verkehr ein.

Kaum dass sie weg waren, tauchte Arne auf, er hatte alles beobachtet.

»Na, neue Freunde?«

Arne war Ende vierzig, einsneunzig groß, hundert Kilo schwer. Von seiner einst langen Mähne war ein schütterer Haarkranz geblieben. Er trug stets schwarze Jeans, schwarze Shirts mit rotem Stern, die inzwischen über seiner Plauze spannten, dazu eine schwarze Lederjacke und Hörgerät.

Arne trainierte seit zwanzig Jahren Kampfsport.

Arne war bei der Roten Hilfe.

Arne war die Rote Hilfe.

Tom und er hatten sich in den Neunzigern kennengelernt, als Tom auf Festivals Kaffee verkaufte und Arne Pillen vertickte; gutes Zeug, faire Preise. Arne trug damals immer ein DVA-Taschenbuch mit sich herum: »Kriegshunde – warum Deutschland vor sich selbst geschützt werden muss!« Der Autor war Carl Friedrich Weißgerber, Toms Vater. Arne war begeistert, den Sohn eines Helden zum Freund zu haben. Sie blieben all die Jahre Kumpel. Lag auch daran, dass Arne Fan von Claudias Musik war. Er liebte ihren '98 Ibiza SPACE Mix über alles. Er bestellte jedes Mal schöne Grüße für sie, die Tom nie ausrichtete.

Arne hatte Freunde mitgebracht und den festen Plan, die Kaffeekirsche vor Nazis zu beschützen. Das war auch seine Aufgabe. Schließlich zahlte Tom jeden Monat einhundert Euro in die Anti-Rassismus-Kasse und bekam dafür den aktuellen Monatsaufkleber »Hier wacht die Rote Hilfe!«

Arnes Jungs verscheuchten einen Toyota Prius, der in die frei gewordene Lücke einparken wollte. Kurze Zeit später kam ein alter VW-Bus angeknattert.

Links und rechts am Kasten waren zwei Plakate montiert. »NAZIS verhindern!«, stand mit großen Lettern schwarz auf rotem Grund.

»Haltung zeigen, Alter!«

Arne hieb Tom zwei, drei Mal auf die Schultern und lud sich dann selbst zum Kaffee ein, während seine Mannschaft zur nächsten Kampfzone zog.

»Kennst du einen Ritter von Thal?«

»Ich kenne keine Feudalisten.«

»Vor ein paar Tagen kam ein Paket. Holt keiner ab.«

»Gib's zurück.«

Nachdem Arne zwei doppelte Espressi und drei Croissants verdrückt hatte, sammelte er das herumstehende Geschirr ein und brauchte es zur Spüle.

»Wir werden die Kaffeekirsche jetzt stärker im Auge behalten!«, erklärte er. »Die Nazis sickern überall durch – stehen plötzlich im Bioladen neben dir, helfen alten Leuten über die Straße, setzen sich für Stadtteilkultur ein. Das macht sie so gefährlich. Die gefährlichsten – Nazis mit Migrationshintergrund. Was machst du da? Ich sage dir, die neuen Nazis sind anders – vorne rum. Hinten rum ist es die alte Scheiße. Ich muss immer wieder an das Buch deines Vaters denken – wir hätten dieses Land nie in die Unabhängigkeit entlassen dürfen. Mit der Wiedervereinigung geriet dann endgültig der Geist aus der Flasche. Früher hieß es ›Deutschland verrecke!‹ Das darf man heute nicht mehr laut sagen. Sofort kommt jemand und relativiert. Zum Kotzen! Gibst du mir bitte hundertfünfzig Euro für den Einsatz?«

»Was?«

Tom lachte.

Arne lachte nicht.

»Hey, wir sind hier zu viert gekommen, um dich von diesem Nazipack zu befreien, der Bulli kostet! Denk mal daran, wie deine Kunden reagieren, wenn die Faschos noch länger vor deiner Tür rumlungern würden!«

»Ich zahl schon jeden Monat für den Aufkleber!«

»Weißt du, dein Vater – der hatte 'ne Haltung. Der wäre überall vorn mit dabei, würde nicht so rumknausern!«

»Mein Vater?«

Tom atmete laut aus.

»Mein Vater hätte dir einen Vortrag gehalten, aber keinen Cent gegeben. Mein alter Herr war der knausrigste Mensch, der mir untergekommen ist. Er war der Held auf jedem linken Podium und der Pin-up-Boy jeder Demo gegen die NATO – gegen Reisekosten, Übernachtung und Verpflegungspauschale. Von Kohle trennen? Vergiss es!«

»Na ja, ist egal. Ich kriege hundertfünfzig Euro von dir. Mal ehrlich, denkst du, mir explodieren nicht auch die Kosten? Jeden Tag vier, manchmal fünf Einsätze – von Charlottenburg nach Neukölln, dann nach Spandau ..., wieder zurück, kurzer Abstecher nach Moabit. Das machst du nicht mit Amateuren. Die Jungs müssen trainieren, brauchen was Ordentliches zu beißen. Was denkst du denn? Du willst Schutz. Du kriegst Schutz. Kostet halt.«

»Schutzgeld – hieß das früher!«

»Jetzt komm' mir nicht komisch, mein Freund.« Arne beugte sich zu Tom runter, seine Nase sehr nahe an Tom. »Das Faschoplakat hätte schon vor Tagen brennen sollen, nicht wahr? Warum brannte es nicht? War das einem Kleinkapitalisten vielleicht zu gefährlich? Hat er Schiss gehabt, dass sein heiliges Eigentum Rußflecke bekommt?«

Bevor der Streit eskalierte, betraten zwei mittelalte Männer die Kaffeekirsche. Tom kannte seine Kunden. Die kannte er nicht. Das war hier nicht Mitte, Touristen verirrten sich selten hierher.

Die beiden sahen aus wie Touristendarsteller aus einer Vorabendserie: Hawaii-Hemden, Selfie-Sticks und Schuhe, mit denen man Achttausender besteigen konnte. Dazu sprachen sie Englisch. Toms Englisch war nicht perfekt, aber den deutschen Akzent hörte sogar er heraus.

»Great!« Sagte der einen mit der orangenen Sonnenbrille. »How nice, how beautiful, have a look!«

»Yeah!« Sagte sein Kollege. »Yeah, oh yeah, yes!«

Der im Englisch Bewanderte baute sich vor der Theke auf.

»Two flat white, please!«

Tom beschloss, das Spiel mitzuspielen.

»Sorry«, sagte er. »We don't serve flat white. We are an Italian Style Espresso Bar. Café Espresso, Macchiato, Doppio Macchiato ... also with pea milk and – no cream on the Cappuccino, never!«

Tom zeigte auf die schwarze Tafel hinter sich.

»As you see ... no flat white!«

»Due Espressos, please!«

Tom machte die beiden Kaffees, während die beiden »Touristen« ihn stumm und aufmerksam beobachteten.

»Alles gut?«

Die beiden nickten heftig.

Als Tom die beiden Tassen vor den Gästen abstellte, passierte etwas Merkwürdiges. Der Kollege mit den geringeren Englischkenntnissen strich plötzlich mit der Hand über Toms Handrücken. Ein kurzes Brennen und ein paar Blutstropfen sickerten aus dem kleinen Schnitt in der Haut.

»Sorry! I'm so sorry!«

Der Sonnenbrillenträger zog ein weißes Tuch aus der Tasche seiner Hose und tupfte Tom das Blut von der Hand.

»He's so awkward at times ...«

Entschuldigte er sich.

»Yes! Yes, yes, I'm ... I'm so ... sorry!«

Die Sonnenbrille legte einen Zehner auf den Tresen.

»Stimmt so!«, sagte er.

Es sah fast wie eine Flucht aus, als die beiden den Laden verließen, ohne ihren Kaffee getrunken zu haben.

»Was war das denn?«, wollte Tom wissen.

»Das waren Spitzel!«

Arne war an die Scheibe getreten, starrte ihnen hinterher und nickte gewichtig.

»Vielleicht getarnte Immobilienhaie oder Venture-Capital-Typen, die hier rumkundschaften, ob irgendwo noch Rendite zu machen ist. Kennst du Leute, die mit einem Opel Vivaro rumfahren?«

»Nee. Wer macht das denn?«

»Die beiden komischen Vögel ... sind eben in einen schwarzen Opel eingestiegen ... Opel Kummer – stand drauf!«

»Sagt mir nix.«

»Hier stimmt was nicht!«

Arne verschränkte die Arme vor der Brust, ließ Tom aber noch die vier bestellten Latte machen. Als Tom fertig war, fuhr er fort.

»Erst diese Nazitafel vor deinem Schaufenster, dann die beiden Faschos heute Morgen – die haben dich auf dem Kieker, oder? Scheiß auf die hundertfünfzig Steine; ich lass dich nicht hängen. Die Rote Hilfe lässt dich nicht hängen, comprende?«

»Hast du dich gerade entschuldigt?«, fragte Tom nach.

»Umpf.« Machte Arne.

»Oh, der Kommunist und seine Bereitschaft zur Selbstkritik!«

»Nur unter Genossen.« Erwiderte Arne leise.

»Ja, mein Stalin.«

»Vorsicht!« Knurrte Arne.

»Alles kommt wieder in Mode. Auch du.«

Tom nahm einen Fünfziger aus der Kasse und schob ihn Arne zu.

»Anzahlung auf zukünftige Heldentaten.«

Statt »Früher war nicht alles schlecht!«, starrte Tom jetzt auf »Nazis verhindern« vor seinem Fenster. Dagegen war nichts zu sagen. Es war richtig und mehrheitsfähig. Alle waren gegen die Nazis – sogar die Nazis. Jedenfalls bekräftigten sie das immer, wenn sie nach irgendwelchen Demos interviewt wurden.

Trotzdem – es war komplettes Vergangenheitsbingo, dachte Tom. Nazis verhindern war unterschrieben mit »Demokratische Sozialisten« darüber waren die Schattenporträts von Lenin, Stalin und – so vermutete Tom – Mao.

Die Kurzfassung dieses Propagandadialoges lautete: Einen Tod muss man sterben! Und ob sehr links oder sehr rechts – am Ende sind alle tot. Die Hufeisentheorie mag als theoretischer Erklärungsversuch unzureichend sein, fand Tom, aber in der Praxis lief es darauf hin. Die Opfer der alten RAF waren nicht glücklicher tot als die Opfer des neuen rechten Terrors. Das war Toms Nicaragua-Erfahrung.

Nichts wirkte entpolitisierender, als an einer Revolution teilzunehmen – oder an dem, was davon übrig geblieben war.

Tom war in eine linke Welt hineingeboren worden. Sein Vater, Friedensforscher, hatte dem Antifaschismus sein Leben gewidmet. Er wollte beenden, was die Alliierten ab '49 nicht zu Ende geführt hatten – die alten Nazis entlarven, dem neuen militärisch-industriellen Komplex entschlossen entgegentreten.

1988 hatte Tomas sich auf dem Friedenscamp in Großengstingen in die einundzwanzigjährige Sandinistin Rosario Belli verliebt. Sie protestierten gemeinsam gegen die Modernisierung der Kurzstreckenraketen. Sein Vater war einer der Staraktivisten. Rosarios samtige Haut, die großen, vor revolutionärer Begeisterung glänzenden Augen, ihr süßer Mund – der Abschied zerriss Tom das Herz. Ein halbes Jahr später folgte er ihr nach Nicaragua.

Rosario heiratete zwei Wochen nach Toms Ankunft einen Kommandeur des sandinistischen Volksheers. Es war eine schöne, kämpferische Hochzeit, der Rum floss in Strömen. Tom schluckte seine bürgerliche Empfindsamkeit runter und ließ sich einer

Brigade zuteilen, die den Arbeitern der Kaffeeplantagen Lesen und Schreiben beibringen sollte.

Auf den Plantagen und in den Siedlungen war die Lage viel weniger eindeutig, als es von Europa aus erschien; die Grenzen zwischen Sandinisten und Contras waren fließend, junger Eifer traf auf jahrhundertealte Traditionen, neue Anmaßung auf alte Rechnungen. Es war feucht, es war heiß und die Luft war oft dünn. Immer waren nachts irgendwo Schüsse zu hören; Überzeugungen verwesten so schnell wie Leichen im Dschungel. Es gab keine Seite, der anzugehören sich lohnte.

Als er das Land verließ, hatten Chefs der Sandinisten ihre Villen in den gleichen Straßen wie die Chefs der Contras und im Dschungel starben die Eingeborenen, wie sie es immer getan hatten.

»Die Erde dreht sich zärtlich, Compañera«, von Omar Cabezas, das Geschenk einer Freundin seines Vaters, war plötzlich nur noch ein altes Buch und in Berlin war die Mauer gefallen. Tomas war voll Heimweh. Abgemagert und mit Hepatitis infiziert, kam er nach Berlin zurück.

Was blieb, war seine Liebe zum Kaffee.

Die Stadt Anfang der Neunziger empfing ihn mit einem Konfettiregen aus Unvernunft und Tollerei. Der Fall der Mauer echote noch in der neuen Musik. Bässe rollten durch die Straßen, brachen alte Krusten und Grinde auf und selten war so viel Zukunft in der Gegenwart. Tom baute sich eine mobile Espressomaschine, wurde Teil der neuen Kultur und lernte Claudia kennen. Die Geschichte war zu Ende. Alles war gut.

Das ging vorbei.

Toms Vater erschoss sich am zehnten Jahrestag des Mauerfalls. Zwei Jahre später fielen in New York die Türme des World Trade Centers.

Tom eröffnete die Kaffeekirsche; sie war so ein entspannter, ruhiger Ort gewesen; kein Hipster-Café, keine coole Hood. Nur Moabit, eine fair gehandelte Arabica-Röstung und Menschen, die hier schon lange wohnten oder gerade hergezogen waren, weil Berlin ihnen noch ein Versprechen von Freiheit und Hedonismus gab. Natürlich hatte Tom seine Vergangenheit mitgebracht wie jeder andere auch; wenn auch nur in der Form von Arne und revolutionärer Folklore.

Und jetzt?

Jetzt hatte er sein eigenes inneres Nicaragua.

Nazis verhindern war nicht unbedingt ein Ansatz, auf dem es sich in eine lichte Zukunft reiten ließ. Genaugenommen war »Nazis verhindern« ein Ansatz ohne jeden Funken Zukunft.

Ferda kam.

Sie kam eine Woche zu spät.

Ferda Ataman war Aushilfsbarista und hatte die Spätschicht. Eigentlich.

Seit letztem Dienstag hatte sie die Spätschicht sausen lassen und war auch nicht ans Telefon gegangen.

Hauptberuflich war Ferda Künstlerin. Sie konnte sogar davon leben. Aber sie brauchte Bodenkontakt, wie sie sagte. Wer nur noch Kunst macht, so galt ihr Motto, macht irgendwann auch keine Kunst mehr.

Ferda sah umwerfend aus. Sie trug eine Pilotensonnenbrille, ein dunkelblaues Muskelshirt, dazu hautenge Bluejeans und Jacks. Ihre schwarzen Locken umwehten sie wie eine Wolke. Und diese Energie! Tom musste sich am Tresen festhalten, um nicht umgehauen zu werden.

»Ich entschuldige mich!« Sagte Ferda. »Aber damit das klar ist: Ich muss mich nicht entschuldigen. Ich bin zuverlässig, das weißt du. Aber die letzten Tage konnte ich wirklich, ich meine wirklich, wirklich nicht kommen. Meine Vagina hat sich geöffnet. Sie hat sich geöffnet wie eine Blume, als würde sie die Welt gebären wollen – das ist mir passiert, wenn du es genau wissen willst. Verstehst du, was das bedeutet?«

»Ja«, erwiderte Tom.

»Was, ja?« Fuhr Ferda ihn an. »Ist das so ein misogynes Ja, so eines aus der männlichen Überheblichkeit? So ein Lass-die-kleine-Fotze-labern-Ja?«

»Nein.« Sagte Tom. »Das ist ein Voll-aus-dem-Herzen-Ja. Ich war bei Delphines Geburt dabei. Ich habe gesehen, was eine Vagina kann. Und weißt du was? Es hat mich geil gemacht.«

Ferda schaute Tom an.

»Dann haben wir das geklärt.«

»Ja.« Sagte Tom.

»Und bei dir so?«

»Ach«, sagte Tom. »Um es mit den Worten eines berühmten Fußballers zu sagen: haste Scheiße am Schuh, haste Scheiße am Schuh. Und weißt du, was? Ich hasse Fußball.«

Ferda lachte und machte sich einen Kaffee.

»Warum liegt 'n da ein Paket auf der Vitrine?«

»Ein Teil von ›Scheiße am Schuh‹«, erklärte Tom.

»Entschuldige, entschuldige«, sagte Ferda. »Ich rase innerlich noch von Orgasmus zu Orgasmus. Vaginaler Orgasmus. Orgasmen! Und ich sehe gar nicht, was mit dir los ist. Weißt du, wir türkischen Frauen sind erdverbunden. Bei uns sind Geister noch Wirklichkeit. Ich spüre deutlich, dass alles was miteinander zu tun hat. Du leidest sehr, das spürt jeder. Du leidest am Verlust von Delphine. Wie geht es ihr eigentlich? Hat sie angerufen?«

»Ich habe sie angerufen.« Sagte Tom. »Es geht ihr gut.«

»Schön. Genau. Du hast ein Trauma. Wir haben uns in der Waldorfschule viel mit Psychologie beschäftigt. Ich war gut darin. Jedenfalls verbindet sich das aktuelle Trauma mit tief in deiner DNS gespeicherten kollektiven Traumata – Krieg, Befreiung, Erinnerungen an ein mystisches Zeitalter. Sehr interessant. Ah, du Armer.«

Ferda nahm Tom in den Arm und knuddelte ihn.

»Weißt du, ich übernehme jetzt den Laden und du nimmst dir frei.«

Es hätte schon seit einer Woche so laufen sollen. Tomas hatte Ferda nichts entgegenzusetzen.

Wollte er auch nicht. Ferda drückte ihm links und rechts einen Kuss auf die Wange.

Frei – das alte Problem.

Als er die Kaffeekirsche verließ, stand auf der anderen Straßenseite eine alte Frau in einem grauen Pelzmantel.

Tom sah sie, erkannte sie, spürte ihren Blick und, als würde er einem inneren Impuls folgen, drehte er um und ging die drei Stufen hoch zurück in die Kaffeekirsche.

»Was is?«, wollte Ferda wissen.

»Was vergessen!«

Er trat an die Vitrine, nahm das liegen gebliebene Paket unter den Arm und machte sich wortlos wieder davon.

Die alte Dame draußen war weg.

Das Dröhnen in seinem Kopf war wieder da.

Ein Falke schrie.

10: Stamm-Stumpf

Lichtblitze explodierten, Einschläge krachten, rissen Fontänen von Geröll und Trümmern in die Höhe, die dann ihrerseits alles unter sich begruben. Tom warf sich auf die Seite, hielt sich zum Schutz die Arme vor den Kopf.

Wieder krachte es.

Tom taumelte entsetzt aus der Tiefe des Traums an die Oberfläche.

Er lag auf der Couch im Wohnzimmer.

Blitze zuckten am Nachthimmel, das Krachen der Donner folgte sofort. Böen trieben dicke Regentropfen durch das offene Fenster neben dem Sofa.

Tom setzte sich auf, rieb sich das Gesicht, sprang dann auf, um das Fenster zu schließen. Er trat mit nackten Füßen in die Pfütze, die sich schon auf dem Fußboden gebildet hatte, fluchte leise. Er blieb noch einen Moment mit nassen Füßen hinter dem Fenster stehen, um nach draußen zu schauen. Das Stakkato der elektrischen Ladungen ließ die Häuser hüpfen.

Hüpften die Häuser, als die Bomben fielen?

Krieg im Kopf, Krieg im Herzen. Angefangen hatte der Traum damit, dass jemand an die Tür hämmerte und schrie »In den Keller, in den Keller!« Die Sirenen heulten. Zum zweiten Mal in dieser Nacht. Er zog sich seine Jacke über, die neben ihm auf dem Stuhl lag, und warf sich den Rucksack mit allen wichtigen Unterlagen über die Schulter. Draußen schwoll das Heulen der Sirenen zum Orkan. Die Geschwader wurden immer schneller, die Luftabwehr hatte kaum noch was dagegenzuhalten. Die wenigen Flugabwehrkanonen begannen zu bellen, die ersten Explosionen waren zu hören. Er hastete die Treppe hinunter in den Luftschutzkeller, wo schon die übrigen Bewohner des Hauses ängstlich zusammengekauert warteten.

Ick mach jetzt zu, brüllte Roland Fieser, Träger des EK1 und ehemaliger Freikorpsmann, jetzt Luftschutzwart. Er war klein, knapp einssechzig, hatte eine Wampe, Halbglatze und hier die Macht. Fieser war überzeugter Parteigenosse, zum Glück mit einem Hörschaden, den er aus Flandern mitgebracht hatte. Oben im Hausflur war ein dünnes Schluchzen zu hören. Das kam von Erna Oßwald aus dem vierten Stock. Erna war Anfang zwanzig, im vierten Monat schwanger und hatte erst vor einer Woche die Feldpost mit dem schwarzen Rand erhalten: für Volk und Vaterland. Seitdem war sie meschugge. Das sagte man jetzt nicht mehr, weil es jiddisch war. Aber das Jiddisch hatte sich im Berlinerischen versteckt und da war es nicht rauszukriegen.

Das Bellen der Flak wurde lauter, mischte sich mit den Explosionen der näherkommenden Bombenteppiche. Tomas huschte wieder aus dem Keller, rannte die paar Stufen hoch, nahm Erna am Arm und zerrte sie hinter die Stahltür.

Blöde Kuh, schimpfte Fieser, bringt uns alle um!

Der Riegel der schweren Eisentür wurde umgelegt und trennte den Keller vom Flur. Im gleichen Moment schien das Haus zu hüpfen. Es krachte ohrenbetäubend. Putz rieselte aus den Wänden, das Licht war weg, Tom wurde gegen Erna geschleudert, irgendwer schluchzte hysterisch hinten im Keller. Das war wohl die Wieprecht mit ihren drei Kindern Adolf, Hermann und Heinrich. Tomas war über Erna gefallen, entschuldigte sich, rappelte sich auf und riss sich den Oberarm an was Scharfem auf. Es brannte.

»Warum lebst du und nicht mein Max?«, schrie Erna Tom an, schlug um sich.

Haltet die Fresse, Weib, bellte Fieser, kein Opfer ist umsonst.

Ein Zündholz flammte auf. Das Hindenburglicht, eine Pappschale mit Talg und Docht, wurde angezündet. Das Rieseln hörte auf. Von draußen klang das lang gezogene Heulen von gierigen Flammen herein – Phosphorbrand. Es musste in unmittelbarer Nähe eingeschlagen sein, aber das Haus hatte es wohl nicht getroffen.

Warum war Tom noch hier? Die Frage hatte er sich selbst schon gestellt. Alle anderen Männer waren an der Front, nur die Versehrten, wie Hinkefuß-Werner, oder Scharfmacher wie Block- und Luftschutzwart Roland Fieser, waren noch da.

Es krachte wieder.

Tom stand auf der Straße, die Frauen hinter ihm im schützenden Hauseingang. Das Glück, davongekommen zu sein, hielt nur kurz. Nach dem Angriff war vor dem Angriff. Beißender Geruch lag über der Stadt; der Himmel glomm rot von den verschiedenen Bränden. Ein Stück weiter die Straße runter hatte es einen schweren Treffer gegeben; aus dem wie von gigantischen Klauen aufgerissenen Haus schossen Flammen. Die Menschen aus den umliegenden Häusern hatten eine Eimerkette gebildet, um den Brand zu löschen. Es war eine gespenstige, stille Szene, voller schrecklicher Routine. Die Flammen warfen die Schatten der Menschen hin und her, aber sie konnten diese kleinen, entschlossenen Wesen nicht vertreiben.

Badeofen, meinte eine raue, leicht heißere Stimme neben ihm – alle hinüber!

Ein Offizier in der von Schmutz starrenden Uniform des Heeres, die Augen tief liegend, die Haare kurz-struppig, stand neben ihm und schaute ebenfalls auf das brennende Haus. Er nickte den Flammen zu, als wären sie alte Bekannte.

Tom hatte das Gefühl, den Mann zu kennen. Sie waren ungefähr gleich groß und hatten eine ähnliche Figur. Der Offizier war schlanker, wirkte wacher. Aber der schmal geschnittene Mund, das Mahlen der Kiefermuskeln, das kannte Tom von sich. Stress, Frustration, der Versuch, Distanz zu halten – das zeichnete solche Gesichter.

Luftmine, circa drei Tonnen, mit denen uns die Tommys da beglücken, erklärte der Fremde, als hätte die Straße keine Ohren. Sprengen das Dach weg, damit Spreng- und Brandbomben dem Haus und seinen Bewohnern den Rest geben können. »Diese Niederlage wird eine totale«, sagte er, »es sei denn, du wirfst den Speer!« Der Mann versuchte etwas, was früher vielleicht mal ein Lächeln gewesen war. Die Narbe unter seinem linken Auge machte den Versuch vollends zunichte.

»Aber wenn er dich fragt«, sagte er, »tu es nicht. Sag Nein!« Und er ergänzte: »Vorsicht, gleich kommen die Tiefflieger! Man sieht sich!«

Er tippte sich mit zwei Fingern an die Stirn oder dahin, wo früher mal seine Mütze gesessen hatte, und verschwand im rot glühenden Staub- und Flammenmeer, das einmal eine Stadt war.

Der Himmel wurde schwarz von Leibern der RAF-Maschinen, die gekommen waren, der brennenden Stadt den Gnadenstoß zu versetzen. Wie fallende Mückenschwärme lösten sich die Jäger von den Bombern, um die fliehenden Menschen mit langen Feuerstößen von der Erde zu tilgen.

Da wusste Tom, wer der Mann war.

»Du Nazi!« Schrie Tom. »Du Scheißnazi!«

Tom schloss das Fenster, zog den Vorhang zu. Konnte die Blitze nicht mehr ertragen, das Heraufdämmern des Morgens genauso wenig.

Vielleicht waren das gar keine Träume, überlegte er. Vielleicht waren es Erinnerungen. Vielleicht waren es in der DNS vererbte Spuren des Schreckens.

Er ging zurück zur Couch, setzte sich zwischen handgeschriebene Briefe, Fotos in Schwarz-Weiß mit gezackten Rändern, ein Tagebuch, Postkarten, Urkunden, eine Vermisstenmeldung, Hölderlins Hyperion in einer Ausgabe von Dietrich, 1908.

Man kann auch in die Höhe fallen.

Mehr Fotos.

All die Papiere gehörten dem toten Nazi. Noch schlimmer – dem toten Nazigeneral: Friederich Wilhelm Ritter von Thal.

Seinem Großvater.

Der Reihe nach: Als Tom nach Hause kam, war die Wohnung wie immer in den letzten Wochen still wie ein leeres Airbnb-Quartier. Zuerst wuselte er planlos durch die Räume, saß einen Moment in Delphines Zimmer, aß die Chinasuppe, die er sich mitgebracht hatte und die schon kalt geworden war, und fand sich schließlich gedankenverloren auf der Couch sitzend, das traurige Paket auf dem Schoß. Er zerschnitt die Schnüre des Pakets, öffnete den Karton und packte den Inhalt auf den Boden.

Fünf Tagebücher, DIN A5, eng beschrieben. Das erste begann im Mai 1914, das letzte endete im April 1941. Zwei Stapel mit Briefen, verschnürt. Ein Buch, »Hyperion« von Johann Christian Hölderlin, Dietrich-Verlag 1908. Eine Mappe mit Urkunden. Eine Underberg-Blechdose mit Fotos. Die Papiere rochen staubig, alt, muffig. Toms erste Reaktion war, alles wieder einzupacken. Er hatte das Gefühl, in ein fremdes Leben zu gucken; irgendjemandes Nachlass. Paket der Traurigkeit; alles wie vermutet. Die Kiste, die in Spielfilmen immer in der Kommode auf dem Dach liegt. Die, in die man nicht gucken soll.

Weil.

Weil das Verhängnis so seinen Lauf nimmt.

Tom hatte sich noch ein Bier geholt, einen kleinen Joint gebaut, ein paar Züge geraucht. Draußen rumpelte etwas, was erst noch ein erwachsener Donner werden wollte. Was soll's, dachte Tom, schauen wir doch mal, wer mich da besucht!

Er schüttete den Inhalt der Underberg-Dose aus; alte Schwarz-Weiß-Aufnahmen, Sepiafotos im Postkartenformat mit Zackenrand, weiter unten dann Kleinbildformat.

Ein fremdes Leben lag vor ihm.
Da bringen wir mal Ordnung rein, dachte Tom.

Er stand auf, zog noch mal stramm von der Tüte und setzte sich dann vor die Fotos, breitete sie vor sich aus wie die Teile eines Puzzles. Er nahm eines der Tagebücher in die Hand, blätterte es flüchtig durch. Die Briefe und die Tagebücher waren in derselben Handschrift geschrieben. Er zog einen Brief heraus. Die Schrift war gut zu lesen; der Stift eng und sauber geführt:

Liebe Mutter, der erste Eindruck vom Krieg hat mich ein wenig enttäuscht. Als die ersten Gewehr- und Granatkugeln einschlugen, haben wir alle fast lachen müssen. Die Schreie der Getroffenen, das Blut und das Hirn des Wachpostens am Kommandostand konnte ich ertragen. Granaten haben bis jetzt zwölf Mann zerballert. Zu Hause wäre mir bei dem Anblick schlecht geworden, hier freue ich mich, die Nerven zu behalten.

Granatfeuer ist eine interessante Sache. Rumms – sssssssssss – Wumms! Die Franzosen sind gute Schützen, besonders mit den englischen schweren Geschützen. Wenn unsere feuern, kracht es drüben von fünf, sechs verschiedenen Ecken. Dicht bei unserer Stellung liegt eine besondere Kanone, deren Aufgabe es ist, das Feuer auf sich zu lenken. Der Leutnant ist wohl schon öfters vom Druck der Granaten umgeworfen worden, einmal, hat er mir erzählt, ist ihm ein Blindgänger zwischen die Beine gefallen.

Ich will dich nicht länger langweilen und wünsche dir alles Gute, dein F.

Tom ließ den Brief sinken.

Was war das?

Was für ein Mann war das, der sich den Krieg besah wie ein Forscher ein Insekt durch seine Lupe?

Tom starrte auf die Fotos. Da waren jede Menge Kriegsfotos in wechselnden Uniformen – Erster Weltkrieg, Zweiter Weltkrieg. Derselbe Mann, jünger, älter. Ein Kleinkind mit einer sehr schönen jungen Frau in Sepiabraun; vermutlich die Mutter. Das Kind war vielleicht vier, hatte lustige Augen, ein selbstbewusstes Lachen, den Bauch vorgestreckt; das Kind mit einem Hund. Ein junger Mann zu Pferde, ein junger Mann in Uniform, ein junger Mann mit Kameraden im Schützengraben; ein junger Mann, rauchend neben einem Granatwerfer mit einer jungen, sehr schönen Frau lachend auf einer Chaiselongue; der Mann in der Uniform der Wehrmacht; der Mann bei einer Besprechung mit anderen Uniformierten; der Mann mit Kameraden in Paris; der Mann neben einem Panzer; der Mann neben kaputten Geschützen; der Mann mit harten Gesichtszügen und einer Zigarette im Mundwinkel, Verzweiflung in den Augen.

Die Fotos erzählten die Geschichte eines Lebens. Tom begann, sie chronologisch zu ordnen.

Als er fertig war, dachte er nach.

Was für ein Leben, das da vor ihm lag! Eingerahmt von zwei gewaltigen Kriegen, zwei Tragödien, schien es ihm wie ein Landschaftsbild von Anselm Kiefer – schwer, bleiern, herausgerissen aus einer archaischen Welt und irgendwo in endlosen Weiden verendend.

Fremd. Ohne Bezug.

Wer schickt jemandem so was?

Das Grummeln draußen hatte zugenommen. Wetterleuchten. Irgendwann in dieser Nacht würde sich noch was entladen. Der Joint war aus. Tom zündete ihn an, inhalierte tief und blies eine große Wolke über die Fotos. Faszinierend. Spannender als jede Netflix-Doku.

Zwischen all den Schwarz-Weiß-Fotos fiel sein Blick auf ein farbiges.

Tom hatte es beim ersten Durchsehen der Bilder nicht entdeckt. Er nahm es in die Hand und merkte, wie sie zu zittern begann, wie ihn was berührte, von dem er noch nicht wusste, was es war.

Das Farbfoto im klassischen Technicolor der Siebziger zeigte einen geschmückten Weihnachtsbaum. Davor stand ein kleiner, dünner Junge, der stolz mit beiden Händen ein rotes Kinderfahrrad festhielt. Hinter ihm stand eine alte Dame. Sie trug ein altmodisches Kleid, kombiniert mit einem Faltenrock. Die Haare hatte sie zu einem Knoten gebunden. Sie musste einmal eine sehr schöne Frau gewesen sein, bevor das Alter, aber vor allem Schmerz und Leid ihr Gesicht durchfurcht hatten. Ihr Lachen war noch immer schön. Ihre schmalen Hände lagen auf den Schultern des Jungen vor ihr. Die Freude in ihrem Gesicht war die Freude über die Freude des kleinen Jungen.

»Oma!«, flüsterte Tom. »Omimi.«

Mit einem Mal schossen ihm Tränen aus den Augen, eine Erinnerungsblase platzte in seinem Bewusstsein und überschwemmte ihn mit Eindrücken, Erinnerungssplittern, Gerüchen: Er hatte einmal eine Großmutter.

Die Erinnerung war ein Krampf im Bauch, ein Schweißausbruch: Anfang der Siebziger, Tom war sechs oder sieben. Sein Vater und er waren nach Norden gefahren, in ein kleines Haus am Rande einer kleinen Stadt in Schleswig-Holstein. Das Haus kam ihm damals riesig vor. Es war Weihnachten. Die alte Frau war Omimi, die Mutter seines Vaters. Überall im Haus hingen Bilder. Wer das war? Das ist dein Großvater, sagte Omimi, wenn Vater nicht da war. Wenn Vater dabei war, fragte Tomas nicht. Sie schmückten den Baum zusammen mit Figuren aus Stroh und blauen Kugeln. Heiligabend gab es Kartoffelsalat mit Würstchen.

Das gab es immer bei uns, sagte Omimi, damals.

Tomas bekam das Fahrrad, das er sich so gewünscht hatte. Rot! Es war der schönste Heilige Abend, den er als Kind hatte. Der Einzige, an den er sich erinnern konnte. Später am Abend gab es Streit zwischen Vater und Omimi. Sein Vater wurde schnell wütend; wenn Tomas nicht pünktlich war oder sich die Hände vor dem Essen nicht gewaschen hatte, wenn er ihn beim Arbeiten störte, wenn er nachts wieder Albträume hatte und nicht allein im dunklen Zimmer schlafen wollte.

So wütend hatte Tom seinen Vater noch nie erlebt. Sein Vater schrie Omimi an, die sich gar nicht wehrte. Sie wurde nur immer trauriger. Irgendein schlimmes Verbrechen war passiert, von dem sein Vater wusste, aber Omimi nicht. Aber Omimi hatte was damit zu tun, alles hatte was damit zu tun, und sein Vater war so furchtbar wütend darüber, dass sie gar nicht bleiben konnten. Sie mussten noch in der Nacht wieder wegfahren. Tom durfte das Fahrrad nicht mitnehmen. Das letzte Bild, was er sah, war die alte Frau mit seinem roten Fahrrad in den Händen. Und obwohl Tom so traurig war, dass er sein Fahrrad wieder hergeben musste – das Gesicht von Omimi war noch viel trauriger.

Weil Tomas auf der Fahrt durch die Weihnachtsnacht zurück nach Berlin nicht aufhören konnte zu weinen, erzählte sein Vater ihm, was wirklich schlimm war. Er erzählte von den Lagern, in denen Frauen und Kinder umgebracht wurden – mehr Frauen und Kinder, als in Berlin lebten. Sein Vater erzählte, wie sie es machten. Mit Gas, giftiger Luft.

Tomas krümmte sich auf dem Beifahrersitz des R4 zusammen, wollte, dass sein Vater aufhört.

Sein Vater hörte nicht auf.

»Wer macht so was?«, schrie Tomas.

»Die Deutschen!«, sagte sein Vater.

Tomas wollte wissen, wer die Deutschen waren.

»Wir!« Sagte sein Vater.

Tom weinte, bis er einschlief.

Jahre später erwähnte sein Vater beiläufig, dass seine Mutter gestorben sei. Da war Omimi in Toms Erinnerung nur noch ein Schatten.

Das Leben veränderte sich mit dem Erfolg seines Vaters als Friedensaktivist und Publizist. Tom vergaß Omimi ganz. Aus lückenhafter Erinnerung wurde eine in sich stimmige Lüge: Keine Familie, alle im Krieg verloren und gestorben.

Bis jetzt.

Tom öffnete die Mappe mit den Urkunden, auf die er die Briefe und Fotos gelegt hatte.

Geburtsurkunde, Urkundennummer 294.

Thorn, am 30. Juni 1888. Vor dem unterzeichneten Standesbeamten erschien heute, der Persönlichkeit nach – Freifrau Frieda Sophia Ritter von Thal – und zeigte an, dass sie am 27. Juni 1888, 12 Uhr, ein Kind männlichen Geschlechts geboren hat, der die Namen Wilhelm Friedrich erhalten hat. Thorn, Stempel, Unterschrift.

Auf der Urkunde war kein Vater genannt. Aber auch nicht die übliche Erklärung *unehelich* oder die *ledige Freifrau* ... Das fühlte sich merkwürdig an.

Eine Heiratsurkunde mit der Nr. 122. Der Major und Ritterkreuzträger mit Schwertern ehelicht die bürgerliche Apothekerin Erna Hildegard Ritter von Thal, geborene Thost, am 30.05.1931.

Ein Offizierspatent von 1910: Wir, Wilhelm von Gottes Gnaden König von Preußen etc. ernennen Wilhelm Friedrich Ritter von Thal zum Leutnant.

Ein Schreiben vom 04.05.1943 vom Wehrkreiskommando III, Arbeitskreis Stalingrad und Tunis, über den unklaren Verbleib der Angehörigen der 6. Armee und der fehlenden Kooperationsbereitschaft der Sowjetunion bei der Nachforschung und Meldung der möglichen Gefangennahme. Unterschrieben mit »Heil Hitler« vom Leiter des Arbeitsstabes Stalingrad.

Urgroßmutter: Frieda Sophia Ritter von Thal.

Großvater: Wilhelm Friedrich Ritter von Thal.

Großmutter: Erna Hildegard Ritter von Thal, geborene Thost.

Vater: Johann Friedrich Weißgerber?

Warum Weißgerber?

Warum hieß sein Vater Weißgerber?

Eine Erkenntnis durchzuckte ihn, heller als die Blitze vor dem Fenster.

Tom sprang auf, lief rüber zum Bücherschrank, wo er in den unteren Schubfächern die Unterlagen seines Vaters aufbewahrte; persönliche Dokumente, Buch- und Vortragsverträge, Anzeigen wegen Widerstand, Prozessunterlagen, Zeitungsartikel von und über ihn. Alles von seinem alten Herrn vor seinem Tod noch säuberlich geordnet. Tom suchte die Heiratsurkunde seines Vaters. Er fand im Register unter H.

Heiratsurkunde vom 6. August 1966 aus Berlin-Charlottenburg, für Johann Friedrich Ritter von Thal, geboren in Berlin und Hannah Weißgerber, geboren in Straßburg. Der gemeinsame Familienname lautet Weißgerber, gemäß Sondergenehmigung 17/III.

Sein Vater hatte sich für den Namen seiner Mutter entschieden.

Warum?

Man kann auch in die Höhe fallen, so wie in die Tiefe. Hyperion.

Darum.

Tom erinnerte ein Foto: ein Hippiemädchen und ein sehr ernster junger Mann hinter einem Plakat, auf dem AMIS RAUS stand. Hannah Weißgerber und Johann Friedrich lernen sich an der Freien Universität kennen, bei einer Protestkundgebung gegen den Vietnamkrieg. Sie heiraten schnell. Seine Mutter verlässt 1968 ihren Mann und ihren Sohn und geht nach

Indien. Tom hatte keine Ahnung, warum seine Mutter das tat – warum sie ihn nicht mitnahm. Sein Vater hatte dazu nur immer wieder einen Satz gesagt: weil sie es wollte. Das Leben mit seinem Vater war für ein Hippiemädchen bestimmt nicht einfach. Es war für niemanden einfach.

Es dauerte Jahre, bis sein Vater ihm erzählte, dass sie sich 1970 Bhagwan anschloss und Sannyasin wurde. Tom spürte, dass sein Vater das als persönliche Niederlage sah.

War es auch – neue Innerlichkeit statt Friedensaktivistin.

Später ging sie mit Osho nach Oregon. Dann verlor sich ihre Spur.

Wer sich einmal wie sein Vater dafür entschieden hatte, Held seines eigenen Mythos' zu sein, verfügt über seine eigene kanonische Wahrheit.

Tom schob die Eheurkunde wieder in die Klarsichthülle zurück, mit der sie in das Register eingeheftet war. Dabei fiel eine Postkarte heraus, die zwischen Urkunde und Anmeldeformular für das Aufgebot steckte.

Es war eine leicht verblichene, offensichtlich selbst gemachte Fotopostkarte aus Bombay, wie Mumbai damals noch hieß. Es zeigte einen sitzenden Ganescha vor einem technicolorblauen Himmel. Darauf stand »Grüße aus Bombay«.

Die Karte war an Tomas Vater adressiert. Es standen neben der Adresse nur zwei Worte darauf: Finde Frieden.

Es war die Handschrift seiner Mutter. Tom sah sie zum ersten Mal. Es war eine schöne Schrift. Es waren zwei Worte, in Großbuchstaben geschrieben:

FINDE FRIEDEN

Kein Satzzeichen.

Es war das zweite Mal, dass Tom an diesem Abend Tränen über das Gesicht rannen. So nahe war er seiner Mutter noch nie gewesen.

Er wischte die Tränen weg.
FINDE FRIEDEN
Ja.

Tom steckte die Postkarte nicht zurück zu den anderen Unterlagen. Sie gehörte jetzt ihm. Er lehnte sie im Regal gegen ein paar Buchrücken.

Was hat Johann Friedrich Weißgerber über seinen Vater gewusst?

Wie hat er es erfahren?

Zum ersten Mal überkam ihn so was wie Mitgefühl für seinen Vater. Nicht Mitleid; leidgetan hatte er ihm all die letzten Jahre in seinem stillen Zorn, seiner Verzweiflung, dass die Welt ihm nicht folgte: Friedensforscher.

Tom griff sich den Computer, baute sich einen neuen Joint, während er hochfuhr. Dann öffnete er die Suchmaske und gab ein: Wilhelm Friedrich Ritter von Thal.

Die Antwort kam prompt.

de.wikipedia.org/Wiki/WilhelmFriedrichRittervonThal:

1888 als uneheliches Kind von Frieda Sophia Ritter von Thal in Westpreußen geboren, legte 1908 das Abitur ab und trat als Fahnenjunker in das 2. Westpreußische Feldartillerie-Regiment der Preußischen Armee in Danzig ein. Nach dem Abschluss der Kriegsschule wurde er 1910 Leutnant. Er nahm 1914/18 am Ersten Weltkrieg an beiden Fronten teil, 1916/17 im Westen an der Somme und 1918 im Osten. 1915 wurde er zum Oberleutnant und 1917 zum Hauptmann befördert. Ritter von Thal erhielt beide Klassen des Eisernen Kreuzes, das Verwundetenabzeichen in Silber und 1918 das Ritterkreuz des Königlichen Hausordens von Hohenzollern mit Schwertern.

In der Weimarer Republik diente von Thal als Berufsoffizier in der Reichswehr, die ihn 1919 im Grenzschutz Ost als Adjutant einer Feldartillerie-Brigade,

1920 als Regimentsadjutant in Schwerin und um 1925 dort als Chef einer Ausbildungs-Batterie einsetzte. Ab 1929 war er als Adjutant beim Chef des Heeres-Waffenamts im Reichswehrministerium tätig. 1930 wurde er zum Major befördert. 1934 folgte die Beförderung zum Oberstleutnant und 1936 zum Oberst sowie die Ernennung zum Kommandeur des neu aufgestellten Artillerie-Regiments 22 der 22. Infanterie-Division.

Ende September 1939 gab er sein Kommando (Kommandeur des Artillerie-Regiments 22) ab. Er wurde dafür zum Artilleriekommandeur 102 (Arko 102) in Potsdam ernannt. Er heiratete seine langjährige Verlobte Erna Hildegard Thost. Am 1. Dezember 1939 wurde er zum Generalmajor befördert. Er führt im Mai 1940 die 12. Infanterie-Division in den Westfeldzug, eroberte Paris. Dabei wurden ihm bereits nach wenigen Tagen beide Spangen zu seinen Eisernen Kreuzen verliehen.

Nach dem Ende des Frankreichfeldzugs wurde er im Juli 1940 mit dem Ritterkreuz des Eisernen Kreuzes ausgezeichnet. Seine Division blieb bis 1941 als Besatzungstruppe in Frankreich.

Im Juni 1941 nahm er mit seiner Division am Angriff auf die Sowjetunion im Rahmen der 16. Armee teil. Am 1. Dezember 1941 wurde er zum Generalleutnant befördert und am 3. Januar mit dem Eichenlaub zum Ritterkreuz ausgezeichnet. Beförderung zum General der Artillerie und die Ernennung zum Kommandierenden General des LI. Armeekorps im Juni 1942. Im August '42 wird er Vater eines Sohnes.

Das zur 6. Armee des Generals Friedrich Paulus gehörende Korps wurde ab September 1942 in der Schlacht von Stalingrad beim deutschen Angriff auf die Stadt eingesetzt. Als sich am 22. November 1942 die sowjetische Zange im Rücken der Armee schloss, war aus Ritter von Thal einer der über 250.000 Eingekesselten geworden. Im Dezember wagte er als Einziger gegen den Befehl von Hitler/Paulus einen Ausbruchsversuch. Gilt seitdem als verschollen.

Tom schnappte nach Luft.

Sein Großvater.

Eine Berühmtheit.

Ein Täter.

Wer nicht dagegen ist, ist dafür.

Ein gottverdammter Scheißnazi, dachte Tom; der Schock saß ihm im Magen, machte ihn zittrig.

Darum.

Darum wollte sein Vater ein weißes Blatt sein:

Sohn des Nazigenerals Ritter von Thal.

Enkel des Nazigenerals.

Aber auch die Briefe, das Lachen, die Liebe, das Glück und dazu ein Zitat von Hölderlin: Man kann auch in die Höhe fallen ...

Dürfen Nazis das? Dürfen sie Hölderlin zitieren oder kontaminieren sie damit alles?

Dürfen Nazis Gefühle wie Menschen haben?

Toms Gedanken hüpften im Kreis.

Was bedeutete es?

Was bedeutete es für ihn?

Was bedeutete es, dass er jetzt wusste, woher die eine Hälfte seiner Familie kam, wer sie waren, was sie waren, was sie getan hatten.

Es bedeutete nichts.

Es veränderte alles!

Das Wissen war noch viel zu neu, um zu irgendeinem Gedanken zu führen, zu einer Konsequenz. Es war nicht nur seine Familie. Es war Delphines Familie.

Erbt man eine Familie?

Kann man das Erbe ablehnen?

Natürlich, wusste Tom. Es gibt viele Menschen, die ziehen einen Schlussstrich, die streiten sich, die werfen die Tür zu ihrer Herkunft zu und fangen was Neues an:

Weißgerber.

Später sterben sie daran.

Für Delphine war Familie nie ein Problem. Sie hatte einen Vater, auf gewisse Weise eine Mutter; Oma und Opa von Papa waren schon tot, als sie geboren wurde. Mamas Mama starb, als Delphine noch ganz klein war. Ja, es war viel Tod. Aber der gehörte zum Leben. Keine große Familie zu haben, fällt in Berlin nicht weiter auf. Einmal war Delphine mit einer Freundin auf einem Großfamilienweihnachtsfest im Hessischen, nahe Gießen. Sie brauchte eine Weile, um den Schock zu verarbeiten. Danach waren ihr die Kleinfamilienweihnachten heilig.

Sie hatten sich Geschichten ausgedacht: Opa Weißgerber war das Resultat einer romantischen Beziehung; er wurde in einem Weidenkorb treibend aus der Spree gefischt. Opa Weißgerber war das Kind einer Zirkusfamilie und wurde vergessen; in einem Waisenhaus aufgewachsen, weil seine Eltern vor den Nazis fliehen mussten. Opa Weißgerber war einfach auf der Welt erschienen, um Frieden zu bringen.

Nicht einmal der Name stimmte.

Die Frage, die auf jeden Vater zukommt: Wie sag' ich es meiner Tochter?

Tochter, du bist die Enkelin eines westpreußischen Junkergeschlechts, militärischer Arm der alten Preußen. Ich glaube, unsere Familie hatte große Ländereien, die jetzt Polen gehören. Du könntest Ritter von Thal heißen.

Wir haben alles verspielt, weil wir Nazis waren.

Dein Großvater war ein hoher Nazioffizier.

Wir.

Nicht die.

Wir.

Das macht Familie.

Das Nächste, an das Tom sich erinnerte, war, dass er in der Wohnung von Claudia stand und Claudia mit ihm sprach.

11: Loslassen

Draußen malte die tief im Westen stehende Sonne ein feines Geflecht aus Linien und Flächen an die Klinkerwand der Ruine. Drinnen, auf dem einzigen Bett des verlassenen Waldkrankenhauses, brannte Wodan vor Scham.

Wenn der Schmerz über dir zusammenschlägt, wenn es keinen Ausweg aus der Pein mehr gibt, dann musst du nach innen fliehen.

Wodan floh in den innersten Kreis seiner Göttlichkeit, wo es keine Form mehr gab, die hätte brennen oder vergehen können. Aber auch das Formlose trägt noch Erinnerung mit sich. Und wo sich erinnert wird, ist Schmerz. Und sich erinnernd erkannte Wodan.

Scham brannte auf seiner Haut. Sie brannte in seinem Denken. Jedes kühle Mondscheintuch, das Freya auf seinen Körper legte, machte die Scham noch schlimmer.

All die wunderbaren Wesen, die ihm ihr Leben gewidmet hatten; all die wunderbaren Wesen im Himmel und auf Erden, ob aus einem Ei geschlüpft oder von einer Mutter geboren, aus dem Sumpf gewachsen oder aus sich selbst geschaffen, ob vollendet oder formlos, ob mit Sinnen oder ohne – vor allen schämte sich Wodan. Er hatte geglaubt, die Welt retten zu müssen, sie vor dem Untergang zu bewahren. Aber der verkündete Untergang war nur sein eigenes Ende. Er hatte in seiner Erhabenheit den eigenen Untergang mit dem Untergang der Welt verwechselt – hatte sich selbst mit der Welt verwechselt; die Welt war lange vor ihm da, sie würde lang nach ihm da sein.

Auch sie würde vergehen.

Alles, was entsteht, vergeht.

Aber jedes in seiner Zeit.

Er hätte es wissen müssen.

Seine Gedanken wanderten zu Loki, seinem Blutsbruder. Das letzte Gesicht, das er sah, bevor ihm die Augäpfel in der Hitze platzten.

Gemeinsam hatten sie nach den Tagen der siegreichen ersten Schlacht im Erdloch gestanden, um als Brüder aus dem Schoß der Erde aufzusteigen.

Hatte er in dem mäandernden, stets nach einem weiterstrebenden Gott eine Sehnsucht geweckt, die nicht zu stillen war und ein Versprechen gegeben, das nicht zu halten war?

Was immer der Listenreiche auch vorgehabt hatte, es reichte nicht, ihn zu töten, wusste Wodan. Er hatte ihn von seiner Bank im Tiergarten gerissen, ihn dem Schmerz überantwortet. Vielleicht war das Lokis Plan gewesen: Ihn mit Flammen und Qual zu reizen, bis seine wahre Gestalt wieder hervorbricht, die Wut in ihm erwacht, seine Fäuste wieder Blitze schleudern: Wodan, der Wütende, Herr der Neun Welten.

Ach, herrliche Raserei, erinnerte sich der Brennende, die keinen Unterschied kennt!

Es war keine Wut mehr in Wodan, nicht der kleinste Rest. Wo Erkenntnis wächst, bleibt kein Platz für Wut. Das ist die Aufgabe eines jeden Wesens – zu erkennen, was sein Schicksal ist.

Wodan erkannte, gab sich dem Schmerz hin.

Was hatte es gebraucht, um ihn erkennen zu lassen?

Schmerz hatte es gebraucht.

Danke, Schmerz.

Lokis Gestalt erschien ihm und seine brennenden, rissigen Lippen formten ein Lächeln. Er musste Loki loslassen, konnte nichts mehr für ihn tun. Der Trickster-Gott, der Gestaltenwandler, musste sich einen neuen Helden suchen, gegen den er opponieren konnte.

Er ließ ihn los.

Die feuchte Kühle der Mondtücher konnte er nehmen; Freya die Sorgende, musste er loslassen. Herrlich war sie gewesen, eine Offenbarung zwischen den Laken, eine weise Ratgeberin; Morgentau auf ihrer Haut, der Nektar ihrer Lippen; der goldene Schein ihrer Augen, der Welkes blühen lässt. Eine Fruchtbarkeitsgöttin war sie, ihr Schoss stand allen offen – hätte er der Göttin der Fruchtbarkeit die Fruchtbarkeit verbieten sollen?

Er war Gott genug, sich am Teilen zu freuen. Aber ließ er Freya los, dann ließ er alle Frauen los – all die Wunderbaren, die er auf seinen Reisen getroffen hatte; die herrlichen Augen, die Feuchten, die Leuchtenden, die Blitzenden, die Verschmitzten; er musste sie loslassen. All die herrlichen Schöße; saftig wie reife Früchte, zart wie Blumen und selig im Nehmen; er ließ sie los. All die Münder, die Lauten, die Raunenden, die mit Weisheit Antwortenden, wo er nicht mal die Frage wusste; die Jungen, die Alten, mit Glanz oder Falten – er ließ sie los.

Von den Frauen kam Wodan zu den Blumen; Freesien hatte er von allen Blumen am meisten geliebt; Frühlingsboten waren sie und ihr Duft wie ein Versprechen; auch Margeriten und Löwenzahn, die Sumpfdotterblumen nicht zu vergessen. Den Eisenhut liebte er und die Raue Nelke, den wilden Majoran und die blau-violette, wuschelige Wiesenwitwenblume. Er musste sie loslassen.

Er ließ sie los.

Die Freunde musste Wodan loslassen; die Raben und Wölfe, die Pferde, die treuen Gefährten der Schlacht; den Fuchs musste er loslassen, den Schwan, die Ente, den Lachs, den Dachs und den Biber, die wilden Schweine, den Star und das Rotkehlchen, das Eichhorn und den Zitronenfalter.

Er ließ sie los.

Einfach war es mit den Dingen; nach dem letzten großen Krieg war Asgard nur noch eine leere Hülle; das Gold der Schilde war aus Zahngold gemacht und in den Lüften trieben Millionen Gräber. Da gab es nichts mehr loszulassen. Gold hatten seine Hände nie lange gehalten.

Die Lieder musste er loslassen; den rauen Gesang der Trunkenheit, den peitschenden Schlachtgesang, die zarten Lieder der Minne; den Met musste er loslassen. Trunkenheit vom Trank, trunken von Begeisterung, trunken von Inspiration, trunken von Trauer, trunken von Leben – das musste er loslassen.

Die Steine, die Mineralien, die Metalle, die Erde, den Himmel, das Feuer, das Wasser. Er ließ es los.

Das Licht war schon gegangen.

Die Dunkelheit kam.

Aber den Windhauch, den zarten Fluss, der seine Lungen füllte, der seine Lungen leerte, der sie wieder füllte, wieder leerte; die köstliche Geschmacklosigkeit des Sauerstoffs, dieses aus den Meeren aufgestiegene Gas, das Element der Wunder, das Geschenk dieses Planeten an alle und alles, was dadurch zu Atem kam – das konnte er nicht loslassen.

Noch nicht.

12: Beschwerte

Auch wenn zwei Stockwerke dazwischen liegen – wer im selben Haus wohnt, wohnt zusammen. Da es zu Claudias Philosophie gehörte, ihre Klausur nicht zu verlassen, nicht auf andere zuzukommen, blieb es Toms Rolle, ab und zu hoch zu Claudia zu gehen, sich zu ihr zu setzen, kurz zu erklären, was gerade in seiner und Delphines Welt los war, um dann wieder zu verschwinden. Früher hatte er auch Lebensmittel, Gyokuro-Tee und den täglichen Kleinkram mitgebracht. Das hatten seit ein paar Jahren die diversen Lieferdienste übernommen.

Tom war aufgewühlt. Er war stoned. Er raste die Treppe hoch zu Claudias Dachgeschoss, als würde ihm der Hintern brennen. Er brannte ihm. Zuviel Vergangenheit, die eben noch gar nichts mit ihm zu tun gehabt hatte, war über ihn hereingebrochen.

Claudia saß beim Licht einiger Kerzen vor ihrem Equipment. Sie hatte sich vor Tagen aus dem Shakuhachi-Shop eine Bambusflöte schicken lassen. Die Bansuri war aus hell marmoriertem Bambus, mehrfach gebunden und auf D gestimmt. Sie lag auf dem Keyboard und wartete darauf, dass ihr Claudias Atem den ersten Ton entlockte.

Daraus wurde nichts.

Tom platzte herein und gleichzeitig platzte es ihm heraus: Er hatte das Paket geöffnet, das Paket, das an ihn adressiert war, von dem er gleich gespürt hatte, dass es schwierig war, ein böses Paket, ein Irrläufer, er fühlte es, hatte es deshalb nicht annehmen wollen; die Begegnung mit der alten Frau auf der Parkbank, die Stimmen in seinem Kopf, eine alte Sprache, heftig wie Gebell, schartig wie Eisen auf Stein; die Träume, immer wieder diese Träume. Hatte Tom Claudia je von seinen Albträumen erzählt? Hatte er von der Angst erzählt, die er als Kind im Dunkel hatte, bis sein Vater sie niederschrie? Von den Schrecken, die aus den Fugen und Ritzen der Wände sprangen?

Nein, sie hatten nie darüber gesprochen. Dafür hatten ihnen die Jahre gefehlt. Jahre, in denen es still und tief wurde, wenn es gut lief. Kurz zusammengefasst: nicht gut gelaufen.

»Herr Ritter von Thal, das bin ich«, sagte Tom.

»Mein Großvater war ein Scheißnazigeneral«, flüsterte er. »Mein Vater hat das gewusst – die ganze Zeit.« Tom lachte. »Deshalb hat er den Namen meiner Mutter angenommen – Weißgerber. Um der Familie zu entkommen.«

»Hat nichts gesagt, nie. Hat behauptet, unsere Familie wäre ausgelöscht worden. Vielleicht war sie das auch für ihn. Aber ehrlich – er hat sie ausgelöscht. Aber er hat es auch für mich entschieden. Er hat es auch für Delphine entschieden.«

»Dein Vater ist vor Delphines Geburt gestorben.«

Claudia sagte das wie eine Entschuldigung. Ihre Stimme war dunkler geworden in den Jahren, fast heißer.

»Er hätte sich sicher auch keine Enkel gewünscht. Alles potenzielle Nazis – wie sein Vater!«

»Wir sind Delphines Familie«, sagte Claudia. »Sie hat schon immer eine Familie gehabt. Uns.«

»Das meine ich nicht ...«, erwiderte Tom, um dann plötzlich im Satz stecken zu bleiben. Er schaute Claudia an und musste sich erst einmal am Türrahmen festhalten, denn weiter hatte er das Zimmer noch nicht betreten.

»Du sprichst?«

»Natürlich.«

Sie spielte mit der Bansuri in ihren Händen.

Tom schnappte nach Luft.

»Natürlich, sagst du, einfach so? Du redest? Du hast all die Jahre nicht mit mir gesprochen und jetzt sagst du ›natürlich‹? Hast dich ... hast du ... du hast mit Delphine gesprochen?«

»Ja«, erwiderte Claudia.

Ein Donner nutze die Pause, um sich in der entstandenen Stille so richtig breitzumachen.

»Warum?«

»Sie ist meine Tochter.«

»Sie hat mir nie davon erzählt.« Tom legte für einen Moment die Hände vors Gesicht. Dann wusste er, warum: »Du hast ihr gesagt, dass sie es mir nicht sagen soll, stimmt's?«

Claudia hielt die Flöte in den Händen, drehte sie vorsichtig hin und her. Die ersten Worte zwischen zwei Menschen sind Streit, dachte sie. Muss das so sein? War das schon damals so? Sie wünschte sich das Schweigen zurück, weil Reden nur Missverständnis war.

Tom konnte nicht anders. Tom musste reden. In Tom war der Damm gebrochen, der die Flut und den Schlamm der letzten Jahre zurückgehalten hatte.

»Was hast du mit mir gemacht?«, fragte Tom. »Warum hast du das mit mir gemacht? Du hast mir Delphine überlassen, als hätte ich sie bei dir bestellt. Ich wollte ein liebevoller Vater sein, ein anderer Vater als mein Vater, einer ohne eine große Agenda, für die ein Kind nur stört. Ich habe es geliebt, ja, ich wollte es, aber du hast mich nie gefragt, ob ich es die ganze Zeit wollte, ob ich es so allein wollte. Ob ich nicht auch gewollt hätte, dass sie dich hat, dass es mehr gibt für sie als mich und natürlich – ich wollte immer alles für sie sein. Aber wenn du ihr auch Mutter warst und nicht nur die komische Frau unterm Dach, warum durfte ich das nicht wissen? Du hast aus meiner Liebe eine Pflicht gemacht, der ich mich nicht entziehen konnte, weil ich glaubte, allein mit ihr zu sein. Ich habe jeden Tag die Schulbrote gemacht, ich habe Tutorials über Schminken geguckt, habe mich in die weibliche Periode eingearbeitet, habe ihr beigebracht, Tomatensoße und Nudeln zu kochen; bin jede Nacht mindestens zweimal in ihr Zimmer geschlichen, um zu sehen, ob sie noch atmet. Ein Teil von mir war immer wach, hat immer gewacht, ich habe mir jede erdenkliche Mühe gegeben, ich wollte immer die besten ... ich ... warum?!«

Tom verstummte, versuchte irgendwas in Claudia zu erkennen. Aber was er sah, war nicht das, was er sich wünschte. Er wollte keine freundliche Aufmerksamkeit, kein Verständnis aus Augen, die so ZEN waren, dass ihm schlecht wurde. Er wollte wissen, wollte verstehen, glaubte, ein Recht darauf zu haben.

»Warum sind wir neunzehn Jahre später wieder am Anfang? Warum, was ist passiert damals in Japan, dass du mit mir nicht darüber reden konntest? Mein Großvater ist ein Nazi, der in Stalingrad gefallen ist; kein Soldat, keiner, der gezwungen, einberufen, geblendet wurde; er war ein General – schon im Ersten Weltkrieg dabei, ich habe Briefe von ihm gelesen, die kann ich nicht verstehen ... ich kann diese Art von Leben und Sterben nicht verstehen, aber es hat Einfluss ... Delphine ist eine Ritter von Thal – wenn wir es zulassen, wenn sie es will und wenn wir herausfinden, was das heißen soll und kann ... aber ich bin damit zuerst zu dir gekommen ... nach Jahren Schweigen bin ich damit zuerst zu dir gekommen und du? Zu wem bist du gegangen? Wohin gehst du mit dem, was in dir spricht? Sagst du es mir?

Nein, du sagst es mir nicht«, gab sich Tom selbst die Antwort.

Mit einem Mal dehnte sich der Raum und Claudia saß ganz am anderen Ende; zwischen ihnen waren Flüsse und Bergketten. Ein Mönch schwebte vorbei und formte mit seinen Fingern das Dharmachakra Mudra. Auch das noch; Tom begann zu kichern.

»Vielleicht will ich es auch gar nicht mehr wissen. Vielleicht ist es mir gerade egal geworden. Aber dass du Delphine dazu gebracht hast, dieses Spiel mitzuspielen ...«

»Ich bin ihre Mutter.« Sagte Claudia.

»Nein, nein!«

Tomas bog sich vor Lachen.

»Nein, du warst es. Aber in all den Jahren bin ich ihre Mutter gewesen; ich habe meine Tage synchron mit ihr bekommen, mir ist ein Damenbart gewachsen, schau!«

Tom drehte sich um, sah den Schlüssel zu seiner Wohnung an einem roten Seitenbändchen neben dem Türrahmen hängen, den Claudia all die Jahre nicht benutzt hatte, der aber immer für sie da war. Aber vielleicht stimmte das auch nicht, dachte er, sie hat ihn benutzt, ist aus- und eingegangen zu und mit Delphine, ohne dass er es wissen durfte. Wie lustig, wie verborgen, wie erbärmlich, wie gemein.

Er riss den Schlüssel vom Haken.

Die Tür knallte, als er sie hinter sich schloss.

13: Ein Ton

Claudia saß lange regungslos da und beobachtete ihren Atem.

Die erste Begegnung zwischen zwei Menschen, die sich lieben, ist Streit.

Reden ist Missverständnis.

Ein Zurück gab es nicht mehr.

Sie nahm die Bambusflöte auf, setzte sie an die Lippen und probierte einen ersten Ton.

Es war der Richtige.

14: Feststellung der Identität

Oben ist Asgard. In der Mitte ist Midgard. Niemand will runter zu Hel in den Keller. Im Keller stinkt es. Nur so ein Gedanke. Kaum hast du Familie, springt die Kellertür auf, lädt Tante Hel dich ein, steckst du mit dem Kopf bis zu den Schultern in Scheiße, dachte Tom. Vorher gab es nur Gegenwart; mit Delphine sowieso. Kinder zwingen dich gnadenlos ins Jetzt. Auch das stimmte so nicht mehr.

In Asgard feiert die Heldin sich selbst. In Midgard stirbt der tapfere Krieger; Tom tigerte im Wohnzimmer auf und ab, machte Musik an, machte Musik aus, blieb am Ende bei Beethovens Sonaten hängen. Er war hundemüde, aber gleichzeitig so aufgedreht, dass an Schlaf nicht zu denken war. Wie ein fälschlich gestarteter Download, der nicht mehr zu stoppen war, stürzten Gedankenfragmente auf ihn ein. Er musste, wollte darüber nachdenken, was gerade mit Claudia passiert war; was ihm mit Claudia passiert war.

Claudia sprach!
Delphine ging.
Er öffnete das Paket.

Alles passierte gleichzeitig.

Andersherum:
Delphine ging.
Er öffnete das Paket.
Claudia sprach.

Alles passierte gleichzeitig: Er ging zurück zum Sofa, wo Bilder, Briefe und Tagebücher noch immer durcheinander lagen. Er nahm eines der Tagebücher auf, blätterte zur letzten Seite. Es war mit Juni ‘42 datiert. Tom las.

Lektüre: das Tagebuch eines Leutnant Mischky, der über die Tage im Kessel von Uman schreibt. Mein alter Freund Theo Wagner sandte mir das Manuskript. Die Beschreibung Mischkys ist klar und trocken, sie schmeckt metallisch auf der Zunge und hat die Kühle polierten Metalls, in dem sich alles spiegelt und jede Linie auf ihren Fluchtpunkt zustürzt. Es sind Gedanken auf verlorenem Posten und ausgesprochen lehrreich ...

Meine Stellung ist am Kopf einer Brücke, die über einen dunklen Fluss geschlagen wird. Das Wasser gluckst und zieht in Wirbeln vorbei. Die Existenz ist ein Dasein auf dem Sprung. Vor uns liegt der Abgrund, in den wir uns bei Sonnenaufgang stürzen. Wir siegen uns der kommenden Niederlage entgegen und sehen, was sie aus uns macht:

Wenn du lange in einen Abgrund blickst, dann blickt der Abgrund auch in dich hinein. F. Nietzsche.

Tom ließ das Buch sinken.

Dieser verdammte Satz!

Es war derselbe Satz, den Toms Vater in seinem Abschiedsbrief geschrieben hatte: *Wenn du lange in einen Abgrund blickst, dann blickt der Abgrund auch in dich hinein.*

Tom fröstelte, ein eiskalter Schauer lief ihm über den Rücken.

Wie geht das, dachte er, wie kann ein Mensch so klar und distanziert seinem Ende entgegengehen – das Falsche als falsch erkennen und es so »richtig« wie möglich zu Ende zu bringen?

Hatte sein Vater, der Friedensforscher Johann Friedrich Weißgerber, es nicht genauso getan? Ein Friedensforscher, der sich erschießt? Ist das Witz oder ist das Wahnsinn?

Und, fragte sich Tom, ist das erblich?

Sein Vater erschoss sich am 9. November 1999, am zehnten Jahrestag des Mauerfalls, mit einer Mauser

C96, einer beliebten Waffe der SS. Man brauchte einen speziellen Humor, um das witzig zu finden. Das Datum war kein Zufall. Tom war sich sicher, dass sein Vater es mit Bedacht gewählt hatte. Es war ein letzter, einsamer Protest gegen das neue, vereinte Deutschland.

Gewalt am Ende.

Gewalt am Anfang.

Der 13. November 1999 war ein Mittwoch, ein grauer Tag, frostig am Morgen, kaum über null am Mittag. Claudia hatte am Abend vorher im Cookies, dem Club in Berlin-Mitte, aufgelegt. Tom war früher nach Hause gegangen, weil er aushilfsweise als Barista im »Schwarzen Raben« in der Alten Schönhauser arbeitete und seine Schicht schon mittags begann.

Den »Schwarzen Raben« gab es seit über zehn Jahren nicht mehr; da war jetzt eine Filiale von H&M.

Die Kripo kam am späten Vormittag, Tom wollte gerade los. Sie brachten Tom die Nachricht vom Tod seines Vaters. Sie hatten ihn anhand seines Führerscheins und seiner Fingerabdrücke identifiziert. Er war beim Kampf gegen die NATO-Doppelbeschlüsse mehrfach wegen Widerstandshandlungen verhaftet worden; seine Fingerabdrücke waren im Computer.

Woran er gestorben sei, wollte Tom wissen.

Selbstmord, vermutete die Kripo, aber die Ermittlungen liefen noch.

Tom fragte, ob er die Leiche sehen könne.

Die Kommissarin riet davon ab.

Tom bestand darauf.

Er wollte nicht feige sein.

Im Auto führten sie ein wenig Small Talk; nein, das Verhältnis zu seinem Vater sei nicht herzlich gewesen; ja, Johann Friedrich Weißgerber sei berühmt gewesen; die Kriminalpolizistin hatte ihn einmal in einer Talkshow gesehen. Sie kannte sogar sein wichtigstes Buch »Kriegshunde«. Sie wollte wissen, wie er als Vater so gewesen sei. Anstrengend, gab Tom zurück, auf die Rettung der Welt fixiert, nicht auf seinen Sohn. Die Frau verstand.

Die Forensische Pathologie befand sich in Moabit, gar nicht weit davon entfernt, wo jetzt die Kaffeekirsche lag.

Die Leiche sah nicht gut aus. Er hatte sich in den Mund geschossen. Die austretende Kugel hatte den halben Hinterkopf mitgenommen; vier Tage im Freien hatten ihr Übriges getan. Die Pathologin nannte es die Dreifaltigkeit der Schlachtfelder – Raben, Ratten und Katzen. Ein Spaziergänger mit Hund hatte ihn am Fuß eines der letzten Mauersegmente gefunden.

Vom Gesicht war nicht viel übrig geblieben. Es war seine Brille, die er in der Innentasche seiner Parka trug. Es war seine alte Victorinox-Armeeuhr. Sie ging noch. Es war seine Geldbörse und sein Führerschein, sein Schlüsselbund.

Die Kripobeamtin beteuerte noch mal, dass sie Tom den Anblick gern erspart hätte.

Tom schüttelte den Kopf. Er wollte was sagen über die Ironie eines erschossenen Friedensforschers, ließ es aber dann. Fragte stattdessen, ob er die persönlichen Dinge mitnehmen könne.

Wenn die Ermittlungen abgeschlossen sind, könne er selbstverständlich alles haben, sagte die Beamtin, aber erst müssen sie noch die Wohnung seines Vaters inspizieren und dann müsse noch der Abschlussbericht geschrieben werden.

Tom bedankte sich.

Er fuhr mit ihr und ihrem Kollegen in die alte Wohnung in der Gleditschstraße in Schöneberg, in der sein Vater und er gewohnt hatten, bis Tom nach Nicaragua gegangen war. Sein Vater war vor ein paar Jahren dahin zurückgekehrt.

Die letzten Jahre seines Vaters waren ein stetiger Rückzug gewesen; er hatte sich von alten Weggefährten getrennt, von Mitstreitern und seinem Verlag.

Tom hatte das nicht gewusst. Ihr Kontakt war spärlich geworden, sein Vater wurde immer bitterer und bissiger.

Er hatte gegen die Wiedervereinigung geschrieben, bis es niemand mehr lesen wollte. Das alles ging aus den geordneten Unterlagen hervor, die er für Tom aufbereitet hatte.

Die Wohnung war aufgeräumt, drei weiße Ordner standen zum Abholen bereit. Selbst die leeren Wodkaflaschen standen in Linie.

Es gab einen Abschiedsbrief:

Lieber Tomas, es tut mir leid. Ich hoffe, du machst es besser. Aber wenn du lange in einen Abgrund blickst, dann blickt der Abgrund auch in dich. Verzeih mir, dein Vater

Darunter die Adresse eines Notars und die Anweisung, sich bei ihm zu melden.

Die Kriminalpolizei beschlagnahmte den Brief als Beweismittel. Drei Tage später bekam Tom Uhr, Brille, Geldbörse, Schlüssel und den Brief zurück. Das Verfahren wurde eingestellt. Die Indizien waren eindeutig: Selbstmord.

Tom beerdigte die Urne seines Vaters eine Woche später auf dem Friedhof Stubenrauchstraße in Schöneberg. Es war ein grauer, kalter Dezembertag. Schneeregen fiel, es kamen ein paar Leute zur stillen Andacht, die er nicht kannte, die aber so taten, als würde er sie kennen.

Tom versuchte, ein neutrales Gesicht zu machen, was als gefasster Schmerz interpretiert wurde. Vor der Tür lauerten ein paar Fotografen. Sie zogen enttäuscht wieder ab, als sie außer einer alt gewordenen Mitbegründerin der Grünen keine Prominenz erspähten. Es gab einen längeren Artikel im »Tagesspiegel« und einen kurzen Nachruf im Spiegel. Die »Rote Hilfe« brachte was in ihrem Newsletter.

Tom kümmerte sich nicht drum.

»Kriegshunde – warum Deutschland vor sich selbst geschützt werden muss«, war Ende der Siebziger bei DVA erschienen und hatte sich in den frühen Achtzigern in linken Kreisen gut verkauft. Das Buch erzählte die Geschichte Deutschlands und seiner Männer von der Gründung Bismarcks bis zur totalen Niederlage im Zweiten Weltkrieg. Diese Geschichte musste mit einer geradezu zwanghaften Linearität in der Katastrophe enden. Das Beste, was Deutschland hätte passieren können, so der Autor, wäre seine dauerhafte Besatzung und Aufteilung unter den anderen europäischen Nationen gewesen. Aber die Siegermächte hatten die tiefe innere Verworfenheit nicht ausreichend erkannt. Alles, was dem Autor blieb, war vor dem deutschen Wesen zu warnen.

Tom hatte das Buch lesen müssen. Es war lange her. Es war Teil seiner Erziehung zum Antifaschisten. Tom war noch keine vierzehn, als sie begannen, Konzentrationslager zu besuchen, Überlebende des Holocaust zu treffen, Ausstellungen über den Zweiten Weltkrieg anzusehen. Und immer war Schuld ihr Begleiter. Tom fragte seinen Vater, warum das so war. Ihre Familie war genauso tot wie die Familien der Leute, mit denen sie sprachen. Weil wir Deutsche sind, sagte sein Vater. Es klang nach einem tief sitzenden genetischen Makel.

Für Jahre war Tom das Maskottchen auf jeder Friedensdemo, die sein Vater mit seinen Mitstreitern anführte – bis er nicht mehr süß genug war, um winkend auf Schultern zu sitzen, sondern zornig und pickelig, bis er anfing, heimlich Nietzsche zu lesen und sich seltsam berührt fühlte von Heideggers Texten. Bis er sich in Rosario verliebte und ihr hinterher nach Nicaragua floh.

Er kam anders zurück. Und dass es nicht nur Enttäuschung und Desillusion war, lag an den einfachen Nicaraguanern. Es war eine Geschichte, die Tom tief in seinem Herzen hütete: In der letzten Woche vor seiner Abreise zurück nach Deutschland hatte ihn Pablo, der Heiler des Dorfes, in dem er unterrichtete, zum *Cacao* eingeladen. Pablo war ein Contra; er redete mit Geistern, bekam Besuch von den Ahnen und gerade die Alten verlangten nach seiner Behandlung. Bei den Eingeborenen war *Cacao* eine große Sache; es galt als Heil- und Lehrerpflanze.

Der alte Mann hatte die Einladung mit Esmeralda geschickt, seiner Haushälterin. Sie nahm Tom einfach bei der Hand und führte ihn zur Hütte am Rande des Dorfes.

Pablo konnte, was Tomas völlig fremd war, stundenlang sitzen und schweigen, Zeit vergehen lassen, zuhören, was die Tautropfen und der Gesang der Frösche zu sagen hatten. Morgens saß er vor seiner Hütte, abends saß er vor seiner Hütte. Alle Einwohner des Dorfes gingen am Tag wenigstens einmal an ihm vorbei, sogar die Hühner und Schweine.

Pablo saß.

Der alte Mann trug eine Kette aus getrockneten Beeren, Zweigen und in der Mitte thronte der bemalte Schädel einer Babyanakonda. Er warf wohlriechende Kräuter in die Flammen, auf denen der Topf köchelte. Er schöpfte mit einer Holzkelle den schwarzen *Cacao* aus dem zerbeulten Alutopf, goss ihn in eine Henkeltasse und gab sie Tom zum Trinken.

Der *Cacao* war heiß, bitter, leicht säuerlich. Er schmeckte nach Erde und verschiedenen Früchten. Pablo hatte zu singen begonnen. Es war ein seltsamer Singsang, eine Mischung aus Spanisch, einem alten Mayadialekt und verschiedenen englischen und deutschen Worten.

Der *Cacao* tat gut. Tom konnte spüren, an welcher Stelle seines Körpers die schwarze Flüssigkeit gerade angekommen war. Er atmete tiefer, entspannte sich.

Am Ende der Zeremonie nahm Pablo Toms Hände in seine schweren, rissigen, trockenen Hände und sagte: »Eres muy fuerte mi muchacho.«

Dann beugte er sich zum Tom und küsste ihn auf die Stirn.

»El mundo es resbaladizo, Tomás.«

Tom übersetzte es sich mit »Die Erde der Welt ist glitschiger Grund«.

Der Satz war eine alte Weisheit der Maya, erklärte Pablo, viele, viele Generationen alt.

Er wollte wissen, ob Tom es verstand.

»Jeder kann ausrutschen?«

Der alte Mann zeigte lächelnd seine Zahnstümpfe. Seine Augen leuchteten schwarz.

»Jeder Mensch kann bei jeder Gelegenheit auf diesem glitschigen Grund ausrutschen, den wir Leben nennen, sagte Paulo. Das passiert – es macht uns weder zu guten noch zu bösen Menschen. Entscheidend ist, wie wir mit den Folgen unseres Ausrutschens umgehen – ob wir sie annehmen, aus ihnen lernen oder ob wir sie ablehnen. Und sein ganzer Sinn sagt uns, wir sollten nachsichtig sein – zu uns und anderen. Du willst allein die Verantwortung übernehmen – so seid ihr Europäer. Aber niemand trägt die Verantwortung ganz allein. Obwohl ...«

Pablo hatte lange still gesessen, bis er den Satz zu Ende brachte.

»Du vielleicht mehr als andere.«

Tom brachte den Satz über die Glitschigkeit der Welt wie ein wertvolles Geschenk mit zurück nach Deutschland.

Er wollte seinem Vater ein Stück davon abgeben.

Sein Vater wollte das Stück nicht.

Das könnte den Deutschen so passen, sagte er.

Tom versteckte sein Cacao-Geschenk und packte das zweite Geschenk aus, das er aus Mittelamerika mitgebracht hatte: Kaffee.

Es war das richtige Getränk zur richtigen Zeit. Die Neunziger waren nicht nur für ein paar Jahre die Befreiung von der Geschichte, sondern für Tom auch die Befreiung von seinem Vater und vor allem wollten die Neunziger eins: so lange wie möglich wach bleiben!

Wie alle guten Linken hatte sein Vater die Wiedervereinigung nicht kommen sehen, sie für ein reaktionäres Hirngespinst gehalten. Als die dann doch kam und die Vision eines zweiten, linken deutschen Staates von Kohls blühenden Landschaften kassiert wurde, muss für ihn eine Welt zusammengebrochen sein. Er sah das Vierte Reich unmittelbar heraufdämmern; er schrieb Artikel für Konkret, die taz, sogar für den Spiegel – aber niemand wollte seine Pamphlete und Warnungen drucken. Danach versuchte er es mit Leserbriefen – zwei Aktenordner belegten seinen aussichtslosen Kampf. In der allgemeinen Euphorie wollte sich niemand in den Rotkäppchen-Sekt spucken lassen.

Er wählte Selbstmord als letztes Mittel des Protestes.

Der Notar eröffnete das Testament. Es gab nur einen einzigen Begünstigten. Ein Jahr später kaufte Tom vom Erbe seines Vaters den Laden samt Haus und machte die Kaffeebar daraus.

Er hatte geglaubt, dass es die Auslöschung seiner Familie war, die seinen Vater bis in den Selbstmord hinein zu einem Getriebenen gemacht hatte. Aber die Wahrheit war mit einem Paket gekommen und veränderte alles – es war Toms Vater selbst, der seine Familie ausgelöscht hatte. Er hatte sie ausgelöscht.

Hatte sie nicht ertragen:

Krieg im Kopf, Krieg im Herzen.

Als Tom an jenem Novembertag die Nachricht vom Tod seines Vaters bekam, fühlte er nur dröhnende Leere. Aber jetzt, mit all dem Wissen, konnte er zum ersten Mal trauern. Die Trauer fühlte sich warm und schwer an – wie die dunkle Seite der Liebe. Zum ersten Mal verstand er seinen Vater, verstand ein wenig von der Qual und der Sehnsucht, ihr zu entkommen. Aber wie geht man als Sohn mit diesem Verstehen um?

Auf seltsame Weise und mit umgekehrten Vorzeichen war sein Vater genau der Faszination erlegen, die er zu bekämpfen glaubte.

Wie hatte es auf der Postkarte seiner Mutter aus Bombay gestanden?

Das einzige Mittel gegen Krieg im Herzen:

Finde Frieden.

Tom hoffte, dass sie ihn gefunden hatte.

Sein Vater hatte ihn nicht gefunden.

Nie.

Nicht jeder Forscher findet, wonach er sucht.

Und Tom?

Wer wollte er sein, jetzt, nachdem er wusste, wie viel der Geschichte auch die seine war?

Er sah die Augen seines Großvaters auf dem letzten Foto von der Front. Es waren die Augen seines Vaters. Es waren seine Augen – der Schnitt der Lider, der helle Ring um die Iris.

Aber wenn er sich nicht der Genetik unterwerfen wollte, dann war und blieb es seine eigene Entscheidung, wer er war, wer er sein wollte.

War er ein Ritter von Thal? Teil eines westpreußischen Geschlechts, Kriegerelite, auf Pferden geboren, Pflicht ist Pflicht und Schnaps ist Schnaps; das heilige Deutsche Reich im Blut und eine Ahnenreihe bis zu Armin dem Cherusker?

Oder war er ein Weißgerber; brennend vor Empörung, was seine Leute der Welt angetan hatten, triefend vor Selbstgerechtigkeit in seinem Zorn, kompromisslos, verbissen; resigniert auch, vor Schmerz über sein Land nicht mehr fähig, Liebe und Freude zu empfinden?

Wer war er?

Wer wollte er sein?

El mundo es resbaladizo, Tomás.

Dann kam der Schlaf. Mit ihm kam Wissen – wenn du weißt, woher du kommst und es annehmen kannst; wenn du weißt, was du bist, hast du eine Ahnung davon, was du sein kannst – sicher in einer unsicheren Welt.

15: Im Circus

Der Führer schmollte. Er stand mit einer Tasse Gemüsebrühe in der zitternden Hand vor seinem Logenplatz und beobachtet argwöhnisch, wie sich Himmler und Göring angeregt unterhielten. Den Führer quälten Krämpfe im Darm. Aber Himmler und Göring schien das völlig egal zu sein; der Führer hatte gelernt, allein zu leiden. Ja, die Loge war schön, der Ausblick auf die Kampfbahn herrlich. Aber erstens grenzte sie direkt an die Loge von Josef Stalin und er konnte den spöttischen Blick des Georgiers nicht ertragen. Zweitens waren Himmler und Göring wieder total druff, aber ihm, ihrem Führer, hatten sie nichts abgegeben – kein Näschen Kokain, nicht mal ein Pillchen Pervitin. Angeblich wegen seines schlechten Gesundheitszustandes! Lächerlich, als hätten sie sich je Sorgen um ihren Führer gemacht, so wie er sich um alles und jeden sorgte. Dabei würde eine kleine Einheit Morphium schon reichen. Aber Göring tat alles, um seinem Blick auszuweichen. Ach, wie der Führer Dr. Theo Morell und sein Eukodal vermisste ...

Von nebenan, leicht nach links oben versetzt, drangen zotige Lieder herüber, die in »Gittler kaputt!«-Rufen und Gelächter endeten. Josef Stalin und seine Mannen feierten sich wieder selbst. Wassili Michailowitsch Blochin, wie immer mit seiner schwarzfleckigen Lederschürze angetan, hatte gerade polnische Blutsuppe mit Pelmeni serviert und die ganze Tscheka-Meute wünschte sich lachend guten Appetit.

War ein guter Mann, der Blochin, das musste der Führer anerkennen. Zweihundert bis dreihundertfünfzig Polen pro Nacht eigenhändig abzuknallen, das schafft nicht jeder. War natürlich nichts gegen die Effizienz einer deutschen Gaskammer; aber wer auf Handwerk steht, der weiß so was zu schätzen!

Sowohl Stalin als auch Hitler hatten schwer daran zu knabbern, dass die oberste Loge von einem kleinen, rundbebrillten Chinesen besetzt war. Dieser gerissene Mao Tse-tung hatte sich den Platz an der schwarzen Sonne unter den Nagel gerissen und musste ihn mit niemandem teilen. Im Gegenteil – die Chinesen selbst schienen die fünfundsechzig Millionen Toten für einen Preis zu halten, den sich zu zahlen gelohnt hatte. Gut, manchmal gab es kurz Unruhe um die Loge, weil drei Kambodschaner, die sich Genosse 1, 2 und 3 nannten, versuchten, zu Mao in die Loge zu klettern. Aber dann schickte der Geliebte Lenker den Kim vor, seinen dicken Koreaner, der die Genossen 1, 2 und 3 wieder von der Brüstung stürzte.

Es gab nicht viele, die es zur eigenen Loge geschafft hatten. Wenn der Führer sich etwas nach vorn beugte, konnte er von oben Leopold II. auf den Kopf spucken. Der Monarch saß völlig ungerührt auf seinem Sessel aus abgehackten schwarzen Händen und kaute auf einer Kautschukkugel.

Die große Loge des Mongolenkhans Dschingis lag auf der unteren Ebene, aber selbst in ihrer von der Zeit angelaufenen Pracht war sie immer noch herrlich. Neben dem Khan in seiner himmelblauen Seidenrobe saß Prinz Hülegü und baute kleine Pyramiden aus Schädeln, die er sich in Säcken von der Eroberung und Auslöschung Bagdads mitgebracht hatte. Wenn der Khan gut drauf war, durften die Jungtürken Bahattin Sakir und Enver Pascha auf einen Schluck vergorene Stutenmilch vorbeikommen. Meistens war der Khan mies drauf. Ihn plagten Gischt und die Angst vor dem Vergessen; waren die meisten der Gräberfelder seiner Epoche doch schon lange Mutterboden geworden. Er hätte doch mehr auf Monumentalbauten setzen sollen, aber dafür war es zu spät.

Neben den großen Logen gab es kleine Emporen, auf denen eifrig diskutiert und gefachsimpelt wurde; Thomas Jefferson bewunderte Harry S. Truman für die fesche Idee mit der Atombombe, während Truman Jefferson für die, wie er sagte, Endlösung der Indianerfrage beglückwünschte. Beiden wurde von Paul Warfield Tippets jr., dem Piloten der Enola Gay, Häppchen serviert, die mit lustigen Atomsymbolen verziert wurden.

Die beiden Präsidenten und ihr Lakai hielten sich ganz bewusst von der kleinen afrikanischen Gruppe fern, die sich weiter rechts ihren Platz behauptete. Mengistu Haile Mariam, der Präsident Äthiopiens, hatte das Klo mitgebracht, das er auf das Grab des ermordeten Kaisers Haile Selassie hatte errichten lassen. Da er seit Längerem an Diarrhoe litt, blieb er einfach darauf sitzen. Seinen Kumpel Robert Mugabe störte das nicht, seine Scheiße war stets tiefschwarz. Alles, was schwarz war, war gut und richtig. Als Dritter im Bunde überragte Idi Amin, »Seine Exzellenz, Präsident auf Lebzeiten, Feldmarschall Hāddsch Doktor Idi Amin Dada, Herr aller Tiere der Erde und der Fische der Meere und Bezwinger des britischen Weltreichs in Afrika allgemein und besonders in Uganda«, seine beiden Kumpel. Er war aber nicht ganz bei der Sache. Unten im Getümmel hatte er Ludwig XIV. entdeckt, den Erfinder der Strategie der verbrannten Erde, die er während des Dreißigjährigen Krieges in Deutschland sehr erfolgreich angewandt hatte. Idi fragte sich, wie die absoluten Augäpfel des absoluten Königs wohl schmecken würden – bestimmt absolut fantastisch!

In den niederen Rängen tummelte sich das Fußvolk – Bomber-Harris, der, wenn er wütend wurde, immer ein Foto von Dresden zerriss; General Horatio Herbert Kitchener, Erfinder der KZs, wobei er sich von der Clique um Hitler oben in der Loge um seinen Ruhm gebracht fühlte. Aber der Abstand war einfach zu groß! Dafür disste er den japanischen General Tojo Hideki, wo immer es ging. General Tojo ertrug das mit stoischer Ruhe. Er hielt alle Anwesenden hier, sich ausgenommen, für Barbaren und hatte nichts anderes erwartet.

Unten auf den Stehplätzen tummelten sich halb vergessene Schlächter, schnöde Sadisten und gewöhnliche Massenmörder, die es in kein Geschichtsbuch geschafft, aber doch auf der guten alten Erde ihre blutigen Fingerabdrücke hinterlassen hatten.

Die Anlage selbst war ein lang gestrecktes Rechteck, an einer Schmalseite durch einen halben Rundbau geschlossen. Er beherbergte die Logen, die Emporen und Wandelgänge mit dem Publikum. Im Scheitelpunkt des Rundbaues befand sich die *Porta Triumphalis.* Sie führte direkt ins gebärende Nichts. Die andere Schmalseite beherbergte die Startplätze für die Kämpfer. In der Mitte war die Kampfbahn durch eine Mauer geteilt, die *Spina.* Das war römisch, aber die Anlage selbst war viel, viel älter. Babylonisch, sagten die einen, die anderen ordneten sie den Persern zu. Die Spina – wie auch die Umfassungsmauern, die Logen und das Tor, bestand aus den gestäbelten Schädeln gefallener, ermordeter, geopferter Krieger, Priester, Frauen und Kinder. Manchmal war auch ein Katzen- oder Hundekopf dabei. Die Logen der Assyrer, Ägypter und der Kultur vom Gelben Fluss waren schon lange im Morast der Zeit versunken. Aber immer wieder hatten neue Mächte, Reiche und Herrscher mit den Schädeln ihrer Opfer weiter an der Anlage gebaut. So bestand der ganze mittlere Teil des Logenbaus aus den Millionen Schädeln, die muslimische Eroberer indischen Buddhisten und Hindus abgeschlagen hatten. Der Boden der Kampfbahn war ebenso aus Schädeln, die von den Kämpfen der Krieger zu feinem Staub zermahlen worden waren und immer wieder aufgewirbelt wurden. Schädelstaub, Schädelstückchen, scharf wie Schrapnelle; wenn sich die Kämpfer zu tief in die Bahn gewühlt hatten, öffnete sich die große graue Schädelschale über dem Circus und kippte frisches Material auf die Bahn.

Dann bellte der Höllenhund dreimal.

Die Show ging weiter. Die Zwölfzylinder röhrten, Stahl schrappte kreischend an Stahl, Verschlussklappen krachten, die Richtschützen visierten und schrien ihre Befehle, die Schützen schoben leere Granathülsen in die heißen Schlünde. Die Rohre spuckten Feuer, Fontänen stiegen auf, Weiß wirbelte um Bälle aus Feuer, Stahl schmolz, Dampf hüllte sie ein.

Es war wie immer.

Ritter von Thal saß auf seinem Panzer und spähte in das konturlose Nichts. Der scharfkantige Staub des Vergessens pfiff durch seine Knochen. Von seiner Schutzbrille war nur ein Rahmen geblieben, der löchrige Helm saß keck auf seinem blank gescheuerten Schädel. Immer wieder, aus dem Nichts kommend, fand er den Feind, fand der Feind seine rasende Truppe. Sie stürmten aufeinander zu, sie feuerten, sie starben. Wieder und wieder und wieder.

Doch etwas hatte sich geändert. Es hatte sich zuerst im General selbst geändert. Aus der Abfolge des immer Gleichen war Gleichmut geworden; das Stürmen, das Feuern aus allen Rohren, das Nicht-Aufgeben, das Sterben – alles war Routine, war nichts mehr. Befehle waren immer wieder und so oft gebrüllt worden, bis es keine Befehle mehr brauchte und dafür keine Stimme mehr gab. Die Kameraden taten, was sie unter seinem Kommando immer getan hatten und wofür die Reste der Körper keine Anweisungen des Verstandes mehr brauchten: Sie feuerten, sie stürmten, sie riefen sich im Sterben rotzige Scherze zu und saßen im nächsten Moment wieder hinter schweren MGs, an den Funkgeräten, am Steuer und an den Kanonen – weiter, weiter, immer weiter!

Das Bewusstsein des Generals hatte sich abgekoppelt; auch Zorn, Angst und Wut sind nur endliche Ressourcen. Als der letzte Zorn ausgebrannt, verraucht war, die letzte Angst vergangen, als es nichts mehr zu fürchten und zu erwarten gab und gar nichts, was seine Aufmerksamkeit noch fesseln konnte, da war der General plötzlich frei.

Langsam, ganz langsam stieg sein Bewusstsein auf, löste sich aus der Verkettung der permanenten Reaktion, ließ den Dampf und den Kampf hinter sich und wurde klar. Er sah, was von ihm und seiner Kampfgruppe geblieben war. Sah, wie sie auf der Kampfbahn ihre Runden drehten, starben, wiederauferstanden, um sich erneut zu zerfetzen.

Sah es unter sich wie in einer Schneekugel, in einer Wolke aus Energie, die sich durch die Reibung an ihrer Verzweiflung immer wieder selbst auflud. Er sah die Krümmung der Zeitlinie, die ihn und seine Männer gefangen hielt. Und in der Krümmung, mit der Krümmung, über die Krümmung hinaus sah er, was er wirklich war: ein Gladiator im Circus, ein Entertainer des Todes, ein Clown des Schreckens. Er war nichts weiter als eine Marionette, an deren Stricke die Wahnsinnigen, die Mörder, die Egomanen der Weltgeschichte gezogen hatten, die mit ihren Operngläsern und Programmheften kichernd, quatschend und klatschend auf der Tribüne, in den Logen, in den Wandelgängen standen.

»Eid« war einer dieser Fäden gewesen, »Treue« ein anderer. »Heilige Pflicht« stand darauf und von zarten Fingern schön gestickt »Fürs Vaterland!«

Jetzt waren es nur noch lose Enden.

Es hatte anderes gegeben: Einen Horizont mit einer orangefarbenen Abendsonne über sanft geschwungenen Landschaften; einen Weg zum Fluss und einen anderen wieder zurück. Das Brummen der Hummeln über Sumpfdotterblumen, warmer Sommerregen auf heißer Haut. Der General konnte sich erinnern. Ein nackter Fuß auf einer Wiese, der Duft von Freesien im Frühjahr. Das Knacken von reifen Kirschen zwischen den Zähnen, das Knattern eines Motorrades auf staubigem Feldweg, Jazz aus einem Kellerlokal. Das Gefühl, wenn klares Wasser die Kehle hinunterrann oder ein kühles Bier seine Schaumkrone präsentierte. Ein Flugzeug am blauen Himmel, ein Gedicht von Rilke: *Du bist der Alte, dem die Haare / von Ruß versengt sind und verbrannt* ... die Verzweiflung Hölderlins, die blaue Blume Novalis, das Lachen einer Frau; das Lachen der einen Frau, der Duft ihres Haares, seine Hände auf ihrem prallen, vorgewölbten Bauch. Erinnerungen wie Blitze; Momentaufnahmen eines früheren Lebens, Licht und Schatten, Tag und Nacht, Sonnenstrahlen, die durch Scheiben fallen, Sonnenkringel auf dem Boden, der Mond überm Haus.

Es war einmal: der Bauch.

Es war einmal.

Es gab einen Sohn. Sein Name war Johann Friedrich.

Er hatte ihn nie gesehen.

Was war passiert?

Eine Spur im Staub der Kampfbahn, ein Umriss, der einmal was bedeutete. Der General schaute und sah, wie er sich mit Bedeutung füllte. Während er unten weiterkämpfte, starb und wieder auferstand, begann er immer klarer zu sehen.

Zeit spielte keine Rolle mehr – noch tausend Tode, noch hunderttausend Tode; langsam, ganz langsam schälten sich Konturen aus dem Staub. Niedergebrannte Mauern, ein Wegenetz; das Aufmarschgebiet einer Armee, eine Kampfgruppe; nach Waffengattungen geordnet. Es waren Falten auf der Haut, das Delta eines Flusses. Es war ein Buchstabe. Ein lateinischer. Die letzten Buchstaben, die er gelesen hatte, waren kyrillisch: Parolen auf brennenden Panzern, Namen auf zerschossenen Ortsschildern.

Stalingrad.

Stalingrad.

Stalingrad.

Der Buchstabe, den er erkannte, war ein H.

Ein kapitales H.

Heil!

Das graue Weiß des Todes gab weitere Linien frei, machte Unterschiede im immer Gleichen, verriet ein Geheimnis, das da unterm eiskalten Schädelmehl gefangen, verborgen, versteckt lag. Es hieß:

HYPERION.

Der General schaute hinab. Er zog die Linien der Lettern mit den Augen nach, weidete sich an ihrer Kompaktheit wie an einer Erinnerung, an ihrer beschreibenden Begrenztheit inmitten des unbeschreiblich Unbegrenzten: HYPERION. Ritter von Thal schmeckte die einzelnen Buchstaben: H-Y-P-E-R-I-O-N. Sie schmeckten staubig, schmeckten nach altem Wissen, nach dem Anfang der Welt. Griechisch: Hyperion, der Oben Gehende. Hyperion, der gefallene Titan. Eifersucht hatte ihn hinab in die Tiefen des Tartaros gestürzt. Nicht enden wollende Qualen, konturlose Schwärze. Sieben Tage fällt der Amboss, um vom Rand der Welt auf dem Grund des Schlundes aufzuschlagen. Seltsames Wissen, in langen Griechischstunden von Dr. Bartel auf die Innenseite der Schädel seiner Schüler graviert:

Damit ihr euch erinnert, wo die Grenze zwischen Kultur und Barbarei verläuft!

Hyperion, der gestürzte Titan. Der Einzige, der jemals aus dem Tartaros zurückfand. Was hattest du danach zu erzählen, Hyperion, was?

Dann der andere Hyperion, die Schrift Hölderlins, das leuchtende Büchlein mit glänzenden Augen in warmen Oktobernächten gelesen. Hyperion, der vom Denken zur Tat schritt, die Klage in Mut verwandelte, den Kampf aufnahm, das heilige Griechenland zurück zur Freiheit zu führen. War das nicht der Auftrag eines jeden Vaterlandes – Freiheit? Waren sie nicht, wie Hölderlins Hyperion, wie Kleists Arminius, aufgefordert, das Vaterland zurück zur Freiheit zu führen? Die Schmach zu tilgen, die ihnen ein Frieden, der kein Frieden war, angetan hatte?

Die Front hatte gehalten bis zuletzt; Deutschland hatte den Krieg nicht verloren. Den Frieden hatten sie verloren. Ein Frieden, der Deutschland, die Mitte Europas, die Freiheit nahm. Ein Frieden, der die Mitte des Kontinentes in Ketten legte und auszusaugen begann.

Es war nicht mehr oder weniger als der Aufruf zu einem künftigen Krieg.

Ritter von Thal hatte den Ruf gehört. Alle hatten den Ruf gehört. Jede Narbe des ersten großen Krieges, jeder gefallene Kamerad hatte den Ruf gehört.

Der General war dem Ruf gefolgt.

Hyperion war dem Ruf gefolgt.

Ach Bellarmin, klagt Hyperion, ach. Hätte ich doch nie gehandelt!

Ritter von Thal hatte gehandelt.

Es gab einen Sohn.

Er hatte ihn nie gesehen.

Noch nie.

Sein Name war Johann Friedrich.

Er war eine Hoffnung.

Eine bessere Welt.

Er musste ihn um Verzeihung bitten.

Wofür?

Sie hatten die Grenze von der Kultur zur Barbarei überschritten.

Dafür.

Für alles.

Heimat.

Das war das Ziel.

16: Erwachen

Ein Telefon klingelte.

Ewig war Tom durch eine trockene Ebene gelaufen, die leicht nach Westen anstieg. Kein Wind ging, der Himmel war still und grau, trockenes Gestein knirschte unter seinen Sohlen. Manchmal waren es keine Steine, sondern gebleichte Schädel, die unter seinen Tritten zu kleinen Fragmenten zerbröselten. Manchmal schaute ein geborstener Helm aus dem Grund, ragte ein stecken gebliebenes Schwert aus dem Boden. Der Körper, den es durchbohrt hatte, war lange zerfallen und verweht. Manchmal waren es die Konturen eines vom Sand begrabenen Panzers, Panzer IV, Sherman, Tiger, T34, die wie ein natürlicher Hügel wirkten.

Er erinnerte sich nicht, wann er losgegangen war. Die Wahrheit war wohl, dass er schon immer lief. Am Morgen des Tages, wenn es so was wie Morgen in einer Welt ohne Sonne und Mond noch gab, war der Berg nicht mehr als eine Beule in der Linie des Horizontes.

Jetzt stand er auf seinem Gipfel und schaute hinab in das brennende Tal vor ihm. Es gab dort einmal einen Ort, vielleicht sogar eine Stadt. Sie war nur noch ein rauchender Haufen Trümmer, aus dem immer wieder Flammen schossen, wenn ein unterirdischer Tank, eine Leitung oder Munition explodierte. Die rauchenden, dunklen Flecken, verteilt über verkohlten Wiesen und Feldern, waren vielleicht Menschen oder Tiere gewesen. Ihre zerfließenden organischen Formen verrieten sie. Die Hänge des Tals, die einmal ein Wald gewesen sein mussten, waren überzogen mit schwarzen, schwelenden Stümpfen, über denen Aschewolken standen. Wo das Tal sich zur Ebene weitete, ließen die Aufwinde der Brände hohe Flammen wie endlose Weizenfelder hin und her wogen. Und hinter den Flammen lagen weitere Brände, orange-rot die einen, die anderen weiß-blau und nur durch das Flimmern der Hitze zu erkennen, die sie abstrahlten. Am Ende der Welt, hinter dem Tal, hinter der Ebene, färbte sich der Horizont wieder rot wie bei einem Sonnenuntergang.

Tom spürte die Hitze im Gesicht, das rauchige Brennen des Durstes in der Kehle. Die Luft war erfüllt von Rußflocken und von Knistern und Knacken der tausend Brände, das wie das Rauschen der Brandung in Wellen über das zitternde Land wogte. Zwei Rußflocken fielen aus der Höhe und wurden Rabenvögel, die ihn umkreisten.

Tom hielt den Speer in der Hand. Es war keine prachtvolle Waffe, kein tödliches Kleinod der Waffenschmiedekunst. Der Speer war schwarz von Alter und Blut, sein Kern war Fichtenholz; der Schaft war bis zur geschmiedeten Spitze mit Runen beschrieben.

Tom fasste den Speer fest und stieß mit dem Schaft auf den Boden, dass die Erde dröhnte. Tom fühlte sich wie ein Gott; unendlich und unbesiegbar. Er wusste, das war sein Werk: Was brennend vor seinen Augen lag, was ausgetrocknet und von der Zeit gebleicht hinter ihm lag. Jeder Gott braucht seinen Weltuntergang, sein Armageddon, seine Apokalypse, seine Ragnarök.

Es fühlte sich richtig an.

Er schaute auf seine Hand, die den Speer hielt. Es war eine alte, eine uralte Hand. Die Adern auf dem Handrücken lagen offen wie Leitungen, die Knöchel waren vernarbt und weiß. Es war eine schwere Hand. Es war die Hand seines Vaters gewesen, dessen Vaters Hand, eine Kriegerhand, eine Mörderhand, eine Gelehrtenhand, eine Hand, die durch die Zeit fasste und jetzt seine war.

Die Hand eines alten Gottes.

Es fühlte sich falsch an.

Dann klingelte ein Telefon.

Das Klingeln bohrte sich immer tiefer in sein Bewusstsein, penetrierte sein Trommelfell, zerrte an den Synapsen.

Tom tauchte aus der Tiefe seines Traumes auf.

Das Telefon klingelte immer noch.

Tom lag in seinem Bett, eine mächtige Morgenlatte hatte aus der Decke ein Zelt gebaut, ein kleines Zittern lief durch seinen Körper. Die Kraft, die er in seinem Traum gespürt hatte, war noch da. Er hatte einen Brummschädel erwartet, das bekannte Gefühl von Müdigkeit und trockenen Augen, das ihn seit einigen Monaten am Morgen begleitete.

Nichts dergleichen.

Das Telefon klingelte einfach weiter. Es war nicht sein Handy, das tot und ohne Strom neben dem Bett lag. Es war das Festnetztelefon. Es hatte ewig nicht mehr geklingelt.

Er folgte dem Ton und fand es im Bücherregal.

»Hallo?«

Er vernahm eine aufgeregte Delphine. Sie habe gestern in der Kaffeekirsche angerufen. Da sei niemand rangegangen. Er sei auch nicht ans Handy gegangen. Heute sei ihr eingefallen, dass er ja noch das Festnetztelefon habe.

Was mit der Kaffeekirsche sei, wollte sie wissen. Ob er jetzt jemanden für den Morgen habe?

»Nein, habe ich nicht. Wie spät ist es denn?«

Es war zehn Uhr sechsunddreißig, sie habe es vorher schon wieder auf dem Handy versucht.

»Nicht aufgeladen. Vergessen.«

Sie wollte wissen, ob alles okay sei mit ihm und zu Hause.

»Klar«, sagte Tom. »Habe nur verschlafen ...«

Verschlafen. Das war ihm seit Jahren nicht passiert. Auch richtig schlafen nicht – jedenfalls nicht, seit Delphine weg war. Dann fiel ihm ein, was in der letzten Nacht passiert war; er sah die Briefe und Fotos auf dem Sofa, den leeren Pappkarton, den vollen Aschenbecher, die durchgesuchten Unterlagen seines Vaters vor dem Bücherregal. Es hatte gewittert, er war oben bei Claudia, gewesen. Sie hatte gesprochen! Aber das musste Tomas erst einmal selbst klären; das war sein Leben – auf 'ne Art, plötzlich irgendwie wieder. Das ging Delphine nichts an. Noch nicht jedenfalls.

»Alles gut bei dir?«

Bei Delphine war alles richtig gut. Die Mitstudenten, ihre Professorin für neue Geschichte, eine Peruanerin. Und da war noch eine Sache, von der Delphine erzählen wollte, sie wusste nur nicht so recht, wie, und vielleicht war das Telefon auch nicht das Richtige ..., außerdem hatte sie das Gefühl, dass mit Tom was nicht stimme, sie konnte sich nicht erinnern, dass Tom jemals vergessen hätte, die Kirsche aufzuschließen. Delphines Stimme klang besorgt. Ob doch irgendwas sei, wollte sie wissen, da er komisch sei, abwesend wirke.

»Nichts passiert.« Erwiderte Tom.

Es klingelte an der Tür, nachdrücklich.

»Hörma, Schatz!« Sagte Tom. »Es klingelt. Ich muss mal aufmachen. Ich rufe dich später wieder an, versprochen!«

Delphine sagte noch was, aber da hatte Tom schon aufgelegt.

Das Klingeln an der Tür war durch engagiertes Klopfen abgelöst worden.

Tom ging durch den Flur, öffnete die Tür mit einem Ruck und hätte beinahe Ferdas Faust auf der Brust gehabt.

»Aman allaîm!« Rief Ferda. »Hast du mich erschreckt! Alles gut bei dir?«

Sie musterte Tom, der im Unterhemd und unten ohne vor ihr stand, und schlug kichernd die Augen nieder.

»Könntest du dir vielleicht eine Hose anziehen?«

»Oh.«

Tom zog sich hinter die Tür zurück.

»Tut mir leid, habe verpennt ...«

»Und gestern?« Wollte Ferda wissen.

»Was gestern?«

»Du hast die Bar gestern nicht aufgemacht, bist nicht ans Telefon gegangen ..., ich war oben bei Claudia, sie hat gesagt, dass du vorgestern Abend, wohl eher in der Nacht, noch bei ihr warst und einen ziemlich verstörten Eindruck gemacht hast ...«

»Du warst bei Claudia?«

Tomas streckte den Kopf wieder vor, hatte das Gefühl, dass sich oben im Treppenhaus was bewegte.

Ferda nickte.

»Klar.«

»Die Eremitin ist beliebt, was?«

Tom fasste an seine Brille, die er nicht aufhatte.

»Was für ein Tag ist heute?«

Ferda sagte, dass es Donnerstag sei und die Kaffeekirsche gestern geschlossen gewesen sei, weshalb Elvira und noch ein paar andere Stammgäste sich an Claudia gewandt hatten, die dann Ferda anrief, weil sie Tom nicht erreichen konnten und Tom Claudia den Schlüssel von seiner Wohnung weggenommen hatte.

»Alles klar«, sagte Tom.

»Was meinst du mit ›alles klar‹?«, wollte Ferda wissen. »Wenn ich dich so anschaue, dann scheint nichts ›alles klar‹ zu sein, oder?!«

»Ich glaube, ich musste mich mal ausschlafen«, gab Tom zur Antwort. »Das meint ›alles klar‹. Du hast die Bar aufgemacht?«

»Du meinst, du hast den ganzen gestrigen Tag verschlafen? Nichts mitgekriegt? Abgefahren. Scheinst es echt nötig gehabt zu haben. Als wir dich gestern nicht erreichen konnten, dachte ich mir, ich bin mal lieber heute Morgen am Start.«

»Großartig, Ferda, großartig! Danke.«

»Ja, klar, zieh dir mal was an.« Ferda nickte grinsend. »Aber dann komm bitte ganz schnell, irgendwas ist komisch heute!« Erklärte sie. »Ich gehe wieder runter. Bis gleich!«

»Was ist komisch?«, wollte Tom wissen.

»Leute!«, rief Ferda nach oben. »Die Leute!«

Als Tom eine halbe Stunde später voller Energie, frisch geduscht und rasiert die Straße betrat, floss der Verkehr entspannt Richtung Mittag, der Himmel war wie blank geputzt und links und rechts neben der Kaffeekirsche standen zwei adrette junge Männer in polierten schwarzen Schuhen, weißen Hemden mit dünner, schwarzer Krawatte und gescheiteltem Kurzhaarschnitt. Ihnen gegenüber, gegen den Bulli mit dem »Nazis verhindern!«-Schild gelehnt, standen zwei Kämpfer aus Arnes Truppe mit verschränkten Armen und angewiderten Gesichtern.

»Guten Tag, Herr!«, grüßten die beiden Geschniegelten.

Tom zuckte kurz zusammen, schaute zu den Rote-Hilfe-Boys. Der eine spuckte auf die Straße, der andere hob den rechten Zeigefinger aus der Faust.

»Was sind das für Leute vor dem Laden?«, wollte Tom wissen und schlürfte den ersten Schluck des heißen, bittersüßen Getränks, dass Ferda ihm hingestellt hatte – doppelter Espresso, kleines Schäumchen, Löffelchen Rohrzucker. Zucker machte Koffein erst sexy.

Statt zu antworten, nickte Ferda mit dem Kopf nach links und flüsterte: »Der sitzt hier, seit wir aufgemacht haben!«

Am Fenster, auf einem der Barhocker, saß ein großer blonder Kerl vor einer leeren Tasse Cappuccino und schaute entspannt aus dem Fenster. Er trug eine graublaue Arbeitslatzhose mit Kniepolstern, seine Arbeitsjacke lag sauber gefaltet über dem Sideboard, zu seinen Füßen stand eine nagelneue Werkzeugtasche. Er sah aus wie das männliche Model für einen Handwerkerkatalog.

Tom kratzte sich am Nacken; ein eigentümliches Gefühl der Vertrautheit juckte dort. Er ging rüber, fragte, ob der vermeintliche Handwerker noch einen Cappuccino mochte.

»Nej tack!«, sagte der Blonde und strahlte Tom an.

»Okay«, sagte Tom und hatte das Gefühl, sich höflichkeitshalber vorstellen zu müssen.

»Tomas!«

Er überlegte kurz, ob Tomas Weißgerber oder Tom Ritter von Thal. Ließ es dann bei Tomas.

Der Blonde lachte, zeigte gesunde Zähne, ließ Tomas' Hand in seiner Pranke verschwinden.

»Jag vet!«, antwortete er.

»Svensk?«

Der Blonde lachte.

»Warten Sie auf wen?«

»I have a job to do.«

Er nickte Tom zu, als würde das alles erklären.

Ferda brachte trotz Ablehnung einen neuen Kaffee. »Interessanter Typ«, flüsterte sie Tom zu, als sie wieder hinterm Tresen standen. »Richtige Mischung aus Kraft und Sensibilität. Ich sollte ihn bitten, für mich zu modeln.«

»Ich dachte, du malst nur noch Vaginen?«

»Das mit dem Modeln ist ein Trick.«

»Okay, hier ein Modelhandwerker, der auf seinen Job wartet. Und was sind das draußen für welche?«

»Was sind denn das da draußen für welche?«, fragte Khalid, der gerade hereinkam und die Croissants brachte, für die er heute Morgen noch keinen Abnehmer gefunden hatte. Khalid war ein gut aussehender, drahtiger Syrer, irgendwas zwischen vierzig und fünfzig, viel Grau im schwarzen Haar. Er betrieb eine Hinterhofbäckerei zwei Straßen weiter. Machte nur Croissants. Es waren die besten der Stadt; auf alle Fälle die besten in Moabit.

»Die einen sind die Jungs von Arne. Für die habe ich bezahlt. Und die anderen – keine Ahnung!«

»Nazis!« Khalid nickte. »Ich bin an denen so vorbei mit meiner Stiege und die so: Deutschland! So gezischt *Deutsschland* – mit *SS*!«

»Sehen aus wie Identitäre.«

»Was is das?«

»Nazis mit Umgangsformen«, erklärte Ferda.

»Österreicher«, ergänzte Tom.

»Wann hast du denn heute aufgemacht, wenn Khalid die Croissants erst jetzt bringt?«, wollte Tom von Ferda wissen.

»Sieben war jedenfalls noch zu!«, erklärte Khalid. »Ich wollte die Croissants nicht draußen stehen lassen!«

Khalid lieferte jeden Morgen die frischen Buttercroissants aus. Sein Geheimnis war der opulente Umgang mit frischer Butter. Das hatte er in Toulouse gelernt. Gewöhnlich stellte er die Stiege mit den Backwaren einfach vor der Tür ab, bis Tom dann den Laden aufschloss und sie hereinholte. Aber gestern war die Kaffeekirsche eben geschlossen geblieben und die Stiege von Passanten geplündert worden. Manche hatten sogar bezahlt, erzählte Khalid.

»Sieben ist nicht meine Zeit!«, erklärte Ferda entschuldigend lachend. »Das weißt du auch. Sieben ist eine Zeit für weiße Deutsche mit Stock im Arsch!«

»Oder für fleißige Araber!«, ergänzte Khalid. »Solange ich mich erinnern kann, war die Kaffeekirsche nie geschlossen. Selbst an dem Tag, an dem Delphine nach Lissabon geflogen ist, hast du aufgemacht! Was war los?«

»Familienbesuch«, erklärte Tom.

Ferda und Khalid rissen synchron die Hände in die Luft.

»Ah ... Familie! Wer ist gekommen?«

»Mein toter Großvater und der Rest der Sippe – väterlicherseits.« Tom senkte den Kopf, flüsterte: »Mein Großvater – er war ein übler Nazi.«

»Was sollte er denn sonst gewesen sein?«, fragte Ferda. »Waren nicht alle Deutschen irgendwann Nazis? Das ist doch euer Problem, oder? Traumata, ramtata! Mit Millionen im Widerstand wäre es ja wohl nicht so weit gekommen, oder?«

»Sein Geist hat dich besucht?«, wollte Khalid wissen.

»Ja, kann man so sagen«, erwiderte Tom.

»Wenn der Körper schläft«, sagte Khalid, »dann geht die Seele auf Reisen.«

»Böse Träume, sehr böse Träume«, verriet Tom.

»Oh, oh, oh!« Khalid hob die Hände. »Wenn die Träume schlecht sind, dann behalte sie für dich ... wennse gut sind, dann musst du sie teilen!«

»Krieg«, sagte Tom.

Khalid wusste, was Krieg bedeutet.

»Erzähl«, sagte er.

Tom erzählte von den Briefen seines Großvaters, von dem letzten Bild aus Stalingrad; von seiner Nacht im Luftschutzbunker, von der Frau, auf die er gefallen war, vom Geruch nach Angst und Fusel, nach verbranntem Fleisch.

»Das Paket sah komisch aus!«, bestätigte Ferda. »Ich war auch froh, als du es vorgestern noch geholt hast. Hat meine Vagina irgendwie verkrampfen lassen!«

»Allahu akba!«, Khalid schlug die Hände vors Gesicht. »Aber du hast nie einen Bombenangriff erlebt, oder?«

»Nee«, sagte Tom. »Nicht in diesem Leben.«

»Ich schon, Habibi, ich schon.« Khalid nickte ernsthaft. »Kommt mir aber auch vor, als wäre es ein anderes Leben gewesen. Khuwab e pareshan – gestörte Träume – heißt das bei uns.« Khalid stellte seine Tasse auf den Tresen. »An die erinnern wir uns lieber nicht. Und ich sage dir, mein Freund, Vergessen ist was, dafür sollten wir Allah dankbar sein!«

Tom griente.

»Immer, wenn über eine Sache Gras gewachsen ist, kommt ein Kamel und frisst es wieder ab – ist doch ein arabisches Sprichwort, oder?«

Ferda nickte.

»Is' aber ein deutsches Kamel!«

Khalid verabschiedete sich mit einer Umarmung.

Die Dinge liefen gut von der Hand. Tom machte den ausführlichen Schlaf dafür verantwortlich. Er hatte mal davon gehört, dass man auch zu viel schlafen könne, was dann schlapp und vernebelt mache. Aber er schien die richtige Dosis erwischt zu haben; er war voller Energie, dabei entspannt und aufmerksam. Seine Sinne funktionierten besser, auch sein Gehör.

Er musste tausendmal versichern, dass alles in Ordnung war; die Kaffeekirsche hatte ganz wunderbare besorgte Gäste. Ein Hauch von Sensationsgier war auch dabei. Wenn Tom dann erzählte, dass er einfach sechsundzwanzig Stunden geschlafen hatte, konnte er die Sehnsucht von Elvira, Babette, Rainer, Muhamad, Anne-Katrin, Steffan, Stefan und Stephan spüren.

In einer Kaffeebar wünschen sich alle Gäste am meisten, endlich wieder richtig auszuschlafen. Tom ließ sich die Beobachtung auf der Zunge zergehen.

Mit Familie war es ähnlich. Alle wünschten sich eine. Die wenigsten wussten, was es bedeutet. So wurden überall Ersatzfamilien gegründet. Er und Delphine waren die kleinste, nicht mehr teilbare Einheit gewesen. Aber eben nicht nur. Die Erkenntnis erwischte Tom zwischen Kaffeemachen und dem Bestücken des Geschirrspülers. Familie heißt auch, schlafen zu können, dachte Tom, weil du geborgen bist, jemand deinen Schlaf bewacht. Delphine hat Claudia nicht zurückgelassen. Er – er hatte es getan. Er hatte seine Gefühle zurückgelassen. Er hatte so wenig gefühlt! Delphine war der einzige Mensch, zu dem er die letzten Jahre Gefühle zugelassen hatte. In der Gewitternacht hatte er seinen Vater gefühlt. Zum ersten Mal. Er hatte die Trauer gefühlt, keinen Vater mehr zu haben. Er hatte die Trauer gefühlt, vielleicht nie wirklich einen Vater gehabt zu haben. Er hatte das Bedauern gefühlt, es nicht mehr korrigieren zu können. Er hatte die Verzweiflung seines Vaters gespürt, gegen etwas zu kämpfen, was ein Teil von ihm war. So viel Verzweiflung. So viel Schmerz. *Die Erde dieser Welt ist glitschig.* Und vielleicht war das eines der Dinge, die Familie zu etwas so Begehrenswertem machte, dass sie einfach nicht aus der Mode kam – wenn man zu einer Familie gehörte, dann war man mit seinen Entscheidungen der Welt gegenüber nicht allein – egal wie gut oder entsetzlich sie waren. Tom war nicht mehr nur ein Mann mit einem Kind. Er hatte eine Familie.

Hast du eine Familie, hast du zu tun: Er musste Delphine anrufen, er hatte es ihr versprochen! Er musste mit Claudia sprechen. Endlich.

Sein Telefon lag noch ungeladen neben seinem Bett.

»Hast du Delphines Nummer?«, fragte er Ferda.

»Ist der Kalif Muslim?«

Sie zog ihr Telefon aus der Gesäßtasche ihrer Jeans, ließ es entsperren, kippte die Seite mit dem Mikrofon zum Mund und sagte: »Hey, Siri ...«

»Lass das mal mit dem Telefonieren. Wir müssen hier erst mal was klären.«

Arne stand hoch aufgerichtet vor dem Tresen. Er wirkte aufgebracht. Sein Blick verriet nichts Gutes.

»Erkläre mir, was die beiden Nazis vor deiner Tür machen!«, forderte er.

»Keine Ahnung«, erwiderte Tom, der den Auftritt eindeutig zu aggressiv für einen Dienstleister fand. »Aber – wie es so schön heißt: Nazi-Kummer? Rote-Hilfe-Nummer! Also macht sie weg!«

»Würden wir ja«, Arne beugte sich vor und wurde gefährlich leise, »aber sie sagen, sie wären hier zu deinem Schutz. Sie sagen, du wärst der Erbe! Was? Bedeutet? Das?«

Tom atmete tief durch. Das bedeutete es auch, eine Familie zu haben. *Das* bedeutete es, *so* eine Familie zu haben.

»Mein Großvater war ein Nazigeneral. Habe ich vorletzte Nacht erfahren. Ist in Stalingrad gefallen, jedenfalls seitdem vermisst. Also tot. Mein Vater war ein Friedensforscher und -kämpfer. Wer bin ich jetzt, hey? Wer bin ich jetzt für dich?«

»Scheiße!«, sagte Arne. »Das ist total verwirrend. Was ist das mit dem Erben?«

Keine Ahnung, wollte Tom sagen, aber dann war plötzlich Tumult vor dem Fenster. Die beiden Jungs der Roten Hilfe waren endlich, von Arnes Anwesenheit motiviert, aktiv daran gegangen, die Nazis zu vertreiben. Die beiden Krawattenträger hatten mit boxerisch sauber geschlagenen Kombinationen dagegengehalten. Einer der beiden Roten lag jetzt auf dem Bürgersteig, während der andere mit blutender Lippe zu Arne in die Kaffeekirsche floh.

»Angriff! Angriff!«, schrie er.

Die beiden Krawattennazis standen provokativ lässig in der Tür.

»Jetzt tupft's euch!«, schmähte der Größere.

»Sonst gibt's a wengal mea auf's Goscherl!«

»Was machen wir jetzt?«, wollte Arnes Mitkämpfer von ihm wissen und tänzelte nervös herum.

Arne nahm eine von den schönen schweren Cappuccino-Tassen in die Hand, wog sie leicht, schoss dann mit affenartiger Geschwindigkeit herum und schleuderte sie gegen die Nazis.

Die wichen mit beleidigender Lässigkeit aus.

Die Tasse krachte gegen die Wand, prallte ab und zerschlug die kleine Scheibe links von der Tür.

»Fuck!«, knirschte Tom.

Arne wandte sich zu ihm.

»Ja, es wird Schäden geben. Vielleicht zerbricht noch mehr Porzellan. Aber dann findet eben heute und hier die Schlacht zwischen Gut und Böse, Licht und Dunkelheit statt.«

Arne drehte sich wieder seinen Gegnern zu, ließ den Kopf einmal nach links und einmal nach rechts knacken, wie es Boxer vor dem Kampf tun. Dann schob er seinen Mitkämpfer sanft zur Seite.

»Nej. The battle does not take place here today!«

Das Handwerkermodel war aufgestanden. Er war ein wirklich großer Kerl. In Zeitlupe wischte er sich mit der Linken eine blonde Strähne aus der Stirn. In der Rechten hielt er einen lächerlich kleinen Hammer, den er aus der Ikea-Werkzeugtasche genommen hatte.

»Schleich di!«, gab einer der Österreicher kontra.

Arne hatte sich gegen den neuen Gegner gewandt, sein Mitstreiter ebenso. Die Krawattennazis hatten zu ihnen aufgeschlossen. Sie bildeten jetzt eine Front.

Dann geschah etwas Sonderbares und es ging sehr schnell. Die ganze Kaffeekirsche war von einem donnernden Grollen erfüllt, das alles erzittern und das Geschirr klirren ließ. Dann war alles voll Elektrizität. Ein grelles Licht war dort, wo eben noch das schwedische Model gestanden hatte.

Blitze zuckten, alles platzte. Porzellan platzte, Gläser platzten, die Scheiben in der Vitrine platzten. Die großen Schaufensterscheiben bekamen Risse, fielen aber nicht.

Dann war es vorbei.

Arne, sein Kumpel und die beiden Nazis lagen gekrümmt und japsend auf dem Boden.

Völlig starr schauten Tom, Ferda und einer der Stefans, der gerade noch zufällig im Laden war, zu, wie der Handwerker sein Hämmerchen zurück in die Werkzeugtasche legte. Er nahm sie auf, warf sich den Trageriemen über die Schulter, grüßte mit einem freundlichen Nicken, packte mit jeder Hand zwei der am Boden liegenden Antagonisten und pfiff einmal schrill durch die Zähne.

Vor der Tür der Kaffeekirsche erschien ein hölzerner Wagen, gezogen von zwei Ziegenböcken. Der Handwerker warf die schlaffen Körper auf die kleine Ladefläche, schwang sich auf den Kutschbock, schnalzte mit der Zunge und war weg.

17: Associazione Torrefattori Tradizionale Italiani

»Ich fass es nicht!«

Stefan und seine Stimme zitterten. Er war ein Stammkunde und hatte die Bar gerade betreten, als der Tumult losbrach.

»Ich hatte zu viel Schiss zu filmen. Das hätte auf Twitter so was von getrendet, weißt du? Mist, Mist, Mist! Wir reden besser nicht drüber, oder? Sonst stehen wir da wie die Idioten. Das glaubt uns keiner, was hier passiert ist – ohne Film.«

Stefan schüttelte den Kopf, ging wortlos nach draußen, lief fast vor ein Auto, das gerade noch bremsen konnte, und verzog sich kopfschüttelnd.

»Fuck!«, sagte Tom.

»Ich habe doch gesagt, das ist ein interessanter Kerl«, mischte sich Ferda ein. »Ist das wirklich passiert?«

Tom schaute sich um. Das Geschirr war Bruch, die Schaufenster, die Vitrine sowieso. Tom zuckte zusammen. Die Kaffeemaschine hatte es erwischt. Von vorn sah sie noch fast intakt aus, nur dass die Gläser der Barometer gesprungen waren. Aber von hinten war sie aufgerissen wie eine alte Konservenbüchse. Einer der Blitze hatte wohl in die Rückseite eingeschlagen und das Blech des Gehäuses weggebrannt. Drinnen war alles schwarz und verschmort. Die Maschine war das Herz der Kaffeekirsche. Jetzt war es tot. Im Kampf gefallen. Tom drehte sich zu Ferda um und begann zu lachen. Das war ein Tick von ihm. Er konnte nicht anders. Wann immer die Dinge völlig außer Kontrolle gerieten, musste er lachen.

»Ja. Ist wirklich passiert!«

»Das kriegen die bestimmt wieder hin.«

Versuchte Ferda zu trösten, die mit fast jeden von Toms Ticks vertraut war.

Tom schüttelte den Kopf.

»Ich erkenne den Tod, wenn er vor mir steht.«

»Entschuldigung, wenn ich störe«, mischte sich eine schnurrende Frauenstimme ein. »Sind Sie Herr Weißgerber, der Inhaber der Kaffeekirsche?«

Tom ließ Ferda los. Er rückte sich seine Brille zurecht. Sie hatte die Attacke zum Glück unbeschadet überstanden.

Die Frau war eindeutig nicht aus Moabit. Vielleicht war sie sogar nicht von dieser Welt. Sie war ungeheuer attraktiv, auf eine lässige und herausfordernde Art. Die Klarheit, die Souveränität, die Selbstsicherheit ...

»Ja, der bin ich«, erwiderte Tom. »Aber Kaffee kann ich leider keinen anbieten.«

Sie lachte. »Selten so das Gefühl gehabt, in was hineingeplatzt zu sein. Ich bin Maria D'Angelo, die Pressesprecherin der Associazione Torrefattori Tradizionale Italiani, kurz ATTI. Wir müssen die wahre Lehre hochhalten, wenn Sie verstehen. Plötzlich kommen die Amerikaner, die Südamerikaner, die Craft-Röster mit diesen albernen Bärten, sogar die Neuseeländer mischen mit. Da muss die Ehre der italienischen Kaffeekunst mit heißem Herz verteidigt werden. Sie sind in einem internen Wettbewerb zur besten italienischen Kaffeebar Deutschlands gewählt worden. Glückwunsch. Blumen, symbolisch.«

Sie öffnete ihr große, dünne Handtasche, die sie unterm Arm getragen hatte, holte ein Blatt Papier hervor.

»Wir haben gestern den ganzen Tag versucht, Sie anzurufen. Deshalb hier und jetzt mein unbürokratisches Erscheinen. Also, es gibt natürlich auch einen Preis – die neue *Galaxy 3000s mit App-gesteuertem Lichtdesign*. Ich denke, Sie nehmen den Preis an und wir entsorgen gleich die treue alte Maschine, anscheinend von einem Volltreffer aus dem Dasein gerissen. Tragisch. Eine neue Ausstattung Geschirr lass ich auch mitschicken. So, und jetzt kommen Sie!«

Sie streckte ihm ihren schönen schlanken Arm in den roten Handschuhen entgegen.

»Wohin?«

»Zur Preisverleihung. Ein bisschen Pflicht gehört dazu. Nein, sagen Sie nichts wegen falscher Kleidung. Frischmachen können Sie sich im Wagen – es wird wunderbar. Sie sehen so wie der authentische Vertreter der italienischen Kaffeekultur aus – leicht verlottert, aber das Herz auf dem rechten Fleck. Kommen Sie, das Auto wartet. Das Türkenmädchen kann in Zwischenzeit hier aufräumen.«

Sie nickte Ferda aufmunternd zu.

Ferda, so angesprochen, zuckte kurz zusammen und nickte zurück.

»Ich muss meine Tochter anrufen«, sagte Tom.

»Können Sie im Auto machen.«

»Ich habe kein Telefon.«

»Liegt bei Ihnen zu Hause und ist nicht geladen.«

»Woher wissen Sie das?«

»Klassiker.«

Das Auto war ein großer, schwarzer BMW. Die Türverriegelung schloss sich mit leisem Wumms, sobald sie eingestiegen waren. Der Fond des Wagens war mit einem Spiegel als Sichtblende nach vorn abgetrennt.

Maria D'Angelo zupfte sich die Handschuhe von den schmalen Händen und legte Tom eine Hand auf den Oberschenkel. »Nicht nervös werden. Das ist doch erst der Anfang.«

Sie klopfte dreimal mit dem Knöchel gegen die Sichtblende. Der Wagen beschleunigte, wobei Tom angenehm schwer in die weichen, geschmeidigen Sitze gedrückt wurde.

»Lust auf 'ne schöne Nase feinstes Hochlandkokain?«, fragte Maria.

»Bitte?«

»Näschen – Sie verstehen schon.«

»Äh ... nein, glaub nicht«, erwiderte Tom. »Aber wo fahren wir eigentlich hin?«

»In unser Verbandshaus. Am schönen Wannsee. Das wird ein unvergesslicher Abend.«

Tom nickte. Bestimmt, dachte er. Musste ein mächtiger Verband sein, dessen PR-Chefin eine Limousine mit eingebautem Koksfach fuhr. Hatte er jemals vom ATTI gehört? Hatte er nicht. War er je der Mafia auf die Füße getreten? Vielleicht. Die machten jetzt in Franchise; Araber, Libanesen, Hooligans, Russen, jedem seine Mafia. Aber die fuhren dich nicht in der Limo zu einem Treffen am Wannsee und boten dir Koks an. Es sei denn, sie wollten was.

Tom musste hier raus. Er hatte sich überrumpeln lassen. Kein Wunder. Die letzten Tage waren, als wäre das Leben auf Speed mit einem Ereignisfüllhorn hinter ihm her. Und gerade hatte es noch mal richtig Fahrt aufgenommen.

Tom fragte, ob sie vielleicht kurz anhalten könnten, er müsse kotzen. In dem Film ›Der Staatsfeind Nr. 1‹ war der superschlaue IT-Nerd so aus dem Van seiner Entführer gekommen und hatte Hilfe vom FBI geholt.

Frau D'Angelo empfahl, es runterzuschlucken. Sie kannte den Film wohl auch.

Tom schluckte.

Maria D'Angelo klappte aus der mittleren Armlehne einen Spiegel, der unter schwarzem Klavierlack verborgen war; unter einer weiteren Klappe war eine Silberdose mit dem Kokain und daneben ein in Plastik eingeschweißtes, goldenes Ziehröhrchen verstaut. Sie löffelte zwei Häufchen auf den Spiegel, nahm zwei Zierröhrchen, reichte eines Tom, pellte das ihre aus der Folie und zog mit kleinen kreisenden Bewegungen ihr Häufchen weg.

Maria D'Angelo warf den Kopf in den Nacken, schniefte genüsslich, indem sie abwechselnd das eine und das andere Nasenloch zuhielt. Dann lachte sie und drehe sich zu Tom.

»Nicht so schüchtern jetzt. Sie werden es brauchen. Der Abend fängt erst an. Sie sind Anfang fünfzig. Sie waren in den Neunzigern dabei, also haben sie sich nicht so jungfräulich. Auf geht's!«

Was soll man als Entführungsopfer auch tun?

Wenn Tom sich richtig erinnerte, dann hatte zu den besten Drogenmomenten immer eine Spur Verzweiflung gehört, ein schönes Mir-doch-egal-Gefühl, eine epische Nach-mir-die-Sintflut-Stimmung.

Jetzt also.

Tom nahm seine Brille ab, damit sie ihm nicht von der Nase rutschte und ins Koks fiel, legte sie auf der Mittelkonsole ab und beugte sich demutsvoll nach vorn.

Es war das beste Koks, das er seit Jahren gezogen hatte. Sanftes Brennen, tiefer Atem, große, souveräne Gelassenheit. Weltwissen. Die innere Labermaschine sprang an: »Als ich einmal Koks in Havanna gekauft habe und dachte, das überlebe ich nicht, mit der Blonden, wie hieß sie noch mal, trug immer einen Anal-Plug mit Fellschwanz, damals auf dem Klo im Cibo Matto in der Rosenthaler, Gott, ist das lange her.«

Maria D'Angelo sagte im leichten Plauderton: »Ich liebe die Idee von Kokain. Allein schon die Vorstellung, dass sich arme Menschen das Zeug in den Arsch schieben, damit reiche Menschen es sich durch die Nase ziehen können, ist fantastisch! Und dann das Rattending – kennen Sie? In einem Experiment haben die Ratten die Wahl zwischen Koks und Futter. Die Ratten wählten immer wieder das Koks und verhungerten. Ich habe den Film ungefähr hundertmal gesehen. Großartig, oder?«

Tom hatte eine sanften Mümmelflash, würde gern irgendwas mit seinen Händen machen, wusste aber nicht was.

Die Hand von Maria lag heiß auf seinem Oberschenkel.

»Lieber Tomas«, sagte sie. »Das wird jetzt für dich vielleicht etwas bizarr. Aber schau mal da drüben ...«

Tom folgte mit dem Blick der gedeuteten Richtung aus dem Fenster der Limousine; Dönerläden und

Spielhallen wechselten sich ab. Tiefer Wedding. Warum sollte er dahin schauen? Was hatte diese Frau vor? Bestimmt hatte er gerade einen roten Punkt auf der Stirn. Laservisier eines Scharfschützen. Peng. Eine Gruppe junger Menschen mit Migrationshintergrund hing neben einem weißen BMW M3 ab, ein Neonlicht flackerte.

»Kannst wieder!«

Marias Hand klatschte kräftig zurück auf Toms Bein. Er zuckte zusammen, sein Blick ging rüber.

»Oh ... piss die Wand an!«

Neben Tom saß ein Mann mittleren Alters, der ihn aus einem braunen und einem blauen Auge neugierig anschaute und Toms Fassungslosigkeit spöttisch lächelnd ertrug. Der Mann war schlank, trug seine schwarzen, von grauen Strähnen durchzogenen Haare kurz geschnitten. Der Schnitt seines Gesichts war streng, sein Mund kannte neben Spott auch Genuss. Seine langen, schmalen Hände hatte er vor der Brust zusammengelegt, um sein kräftiges Kinn auf den Fingern abzulegen. Bekleidet war er mit einem schwarzen Mantel.

»Überraschung! Weißt du, mein Herr Ritter von Thal, ich wollte es erst langsam angehen lassen, dich mehr so hinführen ..., aber ich konnte mir den BÄÄM -Moment einfach nicht verkneifen! Gestaltwandel gehört zu den Dingen, die ich am meisten liebe. Einmal, ist schon eine Weile her, war ich eine Stute und habe dem Chef Sleipnir, sein Pferd, geboren ... großartige Erfahrung. Selbst Frau zu sein, ist was ganz anderes, als nur ein Stück in einer zu stecken, wenn du verstehst ...«

Er streckte Tom seine schmale Hand entgegen.

»Ist mir ein Vergnügen, mein Herr Tomas Ritter von Thal, Sohn von Johann Friedrich Ritter von Thal, Enkel des Generalmajors Wilhelm Friedrich Ritter von Thal. Ist mir eine Ehre, die Familie kennenzulernen.«

»Wer ... was sind Sie?«

»Entschuldigung, ich habe mich noch gar nicht vorgestellt: Loki von Laufey, Blutsbruder des Wodans, Herr des Sowohl-als-auch, Meister der Ambivalenz, Dreher des Rades.«

Tom hatte sich so weit in die Ecke seines Sitzes zurückgezogen, wie er konnte. Das Ganze war ohnehin schon absurd genug, aber die neue Wendung war absolut verstörend; war das Koks mit Peyote verschnitten, mit DMT angereichert? Hatte ihm irgendwer Pilze in den Kaffee getan? Panik wallte in ihm hoch. Er begann zu schwitzen. Saß er wirklich im Fond dieser Limousine? Oder irgendwo auf einer Parkbank oder zu Hause? War das alles nur die Simulation eines gigantischen Quantencomputers? Warum fiel ihm nur solcher Schwachsinn ein? Automatisch griff seine Hand nach dem Türgriff, versuchte, ihn zu öffnen. Wann hatte das angefangen? Begann der Trip, als das Handwerkermodel in der Kaffeekirsche erschien, sich Arne mit den Krawattennazis verbündete; hatte es das Paket mit den Briefen und Tagebüchern wirklich gegeben? Die alte Frau auf der Parkbank – plötzlich schien es ihm, als würde er sie verstehen können. Sie sagte seinen Namen; *Ritter von Thal, Blut Wodans, wir brauchen deine Hilfe, deine Familie braucht deine Hilfe …*

Loki griff über ihn hinweg, nahm Toms Hand vom Türgriff und legte sie in seinen Schoß. Er machte das sanft.

»Keine gute Idee während der Fahrt«, erklärte er. »Mein Herr, du hast Erfahrung mit psychoaktiven Substanzen und das hat dich arrogant gemacht. Du denkst, du weißt alles, hast schon alles gesehen.«

Tom nickte.

»Das hier ist was anderes. Es mag dich erschrecken, es kommt dir vielleicht absurd vor und du denkst, dir hätte jemand Pilze in den Kaffee getan oder im Koks war DMT. Alles sauber. Das Verrückte ist: Wenn ich dir erzähle, was hier gerade läuft, wirst du mir nicht glauben.«

Herr von Laufey ließ seine rechte Hand beruhigend auf Tomas Händen liegen. Er drehte sich zu Tom hin, hob die Linke, nahm ihm vorsichtig die Brille von der Nase, drückte die Handinnenfläche gegen seine Stirn und Toms Kopf damit ans weiche Leder der Kopfstütze, bis es nicht mehr weiter ging.

Die Stimme kam von überall.

»Du musst es erfahren. Willkommen in der größeren Wirklichkeit.«

Toms Augen kippten nach oben weg. Er sah ein Weizenfeld in voller Reife; zwei Reiter kamen über die Wiese. Eine Frau und ein Mann. Mit dem Trommeln der Hufe wehte ihr Lachen herüber. Die Frau war seine Großmutter. Tom erinnerte sich an das Foto von ihr hoch zu Pferd. Es war im Paket. Der Mann war ihr Partner, ihr Gefährte. Er trug eine Augenklappe und einen weiten, grauen Mantel, der ihn wie ein Umhang umwehte. Jede Bewegung der beiden verriet sie. Sie waren jung, sie waren stark, sie leuchteten. Der Mann war Wodan, Herr der Welt, allwissend, allweise. Tom wusste es, spürte es. Schnitt.

Tom stieg den Traumhügel hinauf, hinter dem das brennende Tal, die zerstörte Welt lag. Tom trug einen grauen Mantel, er sah die Welt nur durch ein Auge, in seiner Hand lag der Speer. Vor ihm im Tal wüteten die Feuerriesen. Das Gleichgewicht war in Gefahr! Er warf den Speer. Schnitt.

Er stand auf dem Hügel. Vor ihm in der Weite lag Stalingrad, der Dnjepr war ein Band von glühendem Quecksilber in der Morgensonne. Dann brach die Hölle auf.

Er warf den Speer nicht.

»Ahhh ...!«

Tom schrie, schnellte nach vorn, die Augen weit aufgerissen.

»Alles klar«, sagte er. »Alles klar.«

»Was ist klar?«

Herr Laufey schaute interessiert zu Tom, das spöttische Lächeln wie gemeißelt. Er löffelte gerade beherzt in die Koksdose und bereitete zwei weitere Lines vor.

»Voll der Download! Sie sind Loki, der Trickster-Gott ..., für eine ziemliche Weile an den Felsen geschmiedet, wenn ich mich an die Geschichte richtig erinnere. Wie war das so?«

Laufey winkte ab.

»Und Sie kommen erst wieder frei, wenn Ragnarök ansteht, oder? Sorry, ist schon eine Weile her, dass ich die Edda gelesen habe; ist jetzt alles eher von Disney überlagert.«

»Das mit Ragnarök wird zu hoch gehängt. Die Welt geht jeden Abend unter und wird am Morgen neu geboren. Aber der Rest stimmt so. Was noch?«

Tom schwieg.

»Du hast es gesehen!« Laufey beugte sich entspannt elegant zur Mittellehne. »Und was noch viel wichtiger ist – du spürst es!«

Er zog seine Line weg.

Tom tat es ihm nach. Wenn es stimmte, was er zu sehen glaubte, dann war sowieso alles anders. Er war was anderes.

»Und nun?«

»Nun geht's ans Werk! Eine Sache noch.«

Laufey zog noch mal durch.

»Erstens: Es wird keine Preisverleihung geben – nur damit du nicht enttäuscht bist, mein Herr. Zweitens: Es wird gleich alles etwas formeller. Die Art, wie wir jetzt hier zusammen abhängen, die vermeiden wir im offiziellen Rahmen. Manches wird dir vielleicht etwas pathetisch vorkommen. Ihr aufgeklärten, neuen Menschen seid ja jetzt immer eher so ironisch unterwegs, aber so will es die Tradition. Haben wir uns verstanden?«

Füttere mein Ego, dachte Tom, einen alten Song der Einstürzenden Neubauten im Ohr, füttere mein Ego, ja.

»Klar. Mit Pathos.«

Und dann, einer der Krawattennazis, die, von der Sichtblende verborgen, die Limousine gefahren hatten, hielt Tom gerade die Tür auf, fragte er:

»Um was geht's eigentlich?«

»Kleine Sache. Du musst den Speer werfen!«

Kleine Sache das, dachte Tom, aber besser mit Brille.

Er beugte sich noch mal in den Fond der Limousine und fischte seine Brille von der Mittelablage, wo er sie zum Koksen abgelegt hatte.

18: Der Speer

Er wuchs Tom in die Hand, kaum dass er ihn berührt hatte, saugte sich an seine Handfläche wie mit tausend Saugnäpfen, drang mit Millionen von dünnen Tentakeln in ihn ein. Kalter Schauer kroch Zelle für Zelle durch das Gewebe, kroch durch die Mittelhandknochen, durch das Gelenk, den Unterarm hinauf Richtung Schulter. Tom wollte sich dagegen wehren, wollte ihn abschütteln, versuchte es mit allem Willen, aber es gelang ihm nicht.

Der Schauer war mächtig.

Er fühlte sich ausgeliefert, verloren.

Er war eine Energie, ein Wesen von kriechender, böser Intelligenz. Alles, was Tom tun konnte, war zuzuschauen, wie er von diesem schwarzen, kalten Ding übernommen wurde, das im Speer gelebt hatte, der Geist des Speeres war.

Gungnir sah nach nichts Besonderem aus; keine Steine, kein Gold, kein filigranes Kunsthandwerk. Die Speerspitze war vielleicht einen halben Meter lang; verrostetes, angefressenes Eisen. Der Schaft war schwarz von Alter und Blut. Die eingeritzten Runen waren nur noch mit den Fingern zu lesen. Was darin hauste, war alt, mächtig und grausam. Und es wollte nicht weniger, als der Welt zu zeigen, was es war.

Nicht mal eine halbe Stunde zuvor hatte die Limousine Tom zum Haus am Wannsee gebracht; dunkle Bäume mit mächtigen Schatten standen jetzt dort, wo früher lächerliches Ziergesträuch und ein weißer Brunnen die wohlhabende Geschmacklosigkeit der Besitzer demonstriert hatten. Fackeln beleuchteten die Einfahrt. Männer in schwarzen Hemden und mit den Bewegungen von animierten Zinnsoldaten standen Spalier.

»Echt jetzt?«, hatte Tom Laufey gefragt.

Der hatte nur mit den Schultern gezuckt und erklärt, man müsse eben mit dem Material arbeiten, das da sei.

Das Material bemühte sich um Tom, kaum dass sie ausgestiegen waren.

»Heil dem Erben!«

Ihm wurde Bier angeboten, Mettschnittchen gereicht.

Tom hatte keinen Hunger. Das war das Koks. Es saß noch in seinen Kiefermuskeln fest und mahlte leise. Er hatte Durst. Das Bier schmeckte fade. Er stellte es zurück auf das silberne Tablett, dass eine der Aufziehpuppen für ihn hielt.

»Was denken die, wer ich bin?«

»Heil dem Erben!«

Zusammengeschlagene Haken, vorgestreckte Kinne; Finger an der Hosennaht, Arsch zusammengekniffen.

»Heil dem Blut!«

Laufey nahm Tom sanft am linken Oberarm und schob ihn die Treppe hinauf ins Haus. Im großen Saal saßen Männer in Schwarz in langen Reihen an großen Tischen. Einer von ihnen war vielleicht einmal Herbert Kummer gewesen, ein anderer Steffi Greifen. Jetzt waren sie ein Wille, ein Volk. Vor ihnen stand Bier in Krügen; der Saal wurde von zwei riesigen Kandelabern beleuchtet, die Schattenspiele an den Wänden aufführten.

»Der Lehrer! Der Erbe!«

Die Männer erhoben sich wie ein einziger Mann, als Tom und Laufey den Saal betraten.

Eine Trommel begann zu schlagen, eine zweite und dritte gesellten sich dazu. Der schwere, stumpfe Rhythmus erschütterte Tom bis ins Mark. Er zwang dem Herzen sein Stampfen auf, wollte sich über das Denken legen, die Füße zum Gleichschritt verführen.

Die Treppe von der Terrasse zum See war weiter und größer geworden, seit Laufey das Haus ganz übernommen hatte, der Weg dahin länger. Die gefallenen Helden der Bewegung standen dort als Skulpturen aufgereiht.

Carsten Falter: Niemals vergessen.
    Wolf Landsky: Ehre sei mit ihm.
    Dr. Kotschynski: In ewiger Treue.
    Bernd Schaller: Der Erste unter Gleichen.

Auf der Mitte der Treppe beschied Laufey Tom, stehen zu bleiben. Hinter ihnen kamen die schwarzen Kolonnen her, gingen schweigend links und rechts an ihnen vorbei und bauten sich u-förmig am Fuß der Treppe um die Blutbuche auf. Der Baum war mit Bändern und Tierschädeln geschmückt. Am stärksten Ast des Baumes, nach Osten zeigend, hing, an den Füßen aufgehängt, die gedörrte Leiche von Lutz Grind. Der Wind und das ständig unter ihm in der Schale glimmende Feuer hatten ihn mumifiziert und so leicht gemacht, dass er in der Abendbrise hin und her schaukelte wie ein bizarres Mobile. Ein großer Rabe saß auf dem Ast und schaute interessiert zu Tom herüber. Zwischen Baum und Treppe, auf einer grauen Steinplatte, die wohl als Altar diente, lag der Speer wie eine ausgestreckte, alte, schlafende Schlange. Es musste der Speer sein. Tomas Ritter von Thal erkannte ihn. Ein Teil von ihm erkannte ihn; morphogenetisches Feld, Quantenerinnerung, DNS-Abdruck.

Die Szenerie war theatralisch-gespenstig. Sah aus wie eine TV-Dokumentation zum Thema »Die okkulten Praktiken der Nazis«. Keine Fahnen. Aber das Feuer, die Nacht, die Männer, der Tod waren echt. Tom kam die ironische Distanz abhanden, hinter der er sich verstecken könnte. Er spürte, wie Panik in ihm aufstieg.

Laufey schien das auch gespürt zu haben.

»Trink das!«

Er hielt Tom ein kleines Glasfläschchen an den Mund, dass er aus seinem Gewand gezogen hatte.

»Das wird dir guttun!«

Ein stechender Schmerz fuhr Tom in die Nase, als Laufey ihm das Glas an die Lippen hob. Mit einem ungewollten Reflex schlug er ihm den Flakon aus der Hand. Er flog in hohem Bogen davon und zerbrach auf der untersten Stufe der Treppe.

»Aua!«

Tom rieb sich die Lippe.

»Was war das?«

Laufey schaute Tom aufmerksam von der Seite an.

»Ein Stärkungsmittel ... Alraune, Mistel ...«

Drei Trommler hatten links und rechts von Tom und Laufey auf den Stufen Aufstellung genommen und schlugen mit stoischem Gleichklang auf die Felle.

Laufey klatschte in die Hände.

»Den Speer!«, befahl er.

Vier Männer traten hervor, hoben die Steinplatte an und trugen sie zu Tom und Laufey. Die beiden vorderen gingen in die Knie, die beiden hinteren hielten die Platte mit gesenkten Häuptern in Hüfthöhe, sodass die Platte perfekt waagerecht vor ihnen lag.

»Der Erbe des Speers, das Blut unseres Herrn!«, verkündete Loki.

»Heil dem Erben!«

Schallte es die Treppen hinauf.

»Los, nimm das Ding!«

»Und wenn ich es nicht bin?«

»Du bist es.«

Loki nuschelte durch die geschlossenen Zähne: »Wir haben den Bluttest gemacht – der Schnitt an deiner Hand, diese seltsamen Gestalten vor ein paar Tagen in deinem Laden – du erinnerst dich? Nimm jetzt das Ding, sonst stehen wir noch ewig hier!«

Tomas fasste den Speer.

Der Speer fasste ihn.

Die Trommeln schlugen.

Loki beobachtete, wie der Speer Tom zu übernehmen begann. Das war der entscheidende Moment – hielt der Erbe dem Speer stand oder war sein Blut schon so verdünnt, dass der Speer ihn austrinken und nur einen Schatten übrig lassen würde?

Der Kaffeekoch schlug sich wacker.

Was für eine lächerliche Form, sein Leben zu fristen, dachte Laufey. Das hatte ihm von Anfang an nicht gefallen. Keine Würde. Kein Kriegergeist. Aber er hielt stand, immerhin.

Loki hob die Hände zum Himmel.

Die Show begann.

Er stand aufrecht und fest neben dem Speerträger in seinen grauen Mantel gehüllt, die eingewirkten Goldfäden reflektierten diffus das Licht des Mondes, den er hatte aufgehen lassen, das Licht des Feuers, das in der Schale aufflammte. Er ließ seine Augen leuchten. Vom ganzen Ritual war ihm sein innerer Sportpalast-Moment der liebste. Laufey mochte Reden vor Mengen. Aber anders als der Propagandist des Zwerges, dem er damals die schrillen, die ekstatischen Töne geliehen hatte, sprach er ruhig, mit dieser schnurrenden Stimme, die so unwiderstehlich war, dass jeder mehr davon hören wollte.

»Die Welt hat ihren Zauber verloren!«, begann er. »Sie stirbt am Mangel an Magie, an der fehlenden Bereitschaft der Menschen, sich auf das große Wunder des Lebens und Sterbens einzulassen. Sie wollen Leben, immer nur Leben, haben dem Tod den Krieg erklärt und diese Gier nach Ewigkeit frisst sich durch die Wälder, durch die Meere, sogar durch den Himmel. Die Erde wird immer heißer, weil sie die Nacht mit Licht und Lärm zerstören. Sie fürchten die ruhige Kühle, noch mehr die Stille, in der sie nur ihre eigene Leere hören. Kein Gleichgewicht, das sie nicht zerstören.«

Tom hörte die Worte. Sie erreichten ihn nicht. Er kämpfte mit dem Speer. Er konnte ihn nicht fallen lassen. Seine Hand hing an ihm. Aber er konnte sich von dem kalten Dunkel auch nicht übernehmen lassen. So wie im Speer eine unerbittliche Kraft erwacht war, so erwachte eine Gegenkraft in Tom. Er zitterte, schwarze Schlieren zogen über seine Pupillen, sein Atem ging stoßweise, er kämpfte Zug um Zug darum, aber er atmete. Er wehrte sich mit allem, was er hatte. Und als die Kälte bereits begann, nach seinem Herzen zu greifen, Tom schon glaubte, den Kampf verloren zu haben, da übernahm ihn eine alte Gegenkraft, alt wie der Speer selbst, nein, älter noch, viel älter. Sie kam aus der Quelle, in der die Erblinie ihren Anfang genommen hatte, aus dem Nabel Vishnus, dem Erhalter, aus dem reinen Lotus, der in einer süßen Unachtsamkeit Wodan geboren hatte. Sanft war diese Kraft. Ihre Stärke war Legionen.

»Sie haben uns von Anfang an bekämpft. Sie haben uns grausam genannt, weil wir die Opfer für Wodan sterbend in die Buchen gehängt haben. Aber was ist unsere Grausamkeit gegen ihre Grausamkeit? Das Blut der heiligen Opfer hat die Bäume genährt und das Dach der Wälder starkgemacht. Wir geben der Welt, was wir am meisten lieben – unsere Besten, unser Blut; kein Tropfen wurde ohne ein höheres Ziel vergossen. Was tun sie? Sie pumpen das Blut aus der Erde. Sie verseuchen die Flüsse, sie machen aus heiligen Wäldern Holzplantagen. Wir haben Kriege gegen Riesen und Menschen geführt, um die Welt im Gleichgewicht zu halten. Sie führen Krieg gegen die Welt. Sie müssen wieder Demut lernen, sie müssen auf Knien dafür danken, dass sie leben dürfen, statt sich darüber zu empören, dass sie sterblich sind. Das ist die Aufgabe der Götter – das Gleichgewicht aller Welten zu erhalten.«

Loki hielt inne, schaute auf sein Publikum.

Aus dem Dunkel, aus der Nacht, wuchs es ihm entgegen, stand dicht gedrängt, wurde mehr und mehr, hing an seinen Lippen, wollte hören, wollte nicht verstehen, wollte fühlen, wollte ein Stück vom großen Zauber der Welt. Die Drähte begannen zu sirren, Strom floss, die Relais schalteten mit hartem Klacken, die Membranen trugen den Klang der Stimme in die dunklen, engen Täler des Erzgebirges, sodann auf die zugigen Höhen der Alb, in die Biergärten Münchens und in die Vorstädte Hamburgs, überall dorthin, wo Enttäuschung und Verbitterung zu Hause waren, wo der letzte Krieg als verloren galt und die Schuld immer bei den anderen lag; wo Phantomschmerzen durch schnapsschwere Träume geisterten und Herkunft alles war, was blieb.

Tom spürte, wie es an ihm zog, wo die Worte, dem kalten Hauch des Speeres gleich, in ihn einzudringen versuchten. Sie schafften es nicht. Die Wärme aus Tomas Ritter von Thals Herzen war Hitze geworden, wurde Feuer, drängte die Kälte des Speeres aus seinem Körper, aus seiner Hand, drängte sie in den Speer zurück, bis der Schaft selbst unter Toms festem Griff warm wurde.

Es ist nicht die Waffe, die den Unterschied macht.

Es ist die Hand, die sie führt.

Tom wechselte Stand- und Spielbein. Er stand jetzt sicher und fest.

Loki atmete die Sehnsucht seines Publikums ein; die Sehnsucht, nicht mehr allein zu sein, Menge zu sein, der Teil von etwas zu sein, das größer war als der eigene Körper, die eigene Sehnsucht, die eigene Angst, das gefährdete ICH, das eigene Scheitern.

»Ihr habt das Recht, die Wahrheit zu hören. Ihr seid stark genug, die Wahrheit zu ertragen. Die Wahrheit ist: Wir haben furchtbare Niederlagen erlitten. Wir wurden geschlagen. Die ganze Welt hat sich auf uns gestürzt, weil sie das Licht nicht ertragen konnte – das Licht der Freiheit. Völker, deren ganzes Dasein auf Diebstahl beruht, die Knechtschaft in die Welt getragen haben, haben sich zu Richtern über uns aufgeschwungen. Sie haben versucht, uns zum Schweigen zu bringen. Sie haben versucht, uns mit Mammon zu verführen, mit Wohlstand zu knebeln, sie haben uns satt und träge gemacht. Sie sagen, wir wollten nicht mehr glauben, wir wären des Kampfes müde. Sie sagen, wir hätten ein Einsehen gehabt, dass der Kampf sich nicht lohnt, dass das Leben zu kurz sei, um es einer höheren Sache zu widmen als dem eigenen Wohlgefallen und vielleicht einer besseren Aussicht für die Kinder. Aber was für eine Aussicht ist das, die Kinder in ein Sklavendasein hineinwachsen zu lassen, wo ihnen ihre Medien vorspielen, was sie zu wollen haben. So entsteht kein Mut, keine Größe, sondern ein Zwergendasein als Lebensinhalt, unterbrochen von kleinen Fluchten ...«

Loki hielt inne, seine Augen suchten die Blicke, die, nach Erlösung bettelnd, an ihm hingen. Er gab jeder einzelnen Person das Gefühl, zu ihr ganz persönlich zu sprechen.

»Seid ihr müde?«, fragte er leise.

Aus den Volksempfängern knisterte es, aus dem Äther rauschte es, unsicher noch, atemlos, aber aus tausend Kehlen flüsterte es zurück.

»Nein.«

»Seid ihr des Kampfes müde?«

»Nein!«

»Wollt ihr kämpfen?«

Das Flüstern schwoll, wurde breiter, tiefer, ein Rauschen. Darin vereinzelte Jas, kleine Jas, schnell wachsende Jas, ansteckende, mitreißende Jas, dann: Massen-Ja, Ekstase-Ja.

»Ja!«

Tom sah und erlebte das alles aus großer Entfernung, aus großer Höhe. Er konnte die Welt einatmen, spürte das Leben in jedem Molekül. Gerade gab es nichts zu fürchten, keine Müdigkeit, keine Verwirrung. Das was das Erwachte in ihm, es war Liebe. Sie hatte die Kontrolle übernommen, sie hielt den Klang des Kosmos, seine Energie und das Feuerrad in Balance, genau wie die Keule und den Lotus. Tom spürte das alles. Und in dem er einfach so stand, stand er überall und über allem.

Er schaute zu Loki, der sich in Rage geredet hatte.

Das ist das Gefährliche an den Nazis, dachte Tom. Wenn du ihnen zuhörst, gibt es in ihrer Rede immer etwas, was dein Herz berührt; in jedem Menschen wohnt die Sehnsucht nach Zauber, in jeder Seele gibt es einen Schatten, der vor Enttäuschung weint.

Aber statt des Zaubers gab es am Ende immer die gleichen alten Tricks – Blutbad und Stock-im-Arsch. Außerdem logen sie einfach wie gedruckt. Loki setzte dafür die »Goldene Stimme« ein, eine uralte magische Technik, um Menschen in den Bann zu schlagen. Bei Tom verfing sie nicht – jetzt nicht mehr. Wem ein indogermanischer Weltengott als Urgroßvater, der ist immun gegen magische Tricks.

Loki hatte ihm, noch in der Limousine sitzend, die Blutlinientheorie erklärt, während auf der Auffahrt hoch zum schwarzen Haus die Fackeln brannten und die Zinnsoldaten den Weg säumten. Immer wieder hatte Wodan durch die Jahrtausende seine Informationen, seine göttliche DNS unter ausgewähltes Volk gestreut, damit keine Information verloren ging. Obwohl das alles hanebüchen klang, war es die beste aller Erklärungen. Außerdem trifft man nicht oft Menschen, die sich mit dem Schnippen eines Fingers von einer hinreißenden PR-Frau in eine alte, weiße Sagengestalt verwandeln konnten.

»Es wird Zeit, dass wir der Welt die Rechnung für ihre Lügen präsentieren!«, dröhnte Loki. »Wer vermischt, was nicht vermischt werden darf, wer glaubt, sich im Sowohl-als-auch einrichten zu können, wird seinen Preis dafür zahlen müssen. Völker, die ihr Erbe verschleudern, ihre Geschichte vergessen, ihre Ahnen verdammen, werden ihren Preis dafür bezahlen. Wer sein Blut nicht ehrt, die Opfer seiner Ahnen nicht würdigt, seine Geschichte nicht kennt und sein Geburtsrecht für ein Linsengericht verkauft – der wird bezahlen!«

Er wandte sich jetzt direkt an die Menge vor ihm.

»Wollt ihr, dass der Speer geworfen wird?«

»Ja!«, tönte es zurück. »Ja!«

»Wollt ihr diesen Kampf Wodan weihen, dem Allvater, dem Allmächtigen?«

»Jajajajajaja!«

Loki breitete die Arme aus, drehte sich zu Tom.

»Wirf den Speer!«

Tom sah in die Menge, sah über sie hinweg, sah in die Nacht, sah den kleinen Tomas in seinem Bett in Schöneberg, über dem das Dunkel der Nacht zusammenbrach, der von Traum zu Traum ins Bodenlose stürzte, immer tiefer, dorthin, wo es keinen Halt gab, der in seiner Not nach seinem Vater schrie.

Kein Frieden.

»Wirf den Speer!«

Er sah den Vater, seinen Vater, der rasend war vor Ohnmacht, seinen Sohn nicht beschützen zu können vor diesem Alb, der ihn quälte, der jede Nacht wieder kam, der den Vater selbst verzehrte, auch ihn jede Nacht quälte, dass er dem Sohn nicht helfen konnte, sich selbst nicht helfen konnte, die Tür zum Zimmer seines Sohnes zuwarf, um das Schreien nicht hören zu müssen, weil er es nicht ertragen konnte: *Schrei, bis du einschläfst!*

Kein Frieden.

»Wirf den Speer!«

Die Ohnmacht hatte ihn hart gemacht, hart gegen sich selbst, hart gegen seinen Sohn. So weit wie möglich weg von denen, die Schuld daran trugen, so weit wie möglich weg von sich selbst, den verdammten Spuren im Bewusstsein, in der DNS; schuldige Spuren, schuldiges Erbe, verfluchtes Volk.

Kein Frieden.

»WIRF DEN SPEER!«

Da war kein Frieden, nicht in der Menge, die nach Frieden gierte, nicht auf den Podien, auf denen angeklagt und abgerechnet wurde, nicht vor den Kasernen, vor denen die Angst beschworen wurde. Der Frieden lag nicht in den Händen der Frauen, die sich um Tom kümmerten, während der Vater für den Frieden kämpfte, den sie nicht geben und nicht nehmen konnten. Er lag nicht in den Armen der Frauen, von denen Tom Frieden wollte und die es modern, emanzipiert oder nur verwegen fanden, den Jungen zum Mann zu machen, bevor er sicher stehen konnte.

Kein Frieden.

»WIRF DEN SPEER!«

Auf der Suche nach Frieden war aus Ritter von Thal Weißgerber geworden, nicht für Tomas, der war nicht gefragt worden, er hatte sich nicht entscheiden können, aber für seinen Vater, der alle Brücken zu seiner Vergangenheit, zu sich selbst, abgebrannt hatte, für den Frieden, den er doch nicht fand, nicht im Es-war-einmal, nicht im Es-wird-einmal, und dem Jetzt konnte er nicht trauen, denn in dem dröhnte sein eigener Schmerz endlos weiter. Kein Frieden. Er richtete die Walter PPK gegen sich, gegen den Krieg in seinem Herzen.

Kein Frieden.

»Wirf den Speer.«

»WIRF DEN SPEER!«

»WIRF DEN SPEER!«

Den Frieden, den Tom zum ersten Mal in der schwülen revolutionären Vorhölle Nicaragua ahnte, am Ende der Reise in seine eigene Finsternis, in der er verstanden hatte, dass jeder gute Revolutionär auch ein guter Konterrevolutionär sein kann, dass die Linie dünn ist und dass sie mit Blut gezogen wird. Den Frieden, den er aus den Worten eines altes Medizinmannes der Miskito erfuhr, in einem rauen Spanisch, das klang, als spräche die Erde selbst: Die Erde der Welt ist ein glitschiger Grund!

Das war noch nicht der Frieden, aber es war der Beginn des Weges dahin. Jeder kann stolpern, du bist nicht allein dafür verantwortlich. Das sind Menschen um dich, die heben dich auf oder stoßen dich zurück. Das ist die Luft und das Land und die Sonne und da sind die Blumen und in den Blumen ist die Fäulnis und in der Fäulnis ist die Erde und in der Erde sind die Menschen. Sie heben dich auf oder stoßen dich zurück.

Ein Lächeln zog über Toms Gesicht, der Speer fühlte sich leicht an in seiner Hand. Tom sah es: Wenn du nicht das Gute sein kannst, dann sei wenigstens nicht das Schlechte.

»Wirf den Speer, Erbe! Deines Großvaters unsterbliche Armee wird über diese Welt kommen und alle Lüge und Verderbtheit mit Blut von ihr waschen. Wirf den Speer – in deinem Namen, im Namen des Großvaters, im Namen unseres Gottes Wodan, der du auch bist, wirf den Speer!«

Das also ist Familie, dachte Tom, das ist mein glitschiger Grund. Irgendwer aus der Vergangenheit will was von dir, weil jemand Vergangenes was getan hat. Und an dir liegt es, ob es immer so weitergeht in der Familie, oder ob du der bist, der es beendet. Wenn Tom in den letzten Tagen und Nächten von seinem Großvater irgendwas begriffen hatte, dann doch, dass sein Scheißnaziopa bestimmt nicht mehr mit einer unsterblichen Armee die Erde mit Blut reinwaschen wollte. Er war der Mann, der ihm im Feuersturmtraum begegnet war. *Wenn sie dich fragen, sag Nein!* Der Alte wollte Frieden finden. Wenn in Toms wilden Träumen irgendeine Wahrheit gewohnt hatte, dann die: Frieden.

Sag Nein.

Und es ging damit nicht nur um den äußeren Frieden. Am Ende waren alle auf der Suche nach dem Inneren.

»Im Namen Wodans!« Laufey drehte sich zu Tom: »Wirf den verdammten Speer!«

Die Menge dröhnte: ***»WIRF DEN SPEER!«***

Die Menge dröhnte, tobte, stampfte:

»Wirf den Speer!«

Die Menge schrie, stampfte, tobte, dröhnte:

»WIRF! DEN! SPEER!«

Toms Herz, das den Speer die ganze Zeit unter Kontrolle hielt, tat einen schweren Schlag.

»Nein«, sagte Tom.

Er begann zu lachen.

Dafür konnte er nichts. Das war ein Tick, gegen den es kein Mittel gab – Heiterkeit am falschen Ort zur falschen Zeit. Wann immer die Dinge eine Wendung nahmen, die sich der Illusion von Kontrolle entzogen, war Gelächter die Antwort – göttliches Gelächter.

Er lachte lauter, verschluckte sich daran. Das Lachen tat weh, es war kein Scherz.

»Nein.«

Laufey atmete tief durch und drehte sich zu Tom. Er ließ die Hände fallen.

»Okay. Ich schlage vor, wir machen eine Pause und du erklärst mir, was mit dir los ist.«

Er wischte mit der Hand Richtung der schwarz gekleideten Zinnsoldaten, der Blutbuche, dem Wannseeufer, dem Feuer.

Mit einem Mal war alles verschwunden.

»Darf ich fragen, was so lustig ist?«

»Du lügst.«

Loki schaute Tom konsterniert an.

»Ja und? Das ist Politik. Das habe ich dir gesagt. Habe ich es dir nicht gesagt? Ich habe es dir im Auto gesagt – das darf man alles nicht zu wörtlich nehmen. Nur um eine einzige Sache habe ich dich gebeten – wirf den Speer.«

»Mein Großvater will nicht über die Welt kommen, um sie mit Blut reinzuwaschen.«

Loki lächelte wölfisch. »Vielleicht. Aber es geht nicht immer darum, was man will, oder? Er ist Soldat. Er hat einen Eid geschworen. So was bindet – über den Tod hinaus.«

»Mein Naziopa hat seinen Eid gelöst.«

»Der Herr Tomas Ritter von Thal weiß, was sein Großvater getan hat?«

»Ja.«

Tom stieß einmal mit dem Schaft des Speeres auf den Boden; einer Bewegung, der er sich nicht wirklich bewusst war.

Sie standen auf einem Hügel. Unter ihnen im Tal lag eine Stadt. Sie war zu den Rändern hin ausgefranst, Ein- und Ausfallstraßen hatten ein Netz um sie gesponnen, Werbetafeln, stumm schreiend, und Tankstellen leuchteten in Blau, Grün, Gelb und Rot. Der Geruch von Abgasen und Chemie wehte bis zu ihnen hinauf. Mit dem Geruch kam der Lärm, das dumpfe Dröhnen von Maschinen und Motoren, jede Pause, gefüllt mit dem Knistern von Elektrizität, darunter ein breiiger Morast aus synthetisch erzeugter Musik. An den Flanken des Tals, dort, wo einmal Wald gewesen war, standen dicht an dicht Einfamilienhäuser zwischen getrimmtem Rasen. Wo das Tal sich zum Horizont öffnete, war der Blick von Hochhäusern und Fabriken verstellt.

»Ich weiß es«, sagte Tom. »Und ich weiß auch, das ist nicht das, was du sehen willst. Aber es ist jetzt, was ich jetzt sehe, was ich jetzt bin. Die Stadt ist auf Trümmern erbaut. Sie war einmal Magdeburg oder Chemnitz oder Hamburg, Paderborn, Hanau, Würzburg oder Darmstadt. Sie war einmal schön. Sie haben sie in Grund und Boden gebombt – ein Drittel Zorn, ein Drittel Rache, ein Drittel, weil sie es konnten. Davon ist nur der Schmerz geblieben. Schmerz, der sich selbst frisst.

Schmerz macht hässlich. Das ist, was sie jetzt ist. Dieser Stadt wurde auf Gräbern erbaut. Ich bin der Schmerz meines Großvaters, der nicht mal ein Grab gefunden hat, also bin ich das Grab meines Großvaters. Ich bin auch der Schmerz seines Vaters und sein Grab; ich bin der Schmerz meines Vaters und das Grab aus seiner eigenen Hand. Ich bin all dieser Männer Schmerz, ihr Tod, ihr Verderben von Anbeginn. Und darüber, in den Lüften, da liegen weitere Gräber, da liegt man nicht eng. Und jetzt kommst du zu mir, willst meinen Schmerz, willst meinen Tod; das ist das Wesen deines Rades, Loki von Laufey. Es wird mit Blut geschmiert, es wird vom Schmerz getrieben. Am Ende trifft der Speer immer seinen Schützen. Er kehrt in das Herz zurück, das ihn warf, nur das Rad dreht sich weiter. Das muss aufhören, damit es werden kann.«

Der Speer in seiner Hand bäumte sich auf, aber Tom bezwang ihn.

»Was muss aufhören?«

»Das.«

Noch einmal stieß Tomas den Schaft auf den Boden; der Boden dröhnte, die Welt erzitterte. Er wusste, was zu tun war. Wenn du nicht Teil von Gutem sein kannst, dann sei wenigstens nicht Teil von Schlechtem. Wenn die alten Sachsen ihren Göttern nicht mehr trauten, wenn sich die Zeiten geändert, die Gestirne weitergedreht hatten, opferten sie die Götter und opferten sie die Waffen, die ihnen geweiht waren. Sie gaben sie der Erde zurück, den Flüssen und den Sümpfen. Sie schmiedeten keinen neuen Tod aus alten Schmerzen. Sie ließen es gut sein.

Tom drehte den Speer in seiner Hand.

Der Schaft war hart, die Spitze mächtig.

Das Eisen war spröde, der Schaft war riesig.

Tomas Weißgerber hatte eine Entscheidung getroffen und er wusste, dass sie die richtige war: Wodan-Wissen.

»Ich werfe den Speer nicht.«

Er hob die Waffe, drehte sie, hämmerte die Spitze des Speers in die alte Erde; ein Kreischen entwich dem Eisen, als es die Erde berührte – ein Angstschrei. Die Spitze barst, zerbröselte, Rost stob auf, die Silberfäden rissen, der Schaft brach aus der Schaftzwinge, das Holz war morsch, verwittert, von Ehrfurcht und altem Zorn zusammengehalten. Schwarzes Quecksilber, einer Schlange gleich, zuckte zwischen den Trümmern über den Boden, zischte und fauchte und wurde dann von der unendlich gleichgültigen Erde geschluckt.

»Dieses Opfer für den Gott der Götter, dieses Opfer bringt der Gott sich selbst.«

Dann war es vorbei.

Historisch gesehen hatte Tom richtig gehandelt.

Persönlich gesehen war es eine unglückliche Entscheidung.

Ohne Speer war Tom einfach wieder Tomas Weißgerber, Barista und Vater einer erwachsenen Tochter, der im leeren, verlassenen Hause am Wannsee einem vor Wut rasenden Gott gegenüberstand.

»Du hast einen Fehler gemacht.« Sprach der Gott. »Ohne Speer bist du nichts mehr als ein lächerlicher zwölfeinhalb Prozent Wodan – vielleicht kann ich dich entsaften und mir daraus einen stärkeren Sud kochen. Vielleicht spieße ich dich aber auch einfach auf die Mistel und röste dich.« Laufey ballte die Fäuste. »Was für eine verdammte, renitente Familie! Bis mir eingefallen ist, was ich aus dir noch machen kann und wie viel Zeit ich mir dafür nehme, kommst du erst mal in den Schwarzen Abgrund.«

Dann wurde es schwarz um Tom Weißgerber.

Sehr schwarz.

Sehr kalt.

Sehr einsam.

19: In charmanter Gesellschaft

Wir sind nicht allein. Niemand ist das. Wir sind nicht einmal eine Person. Wir sind ohne Anfang und Ende. Wir sind Fäden, die sich durch Zeit und Raum ziehen. Und nur aus dem Winkel unserer vierdimensionalen Raumzeit, aus unserer Sofaecke oder aufblickend vom Schreibtisch, vor der Ampel oder an der Supermarktkasse sehen wir begrenzt aus, fühlen wir uns begrenzt, haben wir Anfang und Ende. Ist der Kopf oben, manchmal, sind die Füße fest auf dem Boden der Illusion, nehmen wir uns in Grenzen wahr – da beginne ich, da beginnt das andere.

Das andere ist Nicht-Ich. Wo Nicht-Ich ist, beginnt die Grenze. Sie muss verteidigt werden gegen das andere.

Kosmisches Gelächter aus jeder Ecke des runden Raumes.

Alles kommt aus dem Nichts. Alles ist Nichts.

Nichts ist alles.

Bunte Fäden ohne Anfang und Ende.

Annehmen. Treiben lassen.

Loslassen.

Tom hatte keine Vorstellung, wie lange er durch das Nichts getrieben war, in das Loki ihn geworfen hatte, um ihn frisch zu halten für spätere Verwendung.

Aber irgendwann begann die schwärzeste Schwärze sich zu öffnen und dann wurde sie bunt. Punkte zuerst, die aufleuchteten und wieder vergingen. Die Punkte zogen sich, dehnten sich, flossen in jede Richtung, wurden Bahnen, die sich unablässig mit anderen Bahnen kreuzten; ein energetisches Gefunkel, ein unendlicher Strom.

Als Tom endlich den Mut fand, sich nicht mehr zu wehren, war er ein Teil davon, war er selbst ohne Anfang und Ende. Aber er sah, wie fragil es war, was die Saite noch hielt; dünn, zerrissen vom Krieg, zerrissen vom Schrecken, zerrissen von Abscheu, nur noch von karmischen Fäden zusammengehalten; Abneigung und Sehnsucht, Verlangen und Verachtung, wechselnde Pole; das Drama, nicht sein zu wollen, was man doch war. Erbe, Kind davon; sein Vaterfaden, seines Vaters Vaterfaden; ausgefranst, gegen sich gedreht, blutig, verschmiert durch die Wucht der gegensätzlichen Ladungen und doch: Er war sein Vater, war der Schmerz seines Vaters, war der Tod seines Vaters, nicht nur im Geist, als intellektuelles Konzept, sondern als Energiemuster, in der Sequenz seiner DNS, als Teil eines Flusses; als Teil der Blockade, die den Fluss zurückhielt. Und wo immer dieser Fluss zurückgehalten, aufgestaut, wo er blockiert wurde, weil irgendwer oder irgendwas nicht annehmen konnte, dass es auch Teil dieser Geschichte war. Immer dann wurden die Ufer überspült, rutschten die Hänge ins Tal, baute sich eine Welle auf, die Dämme brechen ließ, die alles mit sich riss, wegspülte, die Tod und Verwüstung brachte, die Bäume brach, die Kirchturmspitzen mit sich trug, zweitausend Jahre Christentum vom Acker riss, Kuh und Schwein ertränkte und aus Autos bunte Flecken in einer schlammigen Woge machte. Die Zivilisation zu Sumpf verwandelte und sich erst später, sehr viel später, in offener Landschaft wieder verlor, wo andere die Trümmer und den Müll beseitigen mussten, den jede Befreiung in sich trägt.

Ritter von Thal, das war der Name der Mutter, den die Vishnu-Wodan-Linie streifte, streift, sie tat es immer wieder in verschiedenen Raum-Zeit-Klumpen. Auch Götter waren nur schwingende Saiten voller Energie, früh angeschlagen, vom Kosmos aufgeladen, Initiatoren eines späteren Seins: Die Vishnu-Wodan-Linie kreuzte die mittelschlesische Ritter-von-Thal-Linie, gute DNS, kräftige Gene, aufgeladen, mächtige Saiten, verbunden mit Ober- und Unterwelt, mit Vergangenheit und Zukunft. Die Saite hielt sich, der Großvater trug das Schwingen in sich, der Vater trug es in sich, es gab kein Verstecken, man kann in einer vierdimensionalen Welt keine zehn Dimensionen blockieren, jeder bleibt ein Teil von allem; Tom spürte es. Das sind die Bedingungen des Wertens; nichts steht für sich allein, alles ist mit allem verbunden; Sternenstaub und chemische Elemente; Schrecken und Sehnsucht; so wie wir aus Erde und Feuer sind, so sind wir Kinder aus Verlangen und Abscheu.

Tom konnte seinen Vater spüren, noch so viel Schrecken in ihm, die Angst, noch ein Teil des Verbrechens zu sein, das so unvorstellbar unmenschlich war. Die totale Abgrenzung konnte nicht total genug sein, das Getrenntsein von allen, kontaminiertes Menschsein bis in die letzte Zelle; ein Schmerz, der nicht vergehen kann, weil er nicht vergehen darf, weil er immer wieder nur bei sich selbst ankommt.

Was für eine Verzweiflung!

Tom spürte sie. Es war seine Hand, die sich den Lauf der Mauser in den Mund schob, es war seine Zunge, die das kalte Metall schmeckte, es war sein Finger, der den Abzug zog.

Vater!

All die Liebe, die keine Adresse gefunden hatte:

Vater!

Dann ging Tom das Herz auf, war das Herz auch kein getrenntes Ding mehr, sondern ein Strahl, ein Strom, das Schwingen der Liebe durchdringt den Herzschrein aller Wesen, die Saite schwingt. Begehre nichts, alles ist in ihr und alles wirst du aus ihr … Und auf einer Saite schwingend, ist Wodan der brennende Schmerz und die ewige Glückseligkeit.

Gleichzeitig.

Tom verzieh seinem Vater, weil es nur diese Möglichkeit gab, wollte er nicht selbst von der Welle weggespült werden.

Er verzieh ihm die Angst, die Härte, die Unsicherheit, die fehlende Zärtlichkeit, die Belehrungen, die Einsamkeit, die Verlorenheit.

Alles.

Verzeihen geht nur ganz oder gar nicht.

Der Ton im String wurde reiner.

Die anderen Saiten schwangen stärker, der Ton wurde klarer, Dissonanzen lösten sich auf. Ein neuer Raum-Zeit-Klumpen kündigte sich an. Geboren wie alles aus Sehnsucht und Lust.

Tomas, sein Vater, seines Vaters Vater, die endlose Kette – alles Stehendpinkler, vertraut bis in die DNS.

»So!« Sagte eine raue, weibliche Stimme.

»Dann wollen wir mal.«

Licht fiel in das Schwarz, zeichnete einen gleißenden Rahmen, der sich zum Rechteck öffnete, indem eine schwarze Silhouette erschien.

»Der Dreck muss raus!«

Eine dreidimensionale Tür in einer vierdimensionalen Welt hatte sich geöffnet. Eine Lampe ging an. Das Schwarz zog sich zurück. Die Saiten waren verschwunden, kein Klang mehr, nur noch Nachklang, Rauschen.

Tom schloss die Augen vor der gleißenden Helle.

Er lag zusammengekrümmt auf dem Boden, das Zimmer war leer, ein normales Zimmer, vielleicht zwanzig Quadratmeter, etwas kleiner, Raufasertapete, kein Fenster. Die Arme um sich geschlungen, Embryohaltung.

Tom zitterte am ganzen Körper.

Heftig.

Die Frau stellte Putzeimer und Schrubber zur Seite.

»Das ist so entwürdigend!«, sagte sie, mehr zu sich selbst. »Aber die Faschos können bei dem guten alten Putzschneckentrick einfach nicht Nein sagen.«

Sie kniete neben Tom.

»Schau mich an!«, befahl sie.

Tom öffnete mit Mühe die Lider und schaute in zwei Augen wie Sterne, Sonnen – voller Energie.

Die Augen gehörten zum Gesicht einer jungen Frau, fantastische Haut, brünett, heller Typ, die Haare nach hinten gebunden, eine einzelne Strähne hing über die Stirn, ein herausforderndes Lächeln um die vollen Lippen; vielleicht siebenundzwanzig, achtundzwanzig. Genau das Alter, über das man sich jeden schmutzigen Gedanken machen konnte.

Das war zu viel.

Tom hatte sich so geborgen gefühlt im Nichts.

Jetzt ging das alles wieder los.

Dann durchzuckte ihn ein furchtbarer Gedanke: Delphine! Er hatte die ganze Zeit nicht einmal an Delphine gedacht. Er hatte nur um sich gekreist.

Für eine persönliche Ewigkeit hatte er seine Tochter vergessen. Er spürte, wie seine Augen nass wurden. Er konnte nichts dagegen tun.

Er weinte.

Die junge Frau schaute leicht angewidert. Sie schätzte es nicht, wenn Krieger bei ihrem Anblick weich wurden. Eine Walküre zu sehen, heißt zu sterben. Für richtige Krieger war das ein Moment der freudvollen Hingabe. Aber solche Krieger machten sie heute nicht mehr. Als Heulen für Männer chic wurde, kämpfte sie wohl gerade in einer Schlacht.

»Nein«, sagte sie. »Kannst dich beruhigen. Ist noch nicht so weit. Ich soll dich nur zur Göttin bringen.«

Sie tätschelte Tom aufmunternd die Schulter.

Der Schmerz der Schläge brachte Tom zurück. Ins Jetzt.

Die Frau half ihm, aufzustehen.

Sie packte ihn an der Schulter und hob ihn hoch.

»Brynhild«, stellte sie sich vor. »War früher bei Wodans Garde, aber nachdem die Zeiten sich geändert haben, spiel ich in Freyas Team. Frauen müssen zusammenhalten, du verstehst.«

Tom konnte sich gerade noch fest hinstellen, sonst hätte ihn der freundschaftliche Klaps umgehauen.

»Los jetzt, wir müssen hier raus. Sonst taucht hier noch so ein notgeiler Nazi auf, um der neuen Putzschnecke mal zu zeigen, wo der Hammer hängt. Und dann gibt es 'ne riesige Sauerei. Will niemand.«

Sie packte Tom am Kragen, warf ihn sich über die Schulter, und noch bevor er protestieren konnte, rannte sie schon durch Korridore und Türen.

Tom hing wie ein nasser Sack über ihren Schultern, was er ungeheuer entwürdigend fand. Einerseits. Andererseits wollte er auch nichts anderes, als möglichst eng um ihren Hals und an ihrer Schulter zu liegen und zu hoffen, dass sie nicht irgendwo anrennt – mit seinem Kopf; mit den Gedanken driftete Tom immer wieder zu dem vergangenen Ereignis.

Oh mein Gott, dachte Tom, ich habe den heiligen Speer zerstört, ein Artefakt!

Ich habe den Krieg nicht begonnen, dachte er, ich habe keine Gegner erschlagen.

Ich habe Babylon nicht zerstört.

Ich habe den Speer zerstört.

Tom versuchte, die Augen offen zu halten; er glaubte, Moabit zu erkennen, die Turmstraße, Einkaufszentren, Geschäftsaufgabe, alles fünfzig Prozent günstiger, rasten an seinen müden Augen vorbei.

Tom war fertig.

Tom war weg.

Es duftete nach Wiese, grün, es roch nach Kamille und Bärlauch; Frühsommerduft. Ein Radio plärrte aufgeregt in der Ferne, das Brummen eines schweren Motors ließ das Glas in den Fenstern zittern; alles vertraute Geräusche. Tom fühlte sich ausgeruht, spürte sich in jeder Faser seines Körpers.

Er öffnete die Augen; warmes weiches Sonnenlicht flutete sein Bewusstsein. Es malte eine Aureole um die Frau, die vor ihm saß und ihn betrachtete. Tom hob den Kopf, versuchte, sich ein Bild zu machen.

»Wo bin ich?«

»In guten Händen.«

Es war die alte Frau vom Spielplatz, die ihm antwortete. Ihre Stimme war wie ein warmes Ölbad.

»Ich habe von dir geträumt«, fuhr sie fort. »Dem Letzten in der Kette, dem Zerstörer. Jetzt bist du da und alles findet ein Ende. Ich danke dir.«

Tom schloss einfach wieder die Augen. Es bestand die vage Möglichkeit, dass das alles ein Traum war. Alles – der Speer, der zornige Gott, die zerstörte Kaffeekirsche. Er spürte in sich hinein. Er fühlte sich gut, ausgeschlafen, nichts tat weh. Er öffnete blinzelnd wieder die Augen.

Die alte Frau saß immer noch da.

Vielleicht doch kein Traum; Tom erinnerte sich.

»Träume ich? Bin ich tot?«

Die Frau lachte ein warmes, weiches Lachen.

»Vielleicht was von beidem.«

»Wir kennen uns.«

Es war eine vorsichtige Feststellung, ein Tasten nach dem Grund.

»Natürlich«, sagte die Frau. »Überleg mal.«

Tom schaute genau hin. Der Frau wuchs eine großrahmige Hornbrille ins Gesicht, ihr Haar formte eine silberblaue Dauerwelle und sie trug plötzlich ein ausgewaschenes, blau-weiß gestreiftes Hertha-BSC-Trikot unter dem Kittel.

Tom glaubte seinen Augen nicht. Aber das tat er schon eine ganze Weile nicht mehr.

»Frau Schmitz?«, fragte er ungläubig.

»Ick dachte schon, er merkt jarnüscht mehr!«

»Frau Schmitz, wo bin ich, was mache ich hier?«

»Du bist in meene jute Stube über die Kneipe. Alles paletti. Ich habe dir um Hilfe jebeten. Du hast jeholfen. Jetzt biste hier bei mir und erholst dir erst mal. Bierchen?«

»Nee, danke. Wie spät ist es?«

»Spät jenug. Du warst total ausjeknockt, als meene Große dich hier anjeliefert hat. Stört's dir, wenn ick rooche?«

Frau Schmitz steckte sich eine ihrer dünnen Zigaretten an, inhalierte tief und blies den dünnen Rauch gegen die Decke, wo er golden zu funkeln begann. Tom folgte ihm mit dem Blick. Als er sich wieder Frau Schmitz zuwandte, saß da die alte Dame vom Spielplatz, in der er jetzt gerade noch eine entfernte Ähnlichkeit mit Frau Schmitz erkennen konnte.

»Wer sind Sie?«

Tom schien die höfliche Form angemessen. Ihm fiel auf, dass er nicht sprach. Er unterhielt sich in Gedanken mit der Frau. Aber während vor ein paar Tagen auf dem Spielplatz ihre Stimme wie Kopfschmerz gewesen war, war sie jetzt wie das Rauschen des Waldes, das Singen der Vögel. Die Stimme in seinem Kopf stellte sich vor:

»Ich bin Freya, Göttin der Fruchtbarkeit, Liebes- und Muttergöttin, die Frau Wodans. FREYAS KATZENTRÄNKE, in einer anderen Dimension ziehen zwei Katzen meinen Streitwagen in die Schlacht. Mutige Tiere. Guter Name für eine Schultheiß-Kneipe, oder? Automatisch unsichtbar – großer Zauber. Und nein, du bist nicht tot, mein Junge. Also auf gewisse Weise schon, aber das geht vorbei.«

»Ich habe den Speer zerstört.«

Es klang wie eine Entschuldigung. Er wusste nicht, warum er es so sagte. So mit Zweifel. So defensiv. Vielleicht, weil es nach Tagen des herumgeworfenen Seins seine eigene Entscheidung gewesen war. Weil er Bestätigung suchte.

Er hatte den Speer nicht geworfen.

Er wusste, dass es richtig war.

Wusste das die Göttin auch?

Die alte Frau streichelte sein Gesicht. So wie der Sonnenkranz um ihr Haar, so begann ihr Gesicht selbst zu leuchten.

Er hatte ihre papierne Hand kühl und flüchtig erwartet. Sie war warm und voll Leben. Es tat gut.

»Das hast du gut gemacht, mein Junge. Er musste zerstört werden. Das letzte Artefakt einer Zeit, die zu Ende ist.«

Tom überlegte eine Weile.

»Das Paket ... Loki sagte, die andere Seite habe es geschickt ... waren Sie das?«

»Der Speer ist zerstört, du bist hier. Wie kannst du zweifeln?«

Es war nur ein paar Tage her. Es kam ihm vor wie ein früheres Leben. Es war ihre Stimme in seinem Kopf gewesen. Der Schrecken, den er damals empfunden hatte, war vergangen. Er war von noch größerem Schrecken überlagert worden. Er war in eine Familiensache hineingerufen worden. Es war eine Pflicht von ihm gefordert worden. Er hatte das Richtige getan. *Wenn du das Richtige nicht tun kannst, dann tu wenigstens nichts Falsches*, war sein Credo gewesen. Er hatte seinem Vater verziehen. Wer seinem Vater verzeihen konnte, konnte auch sich selbst verzeihen. Er hatte sich dafür entschieden, ein Weißgerber zu sein.

Richtig!

Tomas atmete tief aus. Es fühlte sich gut an, erleichtert, heiter. Aber es war noch nicht vorbei.

Hinter Freya erschien Brynhild im Zimmer, schaute auf Tom.

»Wie macht er sich?«

»Versucht, zu verarbeiten«, erklärte die Göttin. Sie zwinkerte Tomas verschwörerisch zu.

»Ich werde dir helfen!«

Der Stuhl knarrte, als sie sich aufrichtete. Alles Alter fiel von ihr ab, ihre Gestalt wurde aufrecht und strahlend, Jugend begann aus jeder ihrer Poren zu leuchten. Sie breitete ihre schlanken, hellen Arme. Wie die Ärmel eines Mantels flossen Federn aus ihnen hervor, bildeten Schwingen, spitz zulaufend. Sie schwang sie zwei Mal und breitete dann ihre mächtigen Falkenflügel über Tom und die Klappcouch, auf der er unter einer Ikea-Decke lag. Braun und erdig entlang der Linie ihrer Arme, in leuchtendem Grau bis Weiß im Gefieder, gescheckt, von oszillierendem Muster, in dem die Wildheit der Natur sich kleidete. Die Göttin schwang ihr Federkleid wie einen Fächer;

frischer Wind, leichte Brise mit dem Duft nach Moosen und Beeren umhüllte ihn, kühlte ihn, erfrischte ihn und klärte seine Gedanken.

So geborgen, so aufgehoben hatte sich Tom noch nie gefühlt; nicht in den Armen seiner Mutter, an die er sich nicht erinnern konnte, nicht in den Armen seines Vaters; nicht in den Armen zahlreicher Geliebter, mit denen er Angst und Bedürftigkeit geteilt hatte. Nur einmal in den Armen Claudias; es war die Nacht, in der sie Delphine machten, in der ein Leuchten zwischen ihnen stehen blieb, nachdem sie von einem einzigen Wesen schon lange wieder in zwei auseinandergefallen waren ... Als zwischen ihnen neues Leben begonnen hatte.

Zeugungsglück.

Die Falkenschwingen der Göttin stillten etwas in Tom, was all die Jahre ungestillt gewesen war. Als er die Augen wieder öffnete, saß Freya in ihrer ganzen Herrlichkeit vor ihm; ihr Haar war das Gold der Morgensonne, ihr Kleid war Tau, Geschmeide, schön wie Quellwasser, hing um ihren schlanken Hals.

»Ich habe dich gebeten, mein Junge«, sagte die Göttin, »und du hast meine Bitte erhört. Das wahre Opfer, das ein Mensch seiner Göttin bringen kann, ist, sich ihren Willen zum eigenen zu machen. Das ist wahre Hingabe. Ich danke dir.«

Die Göttin machte eine Pause.

Tom nahm all seinen Mut zusammen und stellte die Frage, die in ihm brannte: »Warum ich?«

»Ich dachte, Loki hätte es dir erzählt – du bist ein Back-up ... so nennt ihr das jetzt, oder? Götter sind nicht unsterblich. Sie leben nur viel länger – solange jemand zu ihnen betet. Aber durch die Jahrtausende braucht es immer wieder Sicherheitskopien der göttlichen DNS, falls mal was verloren geht ... Familien, meist junge Frauen aus gutem Haus, die dem Herrn sehr nahe waren ... deine Urgroßmutter war eine davon.«

Menschen speichern ihre Infos in der Cloud, dachte Tomas, die Götter speichern ihre Infos in Menschen. Wem wohl mehr zu trauen war?

»Loki wollte meinen Herrn überreden, noch einmal mit ihm zu reiten«, fuhr die Göttin fort. »Es herrscht Unzufriedenheit und Raunen im Land; alles erscheint brennbar. Die Zukunft erfüllt ihre Versprechen nicht, die Vergangenheit sieht plötzlich wie die neue Zukunft aus ... Loki träumte von einem Weltenbrand, der das alte Reich aus der Asche entstehen ließe, ... ein Reich der alten Götter, der alten Abhängigkeiten, der alten Hierarchien. Die Freiheit der eigenen Entscheidung kann eine schwere Last für die Menschen sein ... Wodan war nicht bereit, zu reiten, den Speer wieder aufzunehmen. Loki glaubte, Wodan nicht mehr zu brauchen, denn er hatte dich gefunden – das Back-up und in einer anderen Wirklichkeit eine ältere Version, Wilhelm Friedrich, gefangen im ewigen Sterben ... Es ist das Blut, welches den Speer aktiviert.«

»Ich habe ihn zerstört.«

»Du hast Gungnir zerstört. Aber das ist noch nicht alles ...«

Die Stimme der Göttin war leise geworden, fast ein Flüstern, ein liebevolles Raunen. Sie hielt Tom in ihren Falkenflügeln geborgen und legte eine Hand auf seine Augen.

»Am Ende brauchte es einen Zerstörer mit einem Herz voll Liebe. Schlaf jetzt, wie nur ein Mensch schlafen kann. Die großen Visionäre, die Träumer, die das Angesicht der Welt verändern wollen – das sind die eigentlichen Zerstörer. Sie glauben, etwas aufzubauen, ewige Reiche, neue Gesellschaften zu errichten, die Welt zu verändern. Welche Anmaßung. Das Angesicht der Welt ist heilig. Der Zerstörer zerstört die falschen Vorstellungen und Illusionen. Das hast du getan – weil dein Herz erkannt hat, was falsch ist!«

Die letzten Worte hatte Tomas kaum noch gehört. Der Himmel war schwarz über ihnen, die Sterne leuchteten, die Nacht war voller Geräusche und keines davon war bedrohlich.

Tomas Weißgerber entschlummerte in den Armen der Göttin. Und er träumte süß.

20: Ein letzter Gefallen

Noch vor der Zeit waren die Wanengötter Berge, Flüsse, mächtige Bäume, waren tief im Land verwurzelt; sie waren auch Fruchtbarkeit und Feuer, aber der Himmel war ihnen fremd – er war fern und leer. Da erhoben sich eines Tages mit der Sonne Brausen und Jubeln am östlichen Horizont; eine Wolkenwand voll wilder Schönheit kam herangebraust, um sich über das Land zu ergießen. Unten reichte sie hinab bis zu den Gräsern und Steinen, oben berührte sie die Sonne und die Sterne. Diese Wolkenwand – das waren Wodan und seine Asen.

»Wodan war ein Krieger, aber mehr noch war er ein rasender Poet«, schwärmte die Göttin, »ein von Liebe trunkener Sänger, der ein neues, wildes Lied der Liebe anstimmte, dass die Erde größer und den Horizont weiter macht.«

»Ich bin eine Fruchtbarkeitsgöttin«, sagte Freya, strich Aprikosenmarmelade auf ihr Croissant und fuhr fort: »Hingabe ist mein Wesen. Ich sah ihn, ich hörte seine Lieder und konnte nicht anders – ich bin ihm mit nassem Schoß entgegengerutscht.«

Was ihre Hochzeit war, war den anderen Wanen und Asen der Krieg; herrlicher Kampf und lustvolle Niederlage, sie waren zusammen, wie zwei nur zusammen sein konnten; jedes Wort der Göttin kündete noch von der großen Liebe.

»Mein Schoß ist offen für die Welt, jeder Samen findet darin einen Platz.«

Die Göttin lächelte Tom an, der schon lange mit niemandem mehr über Sex gesprochen hatte und dem das irgendwie unangenehm war; vor allem, weil er in der Göttin immer auch Freya Schmitz sah.

Wodans Bewusstsein war weit wie das Universum, erzählte die Göttin schmunzelnd weiter, schloss alle Neun, Welten und sogar das Nichts mit ein. Aber größer noch als seine Lust war seine Neugier. Er wollte wissen, immer mehr wissen, das trieb ihn an. Loke, der sich heute Loki von Laufey nennt, einer der uralten Wanengötter, erkannte Wodans Potenzial sofort.

»Lokes Wesen ist das Feuer«, erklärte Freya, »immer in Veränderung. Ein Feuer kann nicht auf einer Stelle brennen. Es muss sich ausbreiten, es muss gefüttert werden. Wenn es noch klein ist, wenn die Nächte kalt sind, dann kann es wärmen, schmeicheln und ein Licht sein. Aber wehe, wenn es zu schlingen beginnt ...«

Loke ist ein Gestaltenwandler; nie hat eine Flamme zweimal die gleiche Form. Er greift in die Speichen des Schicksals; er ist ein Finder von Möglichkeiten; als Stute verführte er Svadilfari, den Hengst des Eisriesen, und gebar Wodan Sleipnir, seinen achtbeinigen Hengst. Er war Lachs und Falke, er liebte Frauenkleider und Trunkenheit und gehörte niemandem außer sich selbst.

Loke, so erzählte die Göttin, sah in Wodan die ewige Quelle, die sein Feuer nährte, wenn er ihn nur weit genug hinaustrieb ins Unbekannte; neue Welten erobern, Völker wie Erkenntnisse sammeln – aus Lokes Sicht die Welt in Brand stecken, aus Wodans Sicht die Welt verstehen – unterschiedlicher konnte die Motivation nicht sein. Ihr Ziel war das Gleiche.

Gemeinsam mit den Söhnen des Zwerges Ivaldi, deren Leben ewige Bedrohung durch Dunkelheit und Schwarzalben war, die Gefahr in allem sahen, deren Geschick als Handwerker nur von ihrer Gier nach Gold übertroffen wurde, machte er Wodan den Speer Gungnir zum Geschenk; eine Waffe, wie sie die Welt noch nicht gesehen hatte. Die Gier treibt sie hinaus, die Angst treibt sie zurück.

Loke brachte den Krieg als »Vater der Veränderung« ins Spiel, eine Idee nur, aber sie zündete bei Wodan, ließ ihn brennen, trieb ihn weit hinaus.

»Aber mein Wodan«, sagte die Göttin, »ist eben auch Träumer, ein Sänger, ein Sucher, ein Liebhaber. Nur Eroberer zu sein, war ihm zu wenig. Mein

Herr kannte seine Schwächen wie kein anderer«, flüsterte die Göttin, »Erkenntnis war ihm immer auch sich selbst erkennen. Für die Möglichkeit, in die Zukunft zu sehen, gab er an Mimirs Brunnen ein Auge. Mein Herr musste sich vor sich selbst schützen, seine dunkle Seite kontrollieren – der Speer war ein Verführer, er wollte immer mehr, zog an ihm, wollte Blut schmecken, wollte geworfen werden. In einem Sommer in der Mitte der Zeit übergab er ihn einem seiner Söhne, einem Vertrauten Midgards, Otto war sein Name, *Totius Orbis Caput*, später der Große; sie waren sich wie Spiegel. Otto brachte dem Reich Frieden. Der Speer verschwand. Das war wohl die Bedingung, die Wodan daran geknüpft hatte – dass er ihn nicht wiederbekam, so sehr es ihn auch nach ihm verlangte.

Viele suchten den Speer. Manche glaubten, ihn gefunden zu haben. Sie standen früher oder später mit leeren Händen da. Loke gab nicht auf. Er wollte ihn mehr als alles. Er hatte ihn miterschaffen. Er glaubte, ein Recht darauf zu haben. Er lockte ihn aus dem Schatten, ließ Blut nach Gungnir rufen und Gungnir antwortete:

Der tote Mann im Baum.

Wir mussten handeln, die Tür zu deinem wahren Ich öffnen: *Das Paket, die Träume.*

Loki hatte den General aufgespürt, folgte der Spur des Blutes der Wodan-Söhne ins Jetzt:

Die beiden seltsamen Touristen in der Kaffeekirsche.

Es war nur eine Frage der Zeit, wann Loki nach dir greifen würde:

Krawattennazis vor der Tür.

So einfach wollten wir es ihm nicht machen:

Der Handwerker im Café. Die epische Schlacht zwischen Licht und Dunkelheit.

Wir mussten dir die Möglichkeit geben, selbst zu erfahren, wer du bist und sein kannst – ja, etwas spät, aber welche Rolle spielt schon Zeit, oder? Dann mussten wir dir vertrauen. Und unser Vertrauen wurde belohnt.«

»Du sagst immer wir, wer ist wir?«

»Die Fruchtbarkeitsgöttin, die Zauberin, die Wahrsagerin, die Kriegsgöttin, die Totengöttin, vor der du stehst. Das ist wir.«

Die Augen der Göttin funkelten und sie schien Tomas ein Stück gewachsen zu sein.

»War nur 'ne Frage.«

»Und eines sollst du auch wissen«, die Göttin legte ihm eine Hand auf den Oberschenkel, »der Schoß einer Fruchtbarkeitsgöttin steht allen Wesen offen; egal ob von einer Mutter geboren, aus einem Ei geschlüpft oder von der Sonne selbst gebrütet. Nur Loke nicht. Seine Samen sind schwarz, sind Asche. Was immer er zeugt, bringt Untergang. Der Fenriswolf, der am Ende der Tage die Sonne verschlingen wird, die Midgardschlange, die alle Wesen des Landes mit ihrem giftigen Atem töten wird; Hel, die Todesgöttin selbst – das sind seine Kinder. Sie mögen eine Funktion in der Schöpfung haben. Aber der Schoß einer Fruchtbarkeitsgöttin gebiert keine Monstren.«

In mancher Nacht, nach manchem Gelage und in vielerlei Gestalt habe Loke an ihrer Tür gekratzt, habe gewinselt und gedroht, erzählte die Göttin und lachte laut.

»Meine Gunst kann nur gegeben werden – niemals genommen! Loke hat mir die Abweisung nie verziehen. Verschmähte Liebe, brennende Eifersucht, verratene Freundschaft; unsere Geschichte ist eine ménage à trois – ich, Wodan und Loke; ein Klassiker zwischen Tod, Leben und der Sehnsucht nach Unendlichkeit, für die auch Götter nicht geboren sind, mein Sohn.«

»Danke.«

Tom griff nach seiner Kaffeetasse. Der Morgen war hell und klar, der Himmel hoch, draußen schepperte die Müllabfuhr. Das machte sie immer. Es gab keinen Morgen in Berlin, an dem nicht irgendeine Tonne abgeholt wurde.

Kára, eine der Walküren, hatte Frühstück gemacht. Neben den Croissants mit viel Butter und Freyas Aprikosenmarmelade, gab es wirklich guten Kaffee aus der French Press, serviert in bunten Schüsseln von Nanu-Nana. Delphine hatte sich solche Schüsseln gewünscht, als sie zwölf oder dreizehn war. Er hatte sie gekauft, nach einer Weile waren sie zerbrochen. Irgendwo stand bestimmt noch eine rum.

»Wir haben zu danken. Du hast etwas geschafft, was Wodan nicht geschafft hat.«

»Was?«

»Den Speer zu zerstören. Wodan konnte es nicht. Er hat sich der Macht zu sehr hingegeben. Er konnte ihn nicht zerstören, wie ein Süchtiger seine Droge nicht vernichten kann. Er musste sich vor ihm verstecken, um nicht übermannt zu werden.«

»Ich wollte den Speer nicht.«

»Genau das hat dich starkgemacht.«

Tom stellte seine Kaffeeschale ab, stand auf, ging zum Fenster. Er schaute auf seine Straße, jetzt aber von der Seite der Katzentränke. Die Straße links hoch sah er die Kaffeekirsche; sie schien geöffnet, Menschen gingen ein und aus. Er konnte niemanden erkennen, das Bild war unscharf.

»Was ist das?«

»Das ist, was auch ist – eine andere, parallele Wirklichkeit«, sagte die Göttin. »Du musst dich nicht weiter drum kümmern, das läuft.«

»Was läuft?«

»Alles.«

»Ich kann da nicht einfach rübergehen, oder?«

Die Göttin schüttelte den Kopf.

»Wie geht es weiter?«

Die Göttin stand auf.

»Lass uns gehen. Den Weg zum Herrn muss jeder zu Fuß gehen.«

»Um was ich dich jetzt bitte, das kann ich nicht von dir verlangen.«

Das Lächeln der Göttin fiel wie Sonne auf Toms Gesicht. Sie waren zu viert unterwegs gewesen – Brynhild ging voran, Kára hinter ihnen, Tomas ging an der Seite der Göttin. Sie hatten die Wohnung über der Kneipe durch das Treppenhaus verlassen, den Ausgang zum Hinterhof genommen; sie waren durch einen löchrigen Zaun gestiegen, hatten ein verwildertes Gartengrundstück durchquert und waren dann durch eine schmale Gittertür in einer roten Backsteinmauer geschlüpft. Vor ihnen lag ein beeindruckender Ziegelbau, Wilhelminischer Stil, ähnlich einer Kathedrale mit neogotischen Fenstern. Das Haus war verlassen, die Scheiben zum Teil zerbrochen. Sie betraten das Gebäude durch einen Seiteneingang. Die Tür fiel hinter ihnen zu. Das Licht drinnen war dämmrig, schien von überallher zu kommen. Brynhild folgte einem Weg, den Tom nicht erkennen konnte. Es roch nach Moosen und Blumen. Der Boden war weich unter den Füßen. Um einen Flur zu überqueren, mussten sie eine Sperranlage aus Betonstelen und Stacheldraht überwinden. Brynhild und Kára halfen. Irgendwo fielen Schüsse. Niemanden schien das zu beunruhigen. Sie querten einen Schlafsaal, in dem ein Buchenwald wuchs; zum Teil waren die Bäume durch zurückgelassene Krankenbetten gewachsen. Vögel sangen. Später begegnete ihnen eine Blaskapelle, die richtig Druck auf den Lungen hatte und deren Musik noch lange durch die Räume hallte. Sie passierten Brücken, unter denen Lachse zu ihren Laichplätzen zogen, Lichtungen voller Walderdbeeren; Feenwälder, in denen Regentropfen schwebten; sie machten eiligen Bäumen ihre Aufwartung, legten Blumen und Steine nieder und gerieten zweimal in illegale Technopartys, in denen Tomas die Führung des kleinen Zuges übernehmen konnte.

»Um was bittest du mich?«, wollte Tom wissen.

»Dein Blut.«

»Alles?«

Die Göttin lachte.

»Nein. Nur die Informationen – den göttlichen Teil.«

»Wofür brauchst du es?«

»Ich brauche es nicht. Mein Herr Wodan, dein Urgroßvater, braucht es.«

Tomas gefiel die Antwort nicht. Er wollte sein Blut nicht für Wodan geben. Genau genommen war der Alte der Anfang allen Übels, dachte Tomas, er hatte die Dinge ins Rollen gebracht; er hatte den Speer nicht gemacht, aber er hatte ihn geworfen. Er war nicht das verzehrende Feuer, aber er hatte in die Glut geblasen. Seine Gier, seine Neugier, sein Wissensdurst, seine Sehnsucht, sein Verlangen hatte ihn getrieben.

»Warum soll ich sie ihm geben? Will er's noch mal wissen? Soll er auferstehen, um wieder gegen die alten Feinde zu kämpfen – geht alles wieder auf Los?«

»Nein.« Die Göttin lächelte milde. »Damit er Kraft zum Sterben hat; jetzt, nachdem der Speer zerstört ist.«

Tomas schluckte. Alles, was er wusste, wusste er aus alten Geschichten. Er war nicht dabei gewesen. Er war keinen Meter in Wodans Schuhen gegangen, keinen Meter in seines Großvaters Stiefeln; durch die Brille des Faschismus gesehen, sieht jeder wie ein Faschist aus. Er war einfach später geboren und kannte das Urteil der Geschichte. Ein eigenes Urteil hatte er nicht. Tom schämte sich.

Freya legte ihm eine Hand auf die Schulter.

»Was passiert, wenn Wodan stirbt?«

»Der Himmel wird leer sein. Der Raum zwischen Himmel und Erde wird leer sein; wenn unser Herr geht, geht jeder der Asengötter und ein Stück von jedem Wanen. Die Berge werden dann schweigen, nur noch geologische Anomalien sein, die Flüsse nur noch Transportwege, der stille See ein Naturschutzgebiet.« Die Göttin kicherte. »Der Zauber geht, der raunende Gesang der alten Lieder; der Frühling ist nur noch Jahreszeit, der Morgentau – Wasser, aber ihr habt genug Fantasie, alle Leere zu füllen oder sie zu ertragen.«

»Was bleibt mir?«, wollte Tom wissen.

»Nichts als Erinnerung.«

Wir alle leben aus Erinnerungen, hatte Tom erfahren. Unsere Identität ist aus Erinnerungen gebaut – zum größten Teil aus fremden Erinnerungen und sie wechseln, je nachdem, welches Licht drauf fällt; aus Fotos und Geschichten, aus alten Briefen und gesicherten Mails, verblichenen Polaroids, Soldbüchern, Feldpostbriefen und Ansichtskarten, den Erinnerungen der Sieger in Technicolor, aus pädagogisch wertvollen Ausstellungen und den leisen Tränen an Weihnachtsabenden; aus Geschichten, zu denen es keine Gesichter und auch keine Gräber mehr gibt. Wir treffen Entscheidungen aus erinnerten Erfahrungen heraus, aus vererbten Verletzungen, aus Schmerzen, die wir mit den Genen geerbt haben und deren Quellen wir nicht einmal kennen. Sie alle haben eines gemeinsam – sie sind vorbei, sind vergangen. Wir sind so voll von ihnen, dass kein Jetzt mehr hineinpasst.

Wir wissen nichts vom Jetzt.

Tom schmiegte sich in die Arme der Göttin. Es war ihm nicht peinlich.

»Gute Erinnerung – einmal war ich Gott oder ganz nahe dran. Eine Erinnerung, auf die man zurückgreifen kann, wenn es mal eng ums Herz wird. Das ist doch mal ein Anfang, oder? So erinnerungskulturtechnisch?«

»Erinnerungskulturtechnisch ist das ein Neuanfang«, bestätigte die Göttin.

Die Göttin drückte ihn an sich, wie eine Mutter ihren Sohn drückt. Es war so gut.

Der brennende Gott lag auf einem Sockel aus Stein; grobe Feldsteine, kaum bearbeitet, aber mit Liebe ausgewählt und sorgsam geschichtet. Das Leuchten, welches den nackten Körper umgab, war die tanzende Korona der Flammen. Sie waren nicht stark genug, ihn zu verzehren. Aber sie waren stark genug, um ihn in diesem Interim zwischen Leben und Sterben gefangen zu halten. Dort, wo die Hitze der Flammen seine menschliche Haut hatte platzen lassen, schimmerte es blau hervor. Sein Schwanz war riesig und aufgerichtet. Tom drehte den Kopf zu Freya. Die Göttin zwinkerte ihm zu. Tom musste lachen. Es war ein alter Reflex. Wenn nichts mehr zu kontrollieren war, war Heiterkeit die beste aller Optionen.

Tom hob seine Hände und streckte sie in Richtung des brennenden Gottes aus. Blutstropfen hingen an den Kuppen der beiden Mittelfinger, von Freya mit einer goldenen Nadel angestochen. Die Hand der Göttin auf seiner Schulter machte ihm Mut. Er schob seine Finger in die Flammenaureole, die den Gott umgab. Die Flammen verletzten ihn nicht. Es zog ihn in den Gott, ein kleines Stück war Tom Wodan; zwei Tropfen Blut: Sein Geist und sein Herz öffneten sich für die Welt, jede seiner Zellen tanzte, sein Bewusstsein war wie das Universum und schloss das Nichts mit ein.

Alles war alles.

Alles war gut.

Tom sank nach hinten. Der Gott leuchtete vom Scheitel bis zur Sohle in einem goldenen Blau.

Die Wolken öffneten einen Kreis, in den der Himmel herabstieg. Das Universum war schwarz. Es umfing Wodan und nahm ihn hinweg. Kein einziger Stern. Nur tiefstes Schwarz. Nichts.

Nichts, das alles ist.

Brahman.

Als der Himmel sich wieder bedeckte, der Kreis von hineinströmenden Wolken immer weiter geschlossen wurde, da ging auch die Göttin, wurde durchsichtig, eine schimmernde Wolke, ein warmer Hauch wie ein letzter Kuss, die Erinnerung an ein Falkenkleid; wie aufsteigende Sternschnuppen verschwanden alle Asen im Nichts.

Tom blieb allein zurück.

Aus der Zeit gefallen.

In die Zeit gefallen.

Ihn fror.

21: Mehr Erinnerung

Wasser stürzte auf Tomas ein, lief in seinen Mund. Er hustete, öffnete die Augen. Regen. Strömender, warmer Sommerregen. Tom hob den Oberkörper. Es fiel ihm schwer. Ein Lederhandschuh packte ihn an der Schulter, half ihm, aufzustehen. Der Mann war vielleicht Ende dreißig. Er trug ein Kettenhemd bis zu den Oberschenkeln und einen Helm unterm linken Arm. Ein langes Schwert in schwarzer Scheide hing an seiner linken Hüfte. Der Mann hatte glitzernde Augen, eine Narbe lief über die linke Braue. Er trug zwei geflochtene Zöpfe am Kinn, das Haar nach hinten gebunden. Er sagte was. Tom verstand die Worte nicht, obwohl sie ihm vertraut erschienen. Es war wohl ein Scherz. Einer der freundlichen Sorte.

Der Mann eilte weiter.

Tom trug eine braune Kutte, darunter ebenfalls ein Kettenhemd. Auch er war mit einem Schwert bewaffnet, vor der Brust seines Kettenhemds hing ein hölzernes Kreuz. Seine Füße steckten in geschnürten Lederstiefeln, der Helm zu seinen Füßen war seiner.

Hinter und vor ihm rappelten sich Männer auf, die auf der nassen Wiese geruht oder gebetet hatten. Sie nahmen ihre Schilde, warfen sich die Sattel über die Schultern, griffen die Speere und gingen zu den Pferden. Wenn sie ihn erkannten, bekreuzigten sie sich und er spendete ihnen seinen Segen, als hätte er sein Leben lang nichts anderes gemacht.

Heute war der Tag des Herrn, er konnte es in jeder Faser seines Körpers spüren. Die ihren hatten so tapfer gekämpft und Augsburg wider Erwarten gegen die gierigen Horden gehalten. Bischof Ulrich selbst, schon hoch an Jahren, hatte mit dem Schwert in der Hand das Osttor gegen die Plage der Christenheit verteidigt und damit die Herzen aller Kämpfer mit Mut und Zuversicht gefüllt.

Jetzt aber war es Zeit, Geschichte zu schreiben. Über dreißig Mal hatten die Magyaren in den letzten Jahren das Reich überfallen und geplündert; hatten Böhmen verwüstet, Baiern drangsaliert, die Felder verbrannt, die Bewohner gemeuchelt, und geraubt, was sie in Häusern und Kellern fanden.

Die Krieger sammelten sich unter ihren Fahnen bei den Pferden, die ihnen zugeführt wurden. Die Pferde schnaubten, Hufe trampelten, Rufe gingen hin und her. In der Betriebsamkeit der Rüstung herrschte heiterer Ernst. Die Pferde begrüßten sich, gehörten zu einer Herde, suchten Nähe. Die Reiter formierten sich zu langen Reihen.

Das Banner des Königs erschien; silbern schimmerte der Erzengel Michael auf rotem Grund.

Hoch aufgerichtet saß der König auf seinem Schlachtross, an Mantel und Rüstung war er nicht von den Kriegern seiner Garde zu unterscheiden. Sein Mut überragte alle. Seine Entschlossenheit stach hervor. Seine Augen leuchteten. Mit denen hatte er Tom erspäht und winkte ihn heran.

»Ist der Herr mit uns?«, rief er lachend herüber.

»Der Gott, der Liebe ist, wohnt im Herzen aller Wesen. Sein ist die Macht«, antwortete Tom.

Die Männer ringsum bekreuzigten sich.

»Ich liebe deine Weisheit«, lachte der König. »Der Heiland hätte dich bestimmt in seine Mannschaft aufgenommen.«

»So bin ich Hagen geworden«, sagte Tom, »Euer geistiger Beistand und Euer Schwert.«

»Und folgt Eurem König in die entscheidende Schlacht«, sagte der Mann, der neben Otto ritt. »Wie es der Treue gebührt!«

Hagen von Tronje musterte den Reiter, der so vertraut in einen langen, grauen Mantel gehüllt neben seinem König zu Pferd saß. Er war groß, kräftig gebaut; tiefe Falten um seine Augen und seinen Mund, unterm grau melierten Bart verborgen, zeugten von langen und harten Jahren. Das Blitzen in seinen hellen, wachen Augen von der ungebrochenen Kraft der Jugend. Mächtige Arme endeten in kräftigen Händen. Ein Krieger, den man in der Schlacht besser auf seiner Seite hat, dachte Hagen. Denn so kühn der Mut seines Königs auch war, seit seinem Vater Heinrich hatte keiner mehr die Magyaren im offenen Feld geschlagen. Jahrzehnte war das her. Für den König sprach, dass er beim Reichstag in Arnstadt alle Großen unter seinem Banner hatte versammeln können. Selbst Konrad der Rote, noch vor kurzer Zeit auf der Seite der Luitpoldinger Rebellen, war dem Ruf gefolgt und hatte dem König Treue geschworen.

»Zu viele Gedanken verhindern das Tun!«, sagte der graue Krieger. »Heute ist ein Tag der Tat.«

»Ich bin nicht gekommen, um Frieden zu bringen, sondern das Schwert!«, erwiderte Hagen. »Auch das spricht der Herr.«

»Wohl dem, der ein richtiges Wort zur richtigen Zeit weiß.«

Der König tätschelte den Nacken seines Pferdes.

»Ich will, dass du etwas bezeugst, Hagen. Und ich will, dass deine Zeugenschaft für immer vor der Welt verborgen bleibt. Schwörst du es mir?«

»Beim Namen des Herrn«, erwiderte Hagen. »Und bei den Göttern meiner Ahnen.«

Wie der König stammte auch Hagen vom Stamme der Sachsen; war ein Waldgeborener. Und obwohl fest im Glauben an den Erlöser, hatte er doch den grauen Reiter erkannt, mehr noch den schwarzen Speer, den er am Sattel führte. So viel wie über den Speer erzählt worden war, so wenige hatten ihn gesehen. Sein Großvater hatte ihm als Kind die alten Geschichten aus einer Zeit erzählt, in der die Irminsul noch stand. Vom uralten Grauen Wanderer, dem Speer, der immer zu seinem Herrn zurückfand, von einem freien Leben zwischen den Flüssen Rhein und Elbe, welches keine anderen Tempel als die Wälder kannte. Das war noch in Merseburg, bevor Hagen das Haus seiner Familie verließ und ins Kloster Hersfeld eintrat, wo er mit der Schrift und dem Schwert vertraut wurde.

Hagen sah, dass der Speer ganz anders war als alle Beschreibungen – kein Gold, kein Glitter. Der schwarze Schaft war leicht geschwungen, die Spitze aus schwarzem Eisen ohne jede Zierde. Ganz anders als die Heilige Lanze war er, die Reichskleinodien, die der König offen am Sattel trug. Ihre zweiflügelige Spitze trug einen Span aus dem Kreuz Christi; ihr Glanz versprach die Macht des Herrn und wollte gezeigt werden.

Der Schwarze Speer verbarg sich vor dem Licht. Die Spitze war vielleicht zwei Ellen lang, rund, mit vier Flügeln zum Schaft hin. Sie glänzte matt, bei genauer Betrachtung waren die Spuren der Hämmer zu erkennen, die sie im Anbeginn der Zeit geschmiedet hatten.

»Wenn wir wahrhaft dienen«, sagte der Graue, »dann dienen wir alle dem einen – der Liebe.« Er wendete sich dem König zu, reichte ihm den Schwarzen Speer mit ausgestrecktem Arm.

»Friede dem Reich, dem weiten Himmel Ehre.«

Der König schlug sich gegen die Brust, wiederholte die Worte und griff nach dem Speer.

Die Vögel blieben in der Luft stehen. Der allgemeine Lärm aus Stimmen, Hufen und Waffenklirren trat zurück. Hagen sah, dass etwas Großes passierte, musste mit ansehen, wie sein König mit dem Speer rang. In der Linken hielt er sein Banner, die rechte Speerhand glühte unter der Berührung des Schaftes auf, wurde fast unmenschlich verformt, wurde zu einer Kralle, zwang den Speer.

Hagen griff an das Kreuz vor seiner Brust. Es war kalt. Er murmelte ein Gebet. Der König hielt die Augen geschlossen, die Lippen aufeinandergepresst. Er atmete, als wolle er die Welt inhalieren. Dann entspannten sich seine Züge. Die Hand des Königs hatte die Kontrolle erlangt.

»Wenn die Abendsonne heute auf unseren Sieg scheint und wir noch unter den Lebenden weilen«, sagte Otto leise, »dann will ich, dass du, Hagen, den Speer Gungnir nimmst und an einen Ort bringst, auf dem ich meine Kirche errichten kann. Niemand außer uns soll davon wissen.«

Alles verstehen zu wollen, ist eine Illusion, wusste der Schwertmönch. Die Wege des Herrn und der Menschen sind unerforschlich. Hagen nickte.

»So sei es. Ich werde dir in der Schlacht nicht von der Seite weichen, und wenn der Herr uns den Sieg geschenkt hat, dann weiß ich, wohin mein Weg mich führt!«

Der König und der Graue Ritter verabschiedeten sich auf die alte Weise, indem sie gegenseitig den Unterarm des anderen umfingen und sich dann mit der Faust der Schwerthand gegen die Brust schlugen.

»Friede dem Reich, dem weiten Himmel Ehre.«

Versprach der König zum Grauen.

»Mein Sohn, mein Herr!«, antwortete der.

Dann war er schon im Gewühl und danach im nahen Wald verschwunden.

Der König stand in den Steigbügeln, das Banner in der Linken, die Heilige Reichslanze in der Rechten. Der Schwarze Speer steckte in seinem Sattel, gedeckt durch den königlichen Körper und von seinem Umhang verborgen. Seine Stimme tönte laut:

»Beim Namen unseres Herrn haben wir uns gestern Beistand geschworen – jetzt ist's Zeit, den Schwur einzulösen. Einer sei das Schild des Anderen, sei der Arm des Anderen. Die Ungarn haben den Tross überfallen, die Böhmen sind auf der Flucht zu uns – wie es der Plan war. Sie werden die feindlichen Scharen in unsere Speere locken; wir wollen sie schocken mit unserer Attacke und eher mit dem Schwert in der Hand sterben als den Feinden untertan sein. Fürchtet ihre Pfeile nicht, haltet die Reihen geschlossen!«

Langsam und in langen Reihen begannen die Ritter sich nach Norden zu drehen, den anstürmenden Magyaren entgegen. Die Sonne stand ihnen im Rücken, heißer Wind wehte von den Feldern herüber, der Regenguss war schon lange von der trockenen Erde aufgesogen worden; das Trampeln von Zehntausenden Hufen erfüllte die Luft, schwoll zu einem Dröhnen an, ließ die Erde erzittern. Das waren die Ungarn, die wie ein Schwarm wilder Bienen heranstürmten. Die flüchtenden Böhmer erschienen auf dem Kamm des Hügels, der das Heer Ottos bis jetzt weitgehend verborgen hatte. Der König senkte die Lanze, die Legio Regia, die Leibtruppe des Königs, setzte sich in Bewegung; die Baiern und Schwaben taten es ihnen nach. Die Franken unter Konrad hatten sich schon frühzeitig gelöst, hatten die Ungarn von hinten umgangen, um sie, gleichzeitig – Hammer und Amboss – in die Zange zu nehmen.

Jeder Mann sei seines Nachbarn Schild, hatte der König befohlen, und sie hatten es sich geschworen – Sachsen und Franken, Baiern, Böhmer und Schwaben.

Die Wand aus Holz und Eisen hielt den Pfeilen der Magyaren stand. Schwertklingen wischten sie bis zu den Schäften von den Schilden. Da fiel ein Pferd, da schrie ein Krieger vor Schmerz auf, aber die Wand hielt, die Wand bewegte sich, die Wand bekam lauter Dornen und walzte, beständig an Geschwindigkeit gewinnend, auf die Ungarn zu. Als deren Heerführer Bulcsú und Lehel erkannten, dass sie der gesamten Panzerreiterei des Reiches gegenüberstanden, rissen sie ihre Pferde herum, um die Ritter zur wilden Verfolgung zu verlocken. Aber die Formation hielt. Anders als 933 bei Riade, als den Ungarn nach der Niederlage gegen Ottos Vater Heinrich die Flucht gelungen war, flohen sie jetzt in die Speere und Schwerter der Franken unter Konrad, die ihnen den Rückzug abschnitten.

Otto hatte seinen Männern die Heilige Lanze des Reiches gezeigt, aber die steckte wieder im Sattel, während der Schwarze Speer aus seiner Hand wie ein dunkler Blitz durch die Ungarn fuhr und, im gleißenden Sonnenlicht rote Tropfen sprühend, in die königliche Hand zurückkehrte. Die Legio Regia pflügte durch die Reihen der Ungarn, die der speerstarrenden Eisenwalze nicht gewachsen waren.

Sie hatten die ersten Reihen der Magyaren einfach niedergeritten, unter ihren Hufen zermahlen.

In die Eisenzange der Ostfranken genommen, ihrer Strategie des blitzartigen Angriffs beraubt, blieb den Ungarn nur die Flucht Richtung Lech, am ehemalig belagerten Augsburg vorbei. Aber wenn zwanzigtausend fliehen, dann ist die Katastrophe schon da: Pferde verkeilten sich in Pferde, Schreie um den Beistand des Herrn mischten sich mit Wut- und Schmerzensschreien, mit dem Röcheln der Sterbenden, dem Splittern von Holz und Knochen, dem Bersten von Lanzen, dem hellen Klang von Eisen auf Eisen, dem sumpfigen Klang von Eisen auf Fleisch. Bogenschützen schossen sich den Weg durch die eigenen Leute frei, Widerstandsnester wurden von der Fluchtbewegung hinweggespült; der Lech war angeschwollen von den Sommerregen der letzten Tage und was eine sichere Furt gewesen war, hatte sich zu einer reißenden Falle entwickelt. Überall hatten die Magyaren seit Jahren so böse gehaust, dass keiner von ihnen auf Gnade hoffen durfte. Wo Otto keine Männer hatte, da lauerten Bauern und Stadtvolk mit Dreschflegeln und Piken. Die Schwerter hielten reiche Ernte und das Korn, die Gräser und der Lech waren am Abend rot vom Blut.

Als die Schlacht gewonnen und nur noch Schnitter Arbeit zu erledigen war, der Arm Hagens müde zu werden begann und das Kreuz vor seiner Brust rot leuchtete vom vergossenen Blut, da warf Otto ihm den Schwarzen Speer zu.

Der König selbst zog die Heilige Lanze, ließ ihre Spitze für alle sichtbar in der Sonne glänzen und tauchte sie dann tief ins Blut der Christenfeinde.

Den Speer zu fangen, war die eine, ihn zu halten eine ganz andere Sache. Etwas Kaltes, Schlaues fuhr in Hagens Arm, bemächtigte sich seiner Hand, seines Armes, seines Atems, seines Willens. Aber sein König hatte das ertragen, also würde er es auch ertragen. Sein König hatte ihn ausgewählt, weil er fest im Glauben und treu im Herzen war. Sein König vertraute ihm. Hagen nahm all seinen Mut und seine Hingabe zusammen und er zeigte dem Speer, wer jetzt sein Meister war.

Der Speer zeigte ihm dafür seine Macht.

Sie war gewaltig.

An Nürnberg vorbei, vorbei an Bamberg, an Erfurt, ritt Hagen vier Tage, um nach Magado burgo, der großen Burg an der Elbe, zu gelangen. Denn dorthin hatte ihn sein König geschickt, was von Tronje sofort verstanden hatte. Oft genug, wenn sie beim Wein oder nach dem Gebet noch zusammensaßen, hatte Otto Hagen von seinem Traum erzählt, von Magdeburg, seiner Stadt an der Elbe, die der König zu einem neuen Byzanz ausbauen wollte, zu einem Zentrum der Christenheit, von dem aus sich die Lehre des Herrn in alle vier Himmelsrichtungen ausbreiten und wie ein Licht das Dunkel erhellen würde.

Aber wo Licht ist, da wird auch Schatten wachsen.

Der Speer zuckte in Hagens Hand, der Speer wisperte, der Speer flüsterte: Weißt du, wie sich das Erz fühlt, Druck von allen Seiten, weißt du das? Hast du schon einmal das Knacken eines Berges gehört, die Schatten der Schwarzalben, ihr fernes, wahnsinniges Gekicher, hast du? Bist du schon einmal in einen Schlund gefallen, in endlose Tiefe, durch schwarze Schwärze und der Grund ist das Harmloseste, was dich erwartet, bist du? Bist du schon einmal den Irrlichtern begegnet, ihrem unsteten Glühen, dass dich lockt, bis sie dich mit Grauen umgarnen, bist du? Ist schon einmal Bergwasser auf dich geprasselt, hat dich mitgerissen, dir den Atem genommen, dich zu Eis gefrieren lassen, ist es?

Siehst du die Schatten da?

Kennst du die Gier, spürst du sie lauern?

Riechst du die Mordlust?

Wir müssen sie töten, sagte der Speer, was da lauert, was da atmet, was uns töten will – wir müssen es töten!

TÖTEN!

Still, warnte der Speer, als sie die Donau schon hinter sich hatten und kurz vor der Altmühl Furt standen; ich höre unterdrückten Atem, ich rieche Adrenalin, ich höre das Sirren einer gespannten Sehne!

Lass mich los, warnte, der Speer, oder du wirst deinem König nicht mehr dienen können. Wirf mich!

Versprengte slawische Kämpfer, noch vor dem großen Sieg von den Feinden des Königs ins Land gerufen; Ungarn, denen der Weg in die Heimat verlegt war; Vogelfreie, denen der Magen das Handeln diktierte.

Egal.

Der Speer witterte sie, noch bevor ein Auge sie sah.

Hagen war ein Mann Gottes, sein Evangelium war die Liebe.

Der Speer wusste es anders.

Für einen ist die Reise hier zu Ende, raunte der Speer, die oder wir!

Geben ist seliger als nehmen, wusste er: *Dein König vertraut dir!*

Hagen ließ Gungnir los; ein dunkler Blitz schoss ins Geäst. Die Schmerzens- und Todesschreie waren schneller verhallt als der Ruf eines Käuzchens.

Sieben Krieger hatten auf der Lauer gelegen; zwei von ihnen trug das Wasser weg, drei lagen hinter Baum und Busch versteckt neben ihren Waffen, die

Augen staunend aufgerissen. Zwei hatte der Speer auf der Flucht erwischt. Ihrer Tracht nach zu urteilen, waren es Krieger der Lutizier, böhmische Heiden, gekommen, um Unruhe gegen den König zu schüren, und dann nutzlos geworden.

Hagen bestattete die Toten notdürftig in einer Kuhle unter Sträuchern und Geäst, nachdem er ihnen die Waffen abgenommen und verschiedene Amulette von den Hälsen geschnitten hatte. Er band ein Kreuz aus zwei jungen Stämmen, die er gefällt hatte, rammte sie über den Köpfen der Toten in den Boden. Dann warf er ihre Waffen in den Fluss und steckte die Amulette in seinen Beutel.

Sie querten die Furt und ritten weiter ins Dunkel hinein. Buchen standen dicht, Vögel kreisten, ein Habicht schrie, dann schrie ein Hase. Das Pferd schnaubte, die Hufe warfen Erdreich auf, der Speer wisperte.

Da sind mehr, sagte der Speer, sie dringen von Osten ein; sie dringen von Westen ein; sie kommen von Norden und wenn deine Sehnsucht Süden ist, dann fallen sie dir in den Rücken. Überall Feinde, wusste der Speer, umringt von Feinden; Schwarzalben in der Tiefe, Erzdämonen, Feuerriesen und Eisriesen; der Speer zuckte, bevor noch ein Augenlid oder ein anderer Finger zucken konnte.

Die Angst, aus der der Speer geschmiedet worden war, sickerte langsam in Hagen ein, schlich sich in sein Denken. Zuschlagen, bevor du geschlagen wirst, töten, bevor du getötet wirst; immer einen Feind im Rücken, war das nicht der wahre Charakter des Lebens? War sein König nicht von allen Seiten bedroht, verraten worden? Hatte nicht Ottos Bruder Heinrich versucht, ihn in Quedlinburg am Grabe des Vaters zu ermorden? Waren die Markgrafen Eberhard und Giselbert nicht willens gewesen, den König vom Thron zu stoßen? Waren ihre Verbündeten nicht noch immer nächtens unterwegs, führten sie nicht Böses im Schilde?

Hagen stand in der Mulde eines Hohlweges bis zu den Knien im Blut. Thüringer Blut war es diesmal, Harzländer Madenfraß, Feinde des Königs vielleicht, vielleicht auch nur für den eigenen Beutel unterwegs; der Speer hatte den Späher von seinem Felsen gestoßen. Ehe noch sein Körper den Boden und sein Todesschrei die Ohren seiner Gefährten erreicht hatte, trugen sie schon blutige Löcher in der Brust.

Was für ein Staunen über den plötzlichen Tod in den Gesichtern derer, die Tod bringen wollten, dachte Hagen, während er mit ruhiger Hand den Leichen die Lider schloss.

Der Speer durchstieß Holz wie Stein wie Eisen. Der Speer war nicht aufzuhalten; wer immer von ihm getroffen wurde, war damit ein Feind und tot, weil der Speer ihn auserwählt hatte.

Die Welt war voller Feinde. Eine neue Furt, ein neuer Hohlweg, eine neue Biegung, neue Wegelagerer allenthalben; das eigene Land war Feindesland, jede Grenze nur eine Idee, von allen Seiten bedroht und jeder Tod war ein Feind für den König weniger. Aber wahr war auch: Wo die Angst regiert, wird im Zwielicht das Karnickel zum Drachen und in jedem Schatten wohnt ein Monster.

Der Speer triefte vom Blut der Feinde, er flog und flog zurück in die Hand, die ihn losgelassen hatte; der Speer war aus Angst geschmiedet, sein Kern war das Entsetzen.

Eine blutige Spur hinter sich herziehend, erreichte Hagen Magdeburg an der Elbe, wo der Fluss ruhig und klar dahinzog.

Rauch von Feuern wehte herüber, der Geruch von Gebratenem und das Klingen der Hämmer, die Steine schlugen. Kinder lachten, ein Mann fluchte: *unders ars in tino naso!*

Hagen stand am Ufer, sah den Fischern zu. Die letzten Tage kamen ihm vor wie ein einziger Albtraum. Er ließ das Pferd trinken, wusch sich seine blutigen

Hände, erkannte sein Gesicht nicht mehr – dunkel war es geworden, der Mund ein Schlitz, die Falten tief. Angst macht alt, Angst macht welk.

Als das Läuten der Abendglocken zu ihm herüberklang, da fuhr es Hagen durch Mark und Bein; die Macht des Herrn wurde in ihm erneut lebendig. Am Ende allen Todes stand das Leben. Am Ende allen Hasses stand die Liebe. Am Ende von allem stand die Zuversicht in die Liebe des Herrn.

Hagen hatte Angst gefühlt – vier Tage Angst vor Stimmen, vor Schweigen, vor Stille, vor Schatten, vor der Heiligen Nacht, die der Herr über die Erde breitete, als er Licht und Dunkelheit schied und machte, dass alle Geschöpfe ruhen konnten. Angst vor dem Morgen, wenn die Sonne ihre ersten Strahlen schickte, damit sie beleuchtete, was sich in der Nacht angeschlichen hatte; Angst vor dem Mittag, der sich schon dem Abend zuneigte und die Schatten verkürzte – alles in Hagen war Angst geworden und die Angst hatte ihn wütend gemacht und die Wut hatte ihn erblinden lassen.

Wer war Opfer?

Wer war Mörder?

Hatte er den Auftrag seines Königs erfüllt? Oder hatte er ihn verraten, als er den Speer am Anfang der Reise zum ersten Mal von der Hand ließ, als er seine Zuversicht und das Licht Christi gegen die rasende Angst des Schwarzen Speeres eintauschte?

Das Land war schön hier. Das Hochwasser der Elbe mit seinem Schlamm hatte es fruchtbar gemacht, die Sonne schien im rechten Maß. Hier sollte sein König seine Kirche bauen – hier sollte die Zuversicht über die Angst siegen. Das wollte Hagen mit ganzer Seele. Er reckte sich in die letzten Strahlen der Abendsonne und spürte, wie die Zuversicht des wahren Glaubens ihn durchströmte. Viel war ihm davon nicht geblieben.

Das ist eine Falle, versuchte der Speer ihn zu warnen, glaube nicht!

Aber mit der zukünftigen großen Burg im Rücken, mit dem goldenen Licht der Abendsonne im Blick, wurde der Glaube noch einmal mächtig in Hagen. Die Zuversicht betraf ihn nicht mehr persönlich. Er hatte in sein Spiegelbild geschaut – für sich hatte er keine mehr. All sein Glauben und sein Hoffen gehörten seinem König und dem Land, aus dem er ein gutes Land machen würde.

Bitte, mein König!

Hagens Hände waren Klauen geworden, die Angst des Speeres hatte Schatten über sein Herz und sein Denken geworfen. Der Speer hatte begonnen, sich in ihm einzurichten. Und wer einmal der Angst als Triebkraft verfallen war, der wurde sie nicht mehr los, wusste Hagen, denn die Angst hatte immer recht – wir sind ohne Antwort auf dieser Welt und am Ende sind wir tot.

Wir haben nur den Glauben an uns.

Also sollte Gungnir ihn, Hagen von Tronje, ganz haben; er verschloss sich die Ohren mit Lehm gegen die immer lauter werdenden, jammernden Warnungen des Speeres. Er nahm einen hölzernen Grabstock und begann in der dunklen Erde eine Grube auszuheben; Grundwasser der Elbe sickerte ein, machte den Grund schwarz und schlammig.

Als die Grube tief genug war, als sich der Schatten der Nacht ihrem Rand näherte, da rammte Hagen den Schaft des Speeres in den Grund, dass er frei und scharf darin stehen konnte, stieg auf den Rand der Grube und ließ sich in die Waffe fallen; so wie der Speer in ihn und in jeden eingedrungen war, der ihn besaß, so wollte Hagen in den Speer eindringen, um seine Hoffnung gegen die immerwährende, uralte Angst zu stellen.

Der Speer stöhnte auf.

Er nahm, zitternd vor Wut, jede Zelle Hagens in sich auf.

Hoffnung, stöhnte er, leise knirschend, und richtete seine Spitze gegen sich selbst, *macht mir am meisten Angst.*

Hagen wurde der Speer. Der Speer wurde Hagen. Die Angst blieb. Sie sickerte in Grundwasser, mäanderte durch das Land, pflanzte sich fort in der Zeit. Von nun an gab es keine festen Grenzen mehr, nur noch wechselnde Allianzen, Feinde überall.

»Wir müssen sie töten«, haucht der Geist des Speeres. »Wir müssen sie töten, bevor sie es tun!«

22: Vergebung

Blitze zuckten vor Toms Lidern.

Ein Pferd, sich aufbäumend. Ein fallender Mann. Ein Schwertstreich mit roter Klinge. Ein Schrei, ein Pfeil, das Donnern von Kanonen. Hunnen und Türken und Franzosen und Schweden; römische Pfeile, englische Bögen, spanische Klingen, Werfergeschosse, PAK-Feuer. Das Heulen von Panzermotoren. Die Detonationen von Granaten.

Schreie.

Ein Schrei.

Erschrecken vor der eigenen Stimme.

Tom taumelte durch einen Zeitstrudel aus Gewalt und Schrecken ins Wachsein, öffnete die Augen.

Ein Blitzlicht zuckte vor ihm, zwang ihn hinter verkniffene Lider zurück.

Als er wieder draus hervorschaute, sah er im Spiegel gegenüber sein altes Gesicht – müde, stoppelig, geschafft.

»Boah, das sieht doof aus!«

Eine Hand schob den Vorhang weiter zur Seite. Brynhild schaute herein. Sie lachte.

»Hättest dich mal im Blitzlicht sehen sollen ... geht's?«

Tom ließ sich gegen die kalte Wand der Box zurückfallen.

»Wo bin ich?«

Die Walküre grinste.

»In einer Fotokabine. Das ist so ein Berliner Ding – der Film reißt und am Ende erwachst du in einer Fotokabine. Klassiker. Bämm!«

»Ich hatte einen irren Traum«, stöhnte Tom. »Ein Ritt durch die Zeit ... von einem Sterben zum nächsten.«

»Kenn ich«, bestätigte die Walküre. Sie bot Tomas die Hand. »Komm erst mal hier raus, du bist zu alt für solche Kinderspiele.«

Tom nahm ihre Hand und sie zog ihn aus der Box. Tomas taumelte. Er fühlte sich grässlich.

»'ne Bank wäre schön.«

»Da drüben!«

Tom hing sich an Brynhilds Arm. Er fühlte sich matt, tief in seinem Kopf arbeitete sich ein Presslufthammer durch Brocken massiver Erinnerung, seine Muskeln schmerzten, die Oberschenkel brannten, als wäre er einen Marathon gelaufen.

»Freya?«

Fragte Tom vorsichtig.

Brynhild schüttelte den Kopf. Sie setzte Tom vorsichtig auf der Bank ab und ließ sich neben ihn fallen. Sie schluchzte kurz auf, hatte sich dann wieder im Griff.

»Ist gegangen. Alle sind gegangen ...«

»Und du?«

»Zuviel mit euch Erdwürmern abgehangen ... hat abgefärbt.«

Eine einzelne Träne lief Brynhild über die Wange.

»Danke.«

Hinter ihnen auf der Wiese saßen ein paar Teenager und hörten Rap. Vögel zwitscherten, eine Sirene heulte. Eine Mutter mit Kinderwagen telefonierte.

Tom legte Brynhild vorsichtig eine Hand auf den Rücken.

Brynhild ließ es geschehen.

»Bist du sauer auf mich?«

»Warum sollte ich? Du hast getan, was du tun musstest.«

»Ja. Und jetzt? Ist jetzt alles gut?«

Brynhild wischte sich mit dem Handrücken die Tränen aus den Augen.

»Sag du es mir.«

»Ich weiß nicht.«

Tomas Weißgerber lehnte sich zurück, schmiegte sich an die Lehne der Bank und ein wenig an Brynhild.

»Alles begann mit seltsamen Träumen und mit Freya, die mich um Hilfe bat. Ich erkannte sie nicht.

Wie hätte ich auch? Ist ja nicht so, dass jemand von diesem Teil der Verwandtschaft mir je zum Geburtstag gratuliert hätte. Ich hielt sie für eine durchgeknallte Version von Freya Schmitz, der Wirtin von ›Freyas Katertränke‹. Hat mir Angst gemacht. Redet irgendwas in meinem Kopf und plötzlich ist da Krieg. Wohin man in diesem Land auch schaut, zwischen Gestern und Jetzt, zwischen Jetzt und Morgen, immer liegt der Krieg dazwischen. Wie ein schwarzer Monolith liegt er da, scheint alles Licht zu absorbieren. Er ist mal bunt angemalt, mal mit Gedenksteinen gepflastert, mal ein Spiegel, mal wird auf ihm getanzt – aber er ist immer da. Und mitten in diesem schwarzen Block steckt mein Großvater, steckt darin fest. Vor ein paar Tagen wusste ich noch gar nicht, dass ich ihn habe. Aber wenn ich keinen Frieden mit ihm machen kann, wird es keinen Frieden in mir geben. Dann bleibt er immer in meinen Träumen. Verstehst du?«

Brynhild nickte.

»Du musst ihm vergeben.«

»Kann ich das?«

»Wer sonst?«

»Die Juden, die Polen, die Tschechen, die Russen ...«

»Hat er nicht dein Land wenigstens genauso vernichtet – wenn nicht nachhaltiger?«

Da war was dran.

Tom nickte.

Davor hatte sein Vater immer gewarnt – dass sich die Deutschen auf die Opferseite schlagen wollen, um ihrer Schuld zu entkommen. Aber wer waren die Deutschen? Ein Land voller Erbschuld, ein Ort ewiger Verdammnis? Tom hatte den Speer zerstört: den Familienspeer, den Schwankenden. Wie viele Speere gab es noch und wo?

Das war nicht die Frage, die Tom beantworten musste.

»Wie geht das – vergeben?«

Er wusste es. Als er im Schwarzen Abgrund steckte, in den Loki ihn geworfen hatte, da konnte er es fühlen. Er spürte es in seinem Körper. Er konnte seinem Vater vergeben und dem Teil in sich, der sein Vater war.

Vergeben geht nur ganz oder gar nicht.

Aber hier?

»Aus dem Herzen. Du musst mit dem Herz sagen.«

»Ich weiß«, sagte Tom. »Ich weiß.«

Tom setzte sich aufrecht, drückte die Füße fest auf den Boden, atmete tief durch und sagte: »Ich vergebe dir.«

Es stimmte nicht. Er spürte es. Das Mantra seines Vaters klang tief in ihm: nicht vergessen und nicht vergeben.

Niemals.

Zwei Jogger rannten vorbei und touchierten fast einen Fahrradfahrer. Ein älteres Paar blieb stehen, die Frau küsste den Mann auf die Wange. Sie alberten miteinander herum und sahen plötzlich viel jünger aus. Ein Hubschrauber flog schnell und tief über dem Park. Eine Alarmsirene heulte.

»Und?«, wollte Brynhild wissen.

Tom schüttelte den Kopf.

»Ich kann nicht vergessen und nicht vergeben.«

»Das habe ich befürchtet. So sehr im Schmerz eingerichtet, dass er ein Teil der Identität geworden ist.«

Brynhild stand auf, hielt Tom die Hand hin.

»Was?«

»Ich helfe dir! Komm!«

Sie machten ein paar Schritte über den Weg, über die Wiese davor und standen am Rand der Torstraße.

»Hast du schon mal daran gedacht, dass dein Großvater kein Traum von dir ist, sondern dass er wirklich noch da ist, nur in einer anderen Wirklichkeit?«

Ein gelber Zapf-Kastenwagen kam die Straße entlang gedonnert. Brynhild drückte fest Tomas' Hand.

»Weißt du, was es heißt, eine Walküre zu sehen?«

Tom schüttelt den Kopf.

»Eine Walküre zu sehen, heißt zu sterben!«

Mit einem mächtigen Ruck schleuderte Brynhild Tom vor den vorbeifahrenden Lkw.

Es gab ein kurzes Stocken in der Zeit, als Tom auf den Container aufschlug. Als er sich wieder gefasst hatte, waren von dem Lkw nur noch flüchtige Spuren im feinen, grauen Sand. Beißende Kälte sprang Tom an. Das Weiß um ihn war wie eine Rotunde, keine Entfernung sichtbar, kein Gefühl von Raum. Mit der Kälte kam der Wind, geladen mit winzigen Geschossen, dem Abrieb der Zeit, der scharfkantigen Ewigkeit, zermahlen zu feinen Splittern. Tom blieb stehen. Versuchte sich zu schützen. Er hätte überallhin gehen können. Nichts hätte was geändert. Es war ein Ort ohne Richtung, ein Ort ohne Zeit.

Alles war anders.

Der Wind war da, aber er wehte nicht. Er war voll mit Splittern, aber sie trafen nicht. Die Kälte fletschte die Zähne, aber sie biss nicht. Das war alles nur in Toms Kopf. Als der Schrecken keine Wirkung mehr zeigte, gab es keine Ursache mehr. Das Grau zog sich zurück, gab Konturen frei, Spuren am Boden; eine Mauer aus Schädeln, großen, kleinen, gebleichten, schon steingewordenen, ungefähr mannshoch. Sie zog sich schnurgerade durch den Sand. Eine Woge aus Raunen schwappte über Tom. Er drehte sich um und blickte auf die Tribünenbauten, die den Circus umschlossen. Auf der Linie der Spina, am westlichen Scheitelpunkt der Bahn, stand das Triumphtor. Das Raunen verstummte, als die Fanfaren über dem Tor erklangen.

Rufe wurden laut.

Tom drehte sich um. Da sah er sie kommen: eine graue Wolke, aus der Blitze zuckten. Die winzigen Schädelsplitter um Toms Füße begannen zu hüpfen. Die einzelnen Schreie von den Tribünen und aus den Logen waren zu einem Brüllen angeschwollen. Aus der Tiefe des Raumes schälte sich das Tosen des Todes, geballte Vernichtung. Die Konturen der Panzerkampfwagen zeigten sich, die unverwechselbare Form der Panzer IV, der Sturmgeschütze. Weiß wie Knochen waren sie, die Ketten voller Klauen, die sich in den Boden krallten, die Türme wie Schädel, die Geschütze – Dornen. Es war ein Kreischen von Knochen auf Knochen, ein Klappern und Krächzen, das mit ihnen heraufzog. Auf dem Führungspanzer, oben auf der Luke, ein Bein lässig herausgestreckt, hockte er, der Engel des Todes, der ewige General, sein Großvater. Nur noch Skelett und Fetzen, mehr Erinnerung als Körper, vom Schmerz zusammengehalten und vom eigenen Willen mitgerissen. Tom erkannte ihn sofort.

Er schloss die Augen.

Vor ihm verstummte das Tosen, hinter ihm zerfiel das Brüllen zu einem aufgeregten Murmeln.

Die Kampfgruppe war vielleicht zwanzig Meter vor Tom zum Stehen gekommen. Dampf stieg von ihr auf, im Inneren der porösen Panzerkörper zuckten Feuer, huschten Schatten. Der General kletterte von seinem Panzer. Seine Bewegungen waren ungelenk, klapprig. Knochen schrappte auf Knochen – schon das Zusehen schmerzte. Aber als seine Fußknochen den Boden berührten, nahmen sie Form an, zeigten menschliche Konturen. Leder schloss sich um sie und wanderte als Stiefelschäfte hinauf, worunter wieder Waden wuchsen. Langsam bildete sich der Körper, Fetzen von Fleisch und Gewebe schlossen sich zusammen, Bänder fanden wieder ihre Bestimmung. Verbrannte Fleischreste fielen zu Boden, an ihren Stellen wuchs neues Gewebe, während der General mit ungelenken, fast verwunderten Schritten auf Tomas Weißgerber zustolperte.

Das Gemurmel und Geraune in Toms Rücken war wieder empörtes, zorniges Brüllen geworden. Auf Aramäisch, Latein, Arkadisch, Russisch, Mongolisch, Französisch, Englisch, Spanisch, Zulu, Japanisch, Koreanisch, Chinesisch, Persisch, Arabisch, natürlich Deutsch und in Dutzenden anderen vergessenen oder lange nicht gesprochenen Sprachen wurde empört die Einhaltung des Spiels gefordert:

Töten! Kill! Tuer! Ubiystov! Qutil! Occidere! Mata! Koroshimasu! Samleab! Alakh!

...

Mit jedem Schritt, den der General näher auf Tomas zukam, wurde er menschlicher, wurde er Mensch, wurde er Mann, wurde er Soldat, wurde er General. Es war wie eine Welle von Anmaßung, von triefender Selbstherrlichkeit, von nassforscher Arroganz, die auf Tomas zurollte.

Tom spürte Wut in sich aufsteigen.

Tiefer Zorn wollte nach oben; so total gescheitert und nichts dazugelernt! Tom schloss die Augen, um seine Wut zu kanalisieren. Als er sie wieder öffnete, war von Anmaßung, Selbstherrlichkeit und Arroganz nichts mehr zu sehen.

Ein gebeugter alter Mann, ein Körper voller Schmerzen, ein Gesicht, in dem Entzücken und Entsetzen sich die Waage hielten, schwankte auf Tom zu. Die Augen waren ohne Glanz, die Haut matt. Und doch war zu ahnen, was für ein Mann er einmal gewesen war: Kraft, Selbstsicherheit, Liebe und Witz waren noch zu erkennen. Seine bleichen Hände reichten bis ins Jetzt. Sie zitterten. Die Stimme war ein Knarren und Kreischen wie ein altes Scharnier.

»Bist du das, mein Sohn?«

»Nein. Ich bin dein Enkel.«

»Wo ist mein Sohn?«

»Er hat sich erschossen.«

»Weil wir den Krieg verloren haben?«

»Nein. Weil ihr ihn begonnen habt. Weil ihr uns gezwungen habt, mit der ungeheuerlichen Schande eurer Taten zu leben!«, platzte es aus Tomas heraus.

Die matten Augen des alten Geistes füllten sich mit Tränen.

»Es tut mir so leid«, sagte er endlich. »Wir waren so anmaßend. Wir glaubten, die Zukunft zu sein, die neuen Götter. Wir wussten, dass die Opfer furchtbar sein würden, aber wir fanden sie der Sache wert. Wir waren grausam zu allem Fremden und am Ende waren wir grausam zu uns selbst. Wir waren von Anfang an grausam zu uns selbst. Wir haben alles zerstört. Ich habe alles zerstört – alles Fremde und damit alles, was mir lieb und heilig war. Ich bereue«, flüsterte der alte Mann. »Verzeih mir.«

Tom schluckte.

»Ich kann dir nicht verzeihen. Verzeihen können dir nur die, denen du das alles angetan hast.«

Der alte Mann nickte.

»Hast du meine Hilde, deine Großmutter, noch gekannt? Weißt du von ihr?«

»Ja«, Tom nickte. »Omimi. Mein Vater, dein Sohn, hat sie gehasst, weil sie dich nicht aufgeben wollte. Weil dein Sohn dich für das hasste, was du der Welt angetan hast.

Sie hat immer geglaubt, dass du zurückkommst.«

Tom weinte.

»Dann habe ich sie vergessen«, gestand er sich.

Tränen liefen ihm über die Wangen.

Wir sind so zaghaft im Verzeihen, dachte Tomas Weißgerber, und so gnadenlos in unserer Rache – auf so vielfältige Weise.

Tom sah seine Tränen gespiegelt in den Tränen des alten Mannes.

»Meine Hilde«, sagte der alte Mann.

Tom hatte nicht gewusst, dass man einen Namen so zärtlich aussprechen kann – so voller Sehnsucht, so voller Schmerz.

Der General war kein General mehr. Er war ein Mensch, der mit seiner Erinnerung kämpft. Mit dem Schmerz, den er erfahren hatte, dem Schmerz, den er zugefügt hatte – dem ganzen Schmerz.

Schmerz ist ein strenger Meister. Er fragt nicht, was du willst, er gibt dir, was du brauchst.

Alles Falsche, alles Harte, alles Enge, alles Starre war von seinem Großvater abgefallen. Geblieben war die Sehnsucht, wieder dazuzugehören, wieder aufgenommen zu werden in den Kreis der Menschen.

Für einen Augenblick sah Tomas den Mann, der sein Großvater hätte sein können – in einer anderen Zeit, einer anderen Welt. Er breitete die Arme aus, machte einen Schritt auf seinen Großvater zu.

Um der Liebe willen, dachte Tomas Weißgerber, um der Liebe willen ist Vergebung möglich.

Er nahm seinen Großvater in den Arm, spürte den Schmerz, das Verlorensein, die Qual, die Sehnsucht, den Tod. Er spürte den Stachel des Speeres noch im Fleisch, den Abdruck Gungnirs in seinem Denken.

»Ich kann dein Tun nicht verzeihen. Aber ich will dir als Mensch vergeben – auch um meiner selbst willen. Der Grund der Welt ist ein glitschiger Ort. Ich vergebe dir.«

Vergeben – die Unvollkommenheit des menschlichen Seins anerkennen. In seiner ganzen Härte. Sich nicht darüber erheben. Den Finger nicht mehr ausstrecken. Verstehen: Der Grund der Erde ist ein glitschiger Ort; jeder kann darauf ausrutschen. Angst führt zu falschem Mut, neue Technik beschwört alte Götter; mit glühendem Herzen in die falsche Richtung.

Menschsein heißt irren.

»Danke, Sohn meines Sohnes.«

Die Kanonen der Panzer und der Sturmgeschütze begannen zu feuern. Sie schossen schwere Sprenggranaten in die Ränge und Logen des Circus. Der brüllende Protest der letzten Minuten wich purem Entsetzen, als Tribünen, Logen, Gänge und das Triumphtor in Flammen aufgingen. Mörder, Diktatoren und Befehlsempfänger fielen brennend von den Rängen, wälzten sich am Boden, verbrannten zu teerigen Klumpen. Die Holzpfeiler der Spina gingen in Flammen auf. Auch die Panzer und Sturmgeschütze begannen zu brennen.

»Niemand wird vergessen«, flüsterte der alte Mann. »Wenn sich jeder erinnern darf, wird niemand vergessen.«

Dann war er weg.

Alles, was zurückblieb, war Frieden.

Tom spürte ihn tief in sich.

Dann wurde es warm, wärmer, noch wärmer.

Das Feuer hatte einen Kreis um Tomas gebildet. Noch war genug Platz, um atmen zu können, den Flammen auszuweichen, aber das Feuer kam näher, fraß sich in Spiralen zur Mitte. Zu seinem Entsetzen sah Tom, dass auch der Boden zu brennen begann – kleine Flämmchen, die zueinanderfanden, sich verbanden, einen Teppich knüpften.

Kein Ausweg in Sicht, keine Lücke in den Flammenwänden und dahinter – Flammen.

Tom fühlte sich mit einem Mal unendlich müde.

Dieser Tag, diese Tage, die Jahre, dieses Leben, die Leben davor – es war vorbei. Alles, was Tom noch tun konnte, war zu warten. Vielleicht hätte sich ein Tomas Ritter von Thal heroisch in die Flammen gestürzt. Aber Tom war ein Weißgerber. Er hatte Angst vor dem Tod.

Er setzte sich.

Würde Claudia ihn für tot erklären lassen? Würde sie hoffen, er kommt wieder? War er überhaupt weg? Wo war er?

Tom musste lachen. Kurz davor, gegrillt zu werden, aber das ganze Herz immer noch voller Sehnsucht nach einem Happy End. Hoffentlich würde Delphine seine Leiche nicht identifizieren müssen. Würde es eine Leiche geben?

Die Walküre hatte ihn in der Torstraße umgebracht. Er war in einem Geisterreich.

War er schon tot?

Die Flammen waren wirklich heiß.

Am Rand seines Bewusstseins ertönte Musik. Schöne Musik. Mein Gehirn fängt an, Dopamin auszuschütten, dachte Tom, um das Ende erträglicher zu machen. Man muss für die kleinen Dinge dankbar sein. Die Musik war leise, aber sie schwoll an, wurde lauter, nahm Raum ein. Die Panik ließ nach. Super, dachte Tom, ich höre Musik, ich verbrenne, aber mein Geist wird sich erweitern, ich werde keine Schmerzen empfinden.

Die Musik war einfach. Ein Dreiklang. Der perfekte Dreiklang. Sie war so wunderschön einfach, dass allein ihr Klang seine heiße Haut kühle. Gleichzeitig war sie groovy: als würden die Töne rhythmisch auf der Tonleiter vibrieren.

Dann begannen die Flammen, zu tanzen.

Zur Musik.

Dann begriff Tom, dass er die Musik war.

23: An der A96

Kurz hinter Weigersdorf-Kotznitz, Richtung Dünnsdorf, steht ein hagerer Mann mit tief liegenden, fiebrig brennenden, zweifarbigen Augen an der A96. Harte Linien um Mund und Augen haben sich tief in sein Gesicht geschnitten. Sein Mund ist ein dünner Strick mit absinkenden Enden. Hinter ihm steht eine mobile Werbetafel auf einem zweiachsigen Hänger. »Früher war nicht alles schlecht!«, steht darauf. Die Schrift ist schon ziemlich ramponiert. Eine rot-weiß-schwarze Fahne hängt über der linken Ecke der Schrifttafel – die Fahne des mit Verve untergegangenen Kaiserreiches. So bleibt nur noch »... war nicht alles schlecht!« zu lesen.

Der Mann vor der Tafel trägt einen langen, leicht verschlissenen Mantel, der ihm das Aussehen eines Wanderpredigers gibt. In der Hand hält er ein Schild. Er streckt es den vorbeifahrenden Autos entgegen:

WACHT AUF, IHR SCHAFE!

Einige der vorbeifahrenden Autos hupen, Daumen werden nach oben gestreckt.

»Ausgekanzlert!«

Eine heisere Stimme schreit das aus einem vorbeifahrenden Dodge Pick-up.

Eine ältere Frau mit frischer Dauerwelle und einem hellblauen Blouson kommt vom Ortsausgang herauf und stellt sich neben den Mann. Sie hat einen Teller mit selbst geschmierten Broten dabei, der mit Frischhaltefolie zugedeckt ist.

»Das wird einigen noch sehr, sehr leidtun«, sagt die Frau. »Denn worüber heute noch gelacht wird, das wird schon bald die Wahrheit sein. Dann werden die Volksverräter zum Galgen geführt und dann werden sie vergeblich nach der UNO und der NWO rufen – niemand wird mehr kommen, um ihre jämmerlichen Hälse zu retten. So wird es doch sein, oder?«

Die Frau im Blouson zupfte die Folie von den Schnittchen und bot sie dem Mann an.

»Greifen Sie zu!«

»Sehr gütig.«

»Bettina Schmitz«, stellt sie sich vor. »Mein Mann und ich betreiben die letzte freie Fleischerei hier in der Gegend – solange die Rot-Grün-Versifften uns das noch nicht verboten haben. Aber wir leisten Widerstand!«

Der Mann nimmt ein Mettwurstbrot mit Gürkchen vom Teller.

»Von Laufey!«, stellt er sich vor.

Er setzt zu einer leichten Verbeugung an.

»Sehr angenehm, Frau Schmitz, und vielen Dank. Jede Stimme zählt und wenn wir gehen, gehen wir alle gemeinsam. Wir müssen aufhören, uns von denen da oben einlullen zu lassen. Die Presse lügt!«

»Genau!«, bestätigt Frau Schmitz. »Nichts von den verschwundenen Kindern, nichts von den vergewaltigten Frauen. Erinnert sich noch jemand an den Fall Rebecca? Ist jetzt schon fast drei Jahre her. Nie wieder was von dem Mädchen gehört – interessiert auch keinen mehr. Wahrscheinlich schon lange zu Tode gefoltert von Perversen wie diesem Grünen Beck, dem mit den Drogen. Dann hat er ihr Blut getrunken mit diesem Andrenochrom-Zeug und jetzt sieht der immer noch so jung aus.«

»Wir müssen dem Plan vertrauen!«, entgegnet von Laufey und nickt Frau Schmitz, sich selbst und den vorbeifahrenden Autos zu.

»Diesmal sind wir wie Gras – wir wachsen aus dem Grund, wir wachsen überall. Wir werden uns diese Welt zurückholen und die Schande mit Blut aus unserer Geschichte waschen.«

»Das sagt mein Mann auch immer!«, bestätigt Frau Schmitz. »Wir müssen das Land mit Blut waschen.«

Im Dunklen schnappen die Dämonen nach Blut.

Sie nehmen Witterung auf. Sie wetzen ihre Zähne an alten Knochen.

Sie haben gelernt, zu warten.

Sie warten.

24: ALLES KLANG

Alles, was Tom sah, war weiß, war grell, war ein wenig fleckig. Roch nach Desinfektionsmittel. Er blinzelte.

Das war die Decke eines Zimmers, das war eine Wand, ein Fenster. Da war ein Gestell neben seinem Bett, an dem ein Beutel mit Flüssigkeit hing. Da war Claudia. Sie hatte eine Bambusflöte in der Hand.

»Was war das für eine Melodie?«, fragte er.

»Die ist für dich!«

»Spielst du das noch mal, bitte?«

Claudia führte die Bambusflöte zum Mund. Tränen liefen ihr über die Wangen. Der erste Ton stieg auf, zitternd am Anfang, noch auf der Suche. Er gewann an Klarheit, Ruhe und Kraft.

Tom schloss die Augen. Die Töne waren wie Lichtstreifen, die in ihn hineinschienen und ordneten und heilten, was geordnet und geheilt werden musste. Eine Hand fasste nach seiner. Es war Delphines Hand – noch ein wenig teenagerfeucht, aufgeregt und doch voll Zärtlichkeit.

»Ihr seid da.«

Tom hielt die Augen geschlossen; die Töne aus Claudias Flöte, die Wärme von Delphines Hand – mehr brauchte es nicht, um sich richtig und geborgen zu fühlen.

»Wollt ihr mir erzählen, was passiert ist?«

»Du bist gegen einen Lkw gelaufen und lagst sieben Tage im Koma. Die Verletzungen waren nicht schlimm, hat die Ärztin gesagt. Ein paar Prellungen, ein paar Schürfwunden. Irgendwie Glück gehabt. Aber du bist nicht wieder aufgewacht ..., bis Mama mit der Flöte kam.«

Tom drückte die Hand seiner Tochter. Die Augen zu öffnen, fiel noch immer schwer. Alles war zu hell. Er blinzelte rüber zu Claudia.

»Wo hast du diese wunderschöne Musik her?«

Claudia setzte die Flöte ab, strich mit der Linken über die Krankenhausdecke, unter der Tom lag. In der Rechten hielt sie die Flöte wie ein Zepter, dass ihr überraschend zuteilgeworden ist.

»Die habe ich all die Jahre gesucht. Seit damals in Shibuya«, sagte Claudia. Ihre Stimme war ein Flüstern, ein Herantasten an das Unglaubliche. »Und ich habe sie rechtzeitig genug gefunden, um dich damit zu rufen.«

»Du hast mich gerettet.«

»Ja.«

»Danke. Die Flammen haben nach den Tönen getanzt«, flüsterte Tom. »Dann haben sie mich freigelassen ... du, meine Orpheus.«

Claudia lachte auf.

»Mein Eurydike!«

»Mit glücklichem Ende. Ich bin wieder da!«

»Ist das abgedreht«, sagte Delphine. »Ich habe von dir geträumt, Papa. Es war ein total seltsamer Traum. Ich musste dich danach anrufen, aber du bist nicht ans Telefon gegangen. Dann habe ich Mama angerufen. Die hatte schon von Ferda erfahren, dass es in der Kaffeekirsche eine Schlägerei gab und alles verwüstet wurde ... Ferda und Mama haben sich dann um alles gekümmert.«

»Die Kaffeekirsche?«

»Läuft!«, sagte Delphine. »Es gab eine neue Espressomaschine vom ATTI, dem Verband der italienischen Kaffeeröster. Du wirst sie lieben. Und Mama kann sogar Palmen in den Milchschaum machen!«

»Echt?«

»Echt!«

»Kommt her!«, sagte Tom. »Bitte beide. Ich bin so froh, dass ihr hier seid!«

»Na, das sieht doch gut aus!«

Die Frau Doktor, die den Raum betrat, hatte die Hände in den Taschen ihres Kittels, das Stethoskop hing ihr keck um den Hals. Tomas wollte etwas sagen, aber Dr. Hilde Bryn legte lächelnd den rechten Zeigefinger vor ihre Lippen und zwinkerte Tom mit dem linken Auge zu.

»Organisch ist alles in Ordnung«, sagte sie. »Jeder Unfall ist ein Trauma. Das muss verarbeitet werden – viel schlafen, Sport treiben, es langsam angehen lassen. Wenn ihre Frauen Sie wiederhaben wollen, dann gebe ich Sie her!«

Sie standen vor dem Virchow-Klinikum und warteten auf ein Taxi. Tom hatte Delphine im Arm und Claudias Hand in seiner.

»Die wunderschöne Musik ... erzählst du mir die ganze Geschichte dazu?«

»Ja. Und: Es tut mir leid. Es tut mir alles so unglaublich leid. Und irgendwie auch gar nicht. Ich erzähle dir alles, wenn wir zu Hause sind. Wir haben doch noch ein Zuhause, oder?«

»Sieht aber wild aus!«, erklärte Delphine. »Als hätte Papa alle guten Vorsätze über Bord geworfen und einen auf Junggesellen gemacht. Im Wohnzimmer lag alles voll alter Fotos, Briefe ... wer ist denn der von Thal? Hat der was mit uns zu tun?«

»Ja«, bestätigte Tom. »Der hat was mit uns zu tun. Alles hat mit uns zu tun.«

Ein Taxi fuhr vor.

Sie stiegen ein.

Happy End –

Vita

Fritz Hendrick Melle, geboren in Chemnitz, ist ein deutscher Schriftsteller und Unternehmer. Neben dem Abitur absolvierte er eine Ausbildung zum Papiermacher. Nach einem Gefängnisaufenthalt arbeitete er als Totengräber, Anlagenfahrer, Heizer und studierte einige Semester Theologie in Naumburg.

Bis zu seiner Ausreise nach West-Berlin engagierte sich Melle im kreativen Untergrund der DDR, veröffentlichte u. a. in illegalen Zeitschriften, gründete das Musikprojekt »Kriminelle Tanzkapelle« und arbeitete als Kinokartenabreißer. An der Berliner Universität der Künste studierte er Gesellschafts- und Kommunikationswissenschaften.

1990 veröffentlichte er unter dem Titel »Richtiges Leben« seinen ersten Roman bei Albrecht Knaus, München. Er arbeitete als Redakteur bei verschiedenen Tageszeitungen und gründete 1993 eine Werbeagentur.

Unter seiner Führung entstanden die Imagekampagnen »Not for everybody« für die Parfüms von bruno banani und »Berlin, du bist so wunderbar« für Berliner Pilsner.

2011 erschien der autobiografische Roman »Die Amazone vom Kollwitzplatz«, in dem sich Melle mit dem Themenkreis Beziehung und Krebs auseinandersetzt. 2018 erschien »Wurst« bei Schwarzkopf & Schwarzkopf in Berlin – ein Roman über den Ernährungswahnsinn sowie über toxische Männlichkeit und die Lust an der Selbstzerstörung.

Der Autor im Netz: hendrickmelle.de.